媳婦好粥到 5 完

踏枝 著

文創風 1024

風
文創
1024

目錄

第四十一章

顧野這日比平時還早了半個時辰入宮。

入宮後他沒如往常一樣去文華殿，而是去了養心殿。

正元帝這日並不用早朝，但起得比顧野還早些，已經辦了好一會的公務了。

顧野規規矩矩地到了殿前，請錢三思代為通傳。

後頭正元帝喚他進去，眼睛雖沒離開奏章，說話的時候卻滿含笑意。「你這小子今兒個倒是難得！前頭聽小文大人他們說，你最近可都是掐著點進文華殿的，今日倒是起得早。」

顧野搔著頭笑了笑。「最近貪睡得厲害，個子也長得厲害，你看我是不是又長高了？」

正元帝擱下朱筆，招手讓他上前，把他從頭到腳一打量，眼睛裡的笑意越發濃重了。

「還真長高了不少，總算是有些七歲大孩子的模樣了。」

說來這件事也是正元帝的心結，他共有三個兒子，陸照是娘胎裡帶出來的不足，加上被周皇后溺愛，所以形如襁褓嬰兒。陸烈和陸煦雖都活蹦亂跳的，但一個因為早年在外頭吃過苦，一個是早產的孩子，身形都比同齡人瘦小一些。

現在的顧野又長高了一些，穿一身淺藍色的小蟒袍，腰繫一條黑色腰帶，腰帶上垂著一塊羊脂珮，冬日裡常戴的小帽子也摘下了，露出個軟軟的、紮小揪揪的髮頂。而且因為最近都是天剛亮的時候入宮，天黑後才出宮，他的膚色白皙了很多，越發顯得他一雙大眼睛烏灼灼的，真是怎麼看怎麼討喜！

顧野大大方方地給他看，然後還笑著問：「怎麼樣？我今日這麼穿好看嗎？」他身上的東西都是正元帝賞的，正元帝自然點頭說不錯。

顧野又站到龍案邊上，把袖子一捲，露出兩截渾圓的胳膊，踮著腳抬手幫著正元帝磨墨。

正元帝見了忍不住笑道：「原來你不只是長高，也胖了不少。」

顧野依舊呵呵地回答道：「這叫有福相嘛！」

正元帝伸手把他手裡的墨條接過，好笑道：「說吧，什麼事？」

「哪有什麼事？這不是給你表表孝心嘛！」

正元帝伸手點了他的鼻子，朗聲笑道：「知子莫若父，你等閒可不是這麼乖巧的模樣！到底有啥事？」

顧野這才摸了摸鼻子道：「也不是什麼大事，就是聽宮人提起你讓人收拾擷芳殿，準備讓陸煦和我都搬過去住？」

正元帝點點頭，這消息如今宮裡還沒旁人知道，顧野能知道那是錢三思提醒了他。前頭錢三思說顧野雖然封王開府了，但年紀不大，也該在宮裡有個落腳的地方，所以正元帝讓錢三思可以給他透露消息，畢竟是要時不時留宿的，總歸得讓他提提要求。

正元帝點頭。「是這麼個意思。」

顧野就接著道：「你看擷芳殿那麼大，光我和陸煦兩個住肯定有些冷清。且我也不是日日在宮裡的，小陸煦看著皮猴似的，但到底還不到四歲呢，我就是怕他會害怕……你看，是不是也給馮鈺準備一間屋子？他們倆到底是表兄弟，有他照看著，小陸煦就不會害怕了。」

「原來是這樣啊！」正元帝忍著笑意點點頭。「我們烈王真的是越發長進了，還知道幫著弟弟思量呢！」

顧野白淨的小臉蛋微微發紅，還是補充道：「當然我不瞞你，主要還是存著我的私心呢，兒子是真心喜歡馮鈺，想和他多相處相處。」

馮鈺雖然是外人，但年紀不大，身為皇子伴讀留宿宮中也不算什麼大事，正元帝便點頭允了。

顧野行禮致謝，卻還沒急著走。再藏著掖著要惹人煩，所以顧野自己開口道：「還有件事，因為恩科考試，小文大人他們這幾日兩頭奔忙，兒子見了實在於心不忍。」

前朝最後末路那幾年，科舉雖然照常進行，但不少如許青川那樣的學子，或看出前朝氣數將盡，或不願為之所用，都暫緩了科舉之路。

新朝建立後，朝廷風氣和百姓生活都比從前不知好了多少，因此第一屆恩科，天下學子都卯足勁地想大展拳腳，參考人數實在眾多，正元帝點了二十位翰林為同考官。

由於文家的文琅本次也下場了，所以文老太爺和文大老爺沒參與進去。

翰林院裡抽掉了那麼多人，剩下的人便要頂替他們原本的工作，於是文大老爺等人一邊頂班，一邊還要入宮上課，每日都只能歇息兩、三個時辰。

正元帝稍微一想，就知道顧野所言非虛。不過這次他沒一口應承，反而凝眉沈吟，半晌後才道：「人手確實有些不夠……這樣吧，左右你現在身上還沒有差事，回頭四月殿試時，你也跟著搭把手。」

顧野被正元帝這話嚇了一跳，忙道：「啊？我不是這個意思！我才讀了幾天書，怎麼夠資格在這種事情上插手？況且我年齡這般小……」

「只是讓你幫忙監督而已，又不是讓你當天下舉子的考官，成為他們的座師。」殿內沒有其他人，正元帝就直接道：「咱家根基淺，朝中官員多是前朝的，除了文老太爺那幾個，其餘人朕都不是很信得過。而這一屆恩科選上來的，才是咱家真正能用的人，所以得慎之又慎。為了防止前朝官員徇私舞弊，我朝重蹈覆轍，本就該設一個皇家人在裡頭協理監督。咱家總共就那麼幾口人，你不去誰去？」陸家人口簡單，女子又不得干政，就只剩下正元帝和三個皇子了。

顧野雖然當皇子的時間短，但自從跟在正元帝身邊，遇到一些他不怎麼明白的事，正元帝都會掰開了、揉碎了和他說，所以他越發信服這個皇帝爹的同時，也漸漸對朝中的一些事務開了竅。「那我就代表咱家去？」顧野搔搔頭。「你說的我都懂了，就是怪不好意思的。要是我再大幾歲就好了，人家也就不會笑話我了。」

正元帝笑了笑，沒說話。顧野若是再大幾歲，正元帝讓他插手科舉，那就等於是昭告天下，自己準備把儲君之位傳給他了。雖然現在三個兒子裡，正元帝確實是最屬意顧野，但他下個月才七歲，自家這江山也才打下一年，且不到那個時候呢。

顧野說自己太小了，其實他的年紀恰到好處，都知道他是去充當個吉祥物鎮場子的，雖也會讓群臣猜想，但不至於惹出多餘的風波來。

笑完後正元帝頓了頓，問他。「你剛不是那個意思，那你提文大人他們做什麼？」

「我是想讓你給文大人他們放半日假，正好我也散散……」

正元帝無言。「……」合著這小子不是來要權的，純粹想偷懶！

宮中皇子讀書比外頭刻苦多了，天剛亮學到天擦黑，中間就一個時辰午歇。

文大老爺等人每日都會奏報幾個孩子的表現，陸煦就別提了，每天能在課上清醒的時間少，昏睡的時間多。顧野和馮鈺卻都是學得極認真，但馮鈺是自小就被這般悉心培養的，早就養成習慣了；而顧野等於是散養著長大的，卻還能憑著意志力堅持下來，更顯難能可貴。

「那就把下一旬的休沐，挪半日到今日來。」正元帝看了他一眼。「不過也就這半日散散了，月底之前擷芳殿就能收拾出來，你往後時不時要住的，到時候自己讓人安置一番。三月你要過生辰，四月忙殿試，功課也不能落下，且有得忙呢！」

顧野笑著連連道謝，說自己保證不懈怠。

等他準備告辭的時候，正元帝又道：「把阿煦也帶上。」雖顧野沒說今日要出去做什麼，但正元帝現在對他也有些了解了，想著肯定是有什麼好玩的事情，才會讓這小子天不亮就過來告假。

顧野點頭道：「我曉得的，你不說我也得帶著他。」他說「也得」，不說「也會」。

自那日去過一次城外後，小哭包陸煦就纏上了顧野這個哥哥。倒也不是一味的歪纏，就像養成了什麼習慣似的，遇到事就愛問他哥。

課上陸煦時常睡過去，午歇的時候他就會找顧野補課；遇到有先生講的他不明白的，他也找他哥問；下午肚子餓的時候，他也不找奶娘，很自覺地就去掏顧野小荷包裡的小點心、小肉脯。

顧野被先生們一直誇獎的「意志力」，其實有很大一部分都是被陸煦逼出來的。他一口一個「哥」的，若顧野表現得不如他，或者答不出他的問題，那多丟面子啊！

從養心殿出來後，顧野就把消息帶回了文華殿，說午後可以出宮去玩。

此時上午的課程還沒開始，陸煦就已經打起瞌睡，聽到這消息他立刻不睏了，連忙問道：「這次去幹啥？騎馬？放紙鳶？還是玩別的？」

他連珠炮似的一通問，顧野反而不敢說了，說了怕是要被他問到中午。「反正是有好玩的，到時候你就知道了。」顧野安撫住了他，轉頭看向馮鈺，又壓低聲音道：「正好你再見見珠兒姨母。」

馮鈺這幾天心情很不好，因為這幾日他聽府裡下人偶然提起，秦氏正在給他爹張羅續娶的事。雖然是他娘提的和離，可這才過去多久？還不到一個月呢！續娶實在太快了些。

他心裡有些彆扭，但作為小輩，他卻不好置喙，便想著私下裡和他爹談談。

和離那日，馮源表現得那般黯然神傷，這半個多月裡也很消沈，下值回家後就是借酒消愁，然後醉得人事不省，連馮鈺成了皇長子伴讀這樣的大事都沒有表現出太激烈的反應。那日馮源難得清醒，卻只道「婚姻之事本就是父母之命、媒妁之言。當年爹和你娘沒有那些，最後落到這個局面，所以這次就聽你祖母的。不論怎麼樣，你是咱家的嫡長子，不管我日後再娶誰進門，都不會影響你的地位」。

馮鈺雖然是葛珠兒一手帶大的，和她最親近，但在魯國公府開府之前，他們一家三口還是十分和睦的。做兒子的對父親多少是有些孺慕之情的，然而聽到馮源把他和葛珠兒的不幸歸結於沒有父母之命、媒妁之言，還把續娶的事說得如同吃飯、喝水那麼平常，彷彿和他沒什麼關係似的——不只是對自己不負責，也是對未來續娶的女子的不負責任。馮鈺心中最後的那點孺慕也消失殆盡了。那個家，他真是恨不得再不回去了。

聽到今日能見到親娘，馮鈺緊繃的神情才鬆下了一些。

顧野接著又把他求正元帝，讓正元帝在宮裡也給馮鈺設個落腳處的事情說了。

能住在宮裡的話，日後也就只有旬假的時候，馮鈺才需要回去魯國公府，其他時候他住在皇宮裡，就是秦氏都不敢說什麼的！馮鈺心頭一熱，看著顧野，久久無法言語。

家裡的煩心事他沒有對顧野說，沒得讓顧野一道跟著煩擾。顧野這幾日看他總是悶悶不樂的，問起來，他也只是說家裡有點事，他覺得不自在。沒想到就那麼一句話，顧野就聽進去了，還特地求到御前去。馮鈺心中既溫暖又感激，一時間竟不知道說什麼好，只想到若他有個一母同胞的親兄弟，怕也不過如此了！

顧野同他娘一樣，不喜歡謝來謝去的，所以不等馮鈺再說話，他就伸手捶了下馮鈺的肩膀。「咱們兄弟倆不說客套話！」

馮鈺笑起來，重重地點了點頭。

中午時分，顧野帶著馮鈺和陸煦，又到了太白大街。

陸煦雖然才來過一次，但他記性極好，到街口就認出來了，嘟囔道：「怎麼又是這兒啊？我還當哥要帶我去新地方玩呢！」嘟囔歸嘟囔，陸煦想到上回顧茵帶他出城去玩、給他擦汗，還給他做了那麼好吃的菜飯，其實他也沒有反感，沒吵鬧著說一定要換地方玩。

「這次不一樣！」到地界兒了，顧野也不瞞著他了。「這次是我家酒樓排了新話劇，還辦了一個辣味美食節，又有好看的、又有好吃的，難道不好玩？」

話劇和美食節什麼的，陸煦聽都沒聽過，當下就眼睛發亮。等到馬車停穩，不要人抱，他自己就踩著腳凳，和顧野他們一道下了馬車。

這日的太白大街真是人潮洶湧，常年隱在暗處的侍衛都不得不現了身，簇擁著顧野幾人往酒樓去。

顧野是來給他娘捧場的，看到人這樣多，他沒覺得不方便，反而感到高興。食為天的大門經過了特別的裝點，門口掛了好些個串成一串的乾辣椒，遠遠看去紅彤彤一片，格外喜人。這還不算，顧茵還讓人訂做了兩套卡通辣椒形狀的毛絨玩偶服，讓後廚裡的兩個小徒弟穿上，發放傳單。

陸煦看到街口那個「辣椒人」，瞬間就邁不出腳步，圍著對方轉了好幾個圈，甚至還想讓對方脫下來給他穿一穿！

好在陸煦現在能聽得進顧野的話，顧野和他說，這玩偶服是按照成人的身形做的，他穿進去頭都露不出來，等於把自己裝進箱子裡一樣，沒什麼好玩的，又說真正好玩的還是在酒樓裡，才總算是把他給勸走了。

走過「辣椒人」旁邊後，陸煦就去看自己手裡的傳單。那紙張算不上好，但比一般紙張厚實不少，上頭畫著好些個陸煦沒見過的菜，每一道都是紅紅的，看著特別誘人。

好不容易到了酒樓門口，顧野卻發現街上的行人不全是衝著自家酒樓來的，還有不少是走向街尾望天樓的。他奇怪不已，向周掌櫃打聽起來。

周掌櫃才把事情的原委解釋給他們聽。

原來那天食為天張貼了告示後，轉頭街尾的望天樓就貼出了個差不離的告示，也是搞美食節，也是辣味主題，而且還打包票，說絕對是全京城最低價。一共就他們兩家在搞辣味美食節，望天樓說是和全京城作比，其實大家心裡都跟明鏡似的，就是在和食為天打擂臺啊！

望天樓仗著背靠魯國公府，資本雄厚，開業到現在一直以本傷人，定價低得離譜，持續在搶食為天的生意。雖然沒有動搖食為天的根本，但就像蟲子似的，時不時不疼不癢地咬人一口，十分噁心人。

顧野聽著不覺皺起了眉。

正好顧茵聽人說他們過來了，出來迎他們，見他還發愁上了，就伸手點了點他的眉心。「小小年紀老是皺眉，可別十幾歲就長皺紋。」

看到她臉上沒有半點擔心，顧野知道她肯定是有辦法的，所以立刻舒展開了眉頭，笑著道：「娘和我說說唄！」

顧茵就直接和他道：「那番椒的來歷你都知道的對吧？」

顧野點點頭。「是叔幫娘贏回來的。」

「所以啊，這對咱家來說，原就是無本的東西。而且我和楊先生打聽清楚了，這還育出來的番椒適合本土種植，往後再不是過去那樣昂貴的作物了。我這人喜歡銀錢，但並不是那等鑽錢眼子裡的，所以這次辣味吃食的定價，是按照原先的一半來的。」

朝廷的事務顧野還在摸索中，生意上的事他卻是一點就透，立刻就明白過來——他們自家的辣椒本錢低，而且沒指著這個賺黑心錢，所以走薄利多銷的路子。況且那辣椒是前幾日顧茵偶然贏回來的，馮家就是消息再靈通，也不會立刻得到這消息。既然望天樓不知道這事，便就還當食為天會像平常一樣的定價，所以依舊準備走以本傷人的路子，也提前誇下海口，說保證全城最低價。

望天樓的辣椒自然是從市面上買來的，就算買的量夠多，能比市價低一些，但和他們食為天自家白得的一比，那根本沒有可比性啊！而劉家前頭一共才種出一次辣椒，數量絕對沒有多到可以衝擊整個辣椒市場、拉低均價的地步。

顧茵就是早知道這個，所以半點不擔心之外，還讓周掌櫃在告示上設了個期限，說自家要做十天半個月的，果然那望天樓立刻也更新了告示，聲稱要做全京城時間最長的美食節，而且轉頭就開始搜羅辣椒了，買了數量極大的。

告示貼出去了，辣椒都囤上了，除非他們自甘壞了剛經營的招牌，否則就只能硬著頭皮按著告示上的賣！而賣得越多，自然就賠得越多，絕對是要元氣大傷啊！

顧野還帶了其他人過來，顧茵看他已經明白過來，便不再多說，招呼馮鈺和陸煦去五樓看新話劇，卻看陸煦又沒好好在原地待著了，正新奇地在店內四處張望走動。

辣子雞、香辣蝦、水煮肉片、毛血旺、麻辣酥皮魚……各種新奇的菜色和強烈的香味衝擊著小小的陸煦，他逐張桌子問過去，問他們吃的是啥、好吃不？

客人們看他年紀小又生得機靈，被問了都會一面直哈氣、一面回答他。

顧茵趕緊過去和眾人致歉，然後立刻把陸煦拉到一邊。

「肉夾饃姨姨，」陸煦喊她，然後察覺到顧野不怎麼高興的視線，他趕緊又變了稱謂。

「姨姨，這些菜我都沒見過，妳讓人每樣都做一份給我吃吧！」

顧茵搖頭說不成，自然不是因為吝惜吃食，便和他解釋道：「這些菜太辛辣了，對腸胃不好，你這個年紀不能多吃，否則回頭可是真要肚子疼的。」

陸煦抿著小嘴，眼巴巴地看著她，淚水都在眼眶裡氤氳了。

他們確實是沒吃午飯就過來的，顧茵就讓人給他們準備飯食，照顧到陸煦這個對啥都好奇、但確實不能吃刺激性食物的年紀，她親自去後廚，做了兩道減辣的菜端出來。

兩樣菜很快被端上了飯桌。一樣是不怎麼正宗的辣子雞丁，就是油炸的雞米花加上乾辣椒，辣椒充當提味和點綴罷了，雞米花並沒有什麼辣味；另一樣是麻婆豆腐，做法同樣並不繁雜，鍋內燒熱油，然後加入蔥薑蒜、辣椒醬和花椒、肉末爆香，再加水，燉煮湯底，最後加入豆腐燜煮半刻鐘，撒上白糖即可出鍋。

顧茵放的辣椒醬很少，所以麻婆豆腐雖然看著紅彤彤的，其實也不辣。

陸煦早就拿好小碗等在飯桌前了，因為店裡確實忙碌，所以顧茵親自給他們端菜。

等兩道辣味菜餚上了桌後，顧茵轉頭又去廚房給他們炒了個蔬菜，再過來的時候他們三人都已經吃起來了。

油潤潤、滑嫩嫩的豆腐和鹹香微辣的肉末拌在飯裡，再一口一個香香脆脆的雞米花，每個人碗裡的米飯很快就下去了一半。

顧茵把清炒菜心放到桌上，讓他們三人再吃點蔬菜。

等到他們饜足了放下碗筷，桌上那盤辣子雞丁裡就只剩乾辣椒，而麻婆豆腐則被吃了個精光。

要不怎麼說半大小子吃窮老子？顧茵給他們做的可都是特大份的！

此時下午場的話劇在檢票了。

這次的票還是搞預售，不等開演就銷售一空。

下午場依舊是那些熟客，當然顧野作為少東家還是有特權的，就臨時加了兩張椅子，他們三個人擠著坐。

坐定之後，帷幕緩緩拉開，一身白色紗裙的楚曼容和一襲紅色小紗袍的小鳳哥娉婷窈窕地登場了。楚曼容本就貌美，那飄飄若仙的白色紗裙一襯，就好像隨時要登月的仙女一般；小鳳哥五官濃豔，他這次沒穿女裝，但那火紅的袍子穿在他身上，自有一種雌雄難辨、魅惑人心的美感。兩人的妝容都偏妖冶，從舞臺一旁走到正中央。

小鳳哥垂著腿抱怨道：「姊姊，這做人也太難了！」

一句話，就交代了兩人是妖精的來歷。

後面的劇情在現代人看來，其實也不算標新立異——初初入世的兩隻狐狸精，遇到了一個清俊正直的窮書生，然後大的那個芳心暗許，小的那個雖然不懂，但也幫著他姊姊倒追人家，可是因為不了解許多塵世的規矩，所以鬧出了很多啼笑皆非的笑話。

故事的前半段輕鬆喜感，中間自然少不了一個自詡正義的降妖人出來和兩隻狐狸精鬥法，這是最能展現舞臺效果的一段；颳風、打雷的效果都是小兒科，顧茵還讓人整上了吊鋼絲！不過現代那種既輕又結實的金屬繩不好弄，所以捆在演員身上的繩子是足足有拇指粗的麻繩。但好在觀眾席距離舞臺還是有一定距離，且那繩子被刷成跟背景一樣的黑色，加上楚曼容和小鳳哥極其輕盈的身段，乍看真的好像在空中飛舞一般。而且都知道這平地飛天是假的，時下觀眾對穿幫沒有那麼反感，所以只覺得新奇，倒沒人挑剔。

只陸煦是真不知道，他看著楚曼容和小鳳哥飛來飛去的，嘴裡就一直發出「哇哇」聲。

一場話劇演到結尾，陸煦還想求顧野帶他去後臺，他想和人學飛天呢！

後頭顧野帶他去看了道具，小傢伙總算知道原來是假的，只是舞臺效果罷了。

話劇結束後，外頭的天色漸晚，到了陸煦該回宮的時辰了。

馮鈺早在他看得入迷的時候，就找到機會和葛珠兒說上話，說過魯國公府府裡的事。葛珠兒倒是比他想得開，寬慰了他許久，馮鈺的心情也就越發輕鬆了。

這確實是極好玩的一天，陸煦回去後逢人就說看了一場好好看的話劇。

他這樣了，其他人自然也是這般。

食為天的特效話劇推出後廣受好評，更是吸引了一大批前頭沒來過的生客。

客人們在這裡看了話劇，散場的時候若逢飯點，大多都會直接留下來用飯；而被辣味美食節吸引過來的客人，聽人說到五樓就能直接看新奇特色的話劇，自然也會在飯後想著去消遣消遣。於是，美食節和新話劇就形成了互補的局面。

生意低迷了許久的一、二樓生意重回火爆，顧茵每日在店裡盤著帳，算著算著都要忍不住笑起來。

周掌櫃也心情大好，只是偶爾也會忍不住嘟囔著，說要是沒有望天樓故意壓低價抄襲模仿，這利潤少說得翻倍才是。

提到這個，顧茵就笑得更厲害了，她是真的挺想知道望天樓的帳目——想知道他們到底虧了多少銀錢啊！

食為天的辣椒是無本的東西，所以雖然菜餚定價是從前的一半，卻還是賺得盆滿缽滿。但有人歡喜便有人憂，望天樓誇下海口說他們是全京城最低價，所以高價錢收來的辣椒，得低價錢去賣，等於賣一份出去就虧一份錢啊！

過去那些日子，望天樓的定價雖比市價低，卻不至於完全無利潤，每個月大概要虧上數百兩。這次可不得了，剛過了十天，虧的銀錢就抵得上過去一、兩個月了！

眼看著食為天還沒有停下來的趨勢，誇下海口的望天樓就還得捨命陪君子。

東家馮濤破天荒地想要門庭冷落些，然而望天樓的辣味菜色雖沒有食為天豐富，也沒有話劇加成，但光是便宜這一樣，就死死吸引了一些貪便宜的客人。

到了二月下旬，馮濤囤的那些辣椒都賣完了，還得再囤新的。沒辦法，他就只能再回去向秦氏討要銀錢了。

秦氏前後一直在斷斷續續貼補他，但馮家之前撫恤傷兵的時候花出去十數萬兩，開酒樓到現在連本帶利又虧了幾萬兩，儼然已開始捉襟見肘了。

秦氏最後拿出了千兩銀子，和馮濤說再沒有下次了。

「娘息怒，不是兒子非要跟您要銀錢，實在是那食為天奸猾，竟然半價出售那些辣味菜餚！兒子提前張貼了告示，若這番認了慫，不只是壞了剛經營起來的招牌，更是墮了咱們魯國公府的威名，好似咱家怕他們英國公府一般啊！」

馮濤陪著笑臉說了一馬車的好話，心中卻不禁想著，當初這望天樓又不是他自己要開的，是他親娘想的，那以本傷人的路子也是他們母子共同商量的，秦氏自己點了頭的，怎麼到如今好像全成了他一個人的過錯？再說，家裡的銀錢又不是他一個人花的！

秦氏作為家裡地位最高的長輩，是她在馮家改換門庭後開始了奢靡享樂之風，銀錢流水般地往外花，也是她招來了撫恤傷兵的麻煩啊！

還有他大哥馮源，最近老是借酒澆愁，三不五時和昔日的軍中同僚在外頭暢飲小聚，喝的還都是最貴的陳釀，最後都是馮源買單結帳，一個月也要花出去數百兩。

更別說宮裡的貴妃娘娘，新朝剛立的時候，馮貴妃收到了許多封賞，還能貼補回娘家，前不久卻開始說使喚不動宮人了，讓秦氏給她一些銀錢做宮裡的花銷。馮濤雖不知道秦氏到底給了多少，但宮人眼光都高，不是尋常那種眼皮子淺、三五兩銀子可以打發的下人，個個胃口都大得很呢！

一家子都這樣，誰都別說誰不好！但作為家中最小的孩子，馮濤也不能指責親娘和兄姊。

得到銀錢後，馮濤又讓人去採買了一批辣椒。然而讓他鬱悶的是，辣椒的價格居然還上漲了！京城雖然是一國中心，但番椒作為舶來品，存量本就不多，且商販們知道太白街上兩家大酒樓在搞辣味美食節，那自然得漲價一番。秦氏給的銀錢只夠又撐過了幾日，然而食為天的美食節還在辦，他們望天樓就還得硬著頭皮上！

屋漏偏逢連夜雨，馮貴妃又到了要花銀錢的時候。

正元帝下了旨，擷芳殿收拾妥當後，讓陸煦搬過去住。宮中妃嬪不可能撫育皇子到成年，雖然馮貴妃早有心理準備，但她沒想到母子分離會來得這樣快，而且事先竟半點消息都沒得！

如今陸煦和顧野待在一處的時間已經比在後宮的時間長多了，自從那次母子倆因為一點塔菜和豬油鬧矛盾後，只要馮貴妃再說顧野不好，讓陸煦提防著一些，陸煦要麼和她頂嘴，要麼就乾脆當耳邊風！這才過去多久啊，就已經這般了，往後再讓陸煦和顧野住到一起去，指不定這小子胳膊肘就要往外拐了！

馮貴妃寢食難安，但聖旨已下，她不能違逆，只能再使了大銀錢賞賜給陸煦的奶娘和宮女，還要疏通擷芳殿那邊的宮人，只盼著他們能警醒一些，別讓陸煦被人蠱惑。

宮人對永和宮送出來的銀錢照收不誤，反正錢三思發話了，讓他們心裡有數就好。所以收銀錢歸收銀錢，但怎麼辦事還得看他們自己。

兩人都跟秦氏伸手，可真是把秦氏給愁壞了。主要不是發愁眼前，而是以後，這姊弟倆可都跟無底洞似的啊！

秦氏急得唇邊燎了個大火泡，隔天冰人過來傳遞她搜羅來的各家適齡女子的消息時，都不由得多看了她好幾眼。秦氏只能抬起茶盞，把自己的嘴唇擋住。

後頭秦氏跟賣瓜挑菜似的挑挑揀揀，樣貌不如陳氏的首先就不行；家裡境況太差的也不行；還有家中人丁單薄、看著不好生養的也不行。最後，也就剩幾家人適合。

想到家裡那緊張的用度，秦氏又和冰人打聽起對方要的聘禮。

那冰人就是陸家託付的那個，性子很是伶俐，雖奇怪馮家這樣的顯貴人家怎麼還操心這些，但面上並不顯，只接著笑道：「老夫人這話問的，我給您家推薦的可都是好人家。人家姑娘的嫁妝都有萬八千的，都不是貪心的人家，聘禮比著嫁妝來，稍微多個三五千兩就成。」

三五千兩對於現在的魯國公府來說，自然還是拿得出手的，但問題是得比人家的嫁妝多，那就等於得一口氣拿出一萬三五千兩來！

而且新媳婦的嫁妝雖然肯定會帶過來，但那是人家的私產。秦氏要是敢對兒媳婦的嫁妝下手，新媳婦和她娘家人不樂意是一遭，若消息傳出去，秦氏就沒臉見人了！除非變賣祖上在滁州的田地房產，否則根本不可能湊得出來這些銀錢。

秦氏久久沒有言語，說自己再考慮考慮。

那冰人察覺到了一些，一面收攏桌上那些姑娘家的名冊，一面驚叫道：「唉，看我這糊塗勁，怎麼把富商陸家的姑娘也混進來了！」

要擱從前，秦氏眼高於頂，根本看不上商賈人家。如今聽到冰人那刻意加重的「富」字，她的眼睛卻不由自主地立刻看了過去。

冰人覺得有戲，便繼續道：「這陸家姑娘真是嬌豔貌美，看著就是有福相的。陸家那更是幾代巨賈，祖上還是前朝的皇商呢！陸老夫人只有陸姑娘一個女兒，疼得和眼珠子似的，所以給了極豐厚的嫁妝不算，更不在乎什麼聘禮，只想把陸姑娘嫁到好人家去。」

秦氏蹙眉沈吟半晌，讓冰人把陸沅琪的小像留了下來。

後頭秦氏沒把那小像往馮源面前遞，讓富商之女當國公夫人，她還是不滿意，所以她想讓小兒子馮濤娶陸沅琪。

馮濤聽說那陸沅琪比他還大兩歲，不大樂意，但聽秦氏一陣勸，又想到陸家的家底，他還是點了頭。

消息很快遞到了陸家。聽說能和魯國公府結親，陸老夫人和陸沅琪都喜不自勝。

但是後頭一打聽，那馮濤是個遊手好閒的，日常不是在賭坊就是秦樓楚館。而且馮濤看管的那個望天樓看著生意不錯，但陸家在京城人脈甚廣，稍微一打聽就知道只是穿綢子吃粗糠——表面光！馮濤既不能襲爵，又沒本事，就是得了個好家世罷了。

陸沅琪雖想攀高枝，卻也不願和這樣的人攀，私下就和陸老夫人表示了自己的不樂意。

陸老夫人已經使人仔細打聽過魯國公府眾人的品性，猜眼高於頂的秦氏此番這樣輕易鬆了口，該是府裡缺銀錢。還好陸家最缺的就不是銀錢，何況還是這種關係到整個陸家未來的關頭。於是陸老夫人就和冰人透了個底，說自己一開始誤會了，還當女兒要嫁的是準備續娶的國公爺呢，所以給女兒準備了二十萬兩的嫁妝去支撐門庭。眼下既說的是魯國公府的小公子，女兒嫁過去又不是家裡的宗婦，不用照顧闔家上下，那二萬兩嫁妝就足夠了。

二十萬兩，馮家積累數代，全部的家底也就差不多這個數了。當然，那是從前，現在是別想了。而且陸家的意思很明顯，那二十萬兩嫁妝就是送給整個魯國公府支撐門庭的！

秦氏心動了，反正前頭秦氏想把陸沅琪說給馮濤的事只有自己人知道，她不擔心走漏風聲，招人笑柄，還讓人送信給馮貴妃商量。

馮貴妃也幫著勸，說家裡是國公府，她是貴妃，還有個皇子呢，京城裡除了英國公府外就沒有更顯貴的了，還在乎門第做什麼？還是得務實一些。尤其將來陸煦是要奔著大前程去的，到時才是真正要用銀錢的時候呢！

秦氏一想，還真是如此！

後頭秦氏便和陸老夫人碰了頭，兩人還挺臭味相投的，加上刻意裝作乖巧的陸沅琪確實品貌出眾，於是這樁親事便定了下來。

秦氏急著要銀錢周轉，陸家也自覺遇到了天大的好事，並不敢拿喬，生怕到嘴的鴨子飛了，所以兩家一拍即合，婚期就定在三個月之後。

顯貴之家和巨富之家強強結合，這事很快就傳得街知巷聞。

尤其輕食雅舍裡女客眾多，這種消息最是靈通，隔天就有人知道了。

尷尬的是，陸夫人和葛珠兒交情還很不錯呢！

陸夫人好幾天沒來輕食雅舍，實在是沒那個臉，也是怕人笑話。陸家是陸老夫人當家作主，她這大房夫人看著花團錦簇，實則毫無話語權，小姑子的親事雖輪不到她插手，但知會她這長嫂一聲總是有必要的吧？結果卻是直到陸老夫人開始操辦起來，點了陸夫人打下手，她這才知道！這事說出去一來是沒面子，二來是怕葛珠兒她們也不相信，以為她成心瞞著。

前頭她還提過讓葛珠兒去陸家做工呢，得虧只是她剃頭挑子一頭熱，那事要是成了，如今陸夫人真要臊得沒臉見人！

雅舍裡和她玩得好的人一開始都以為她是忙，後頭看她快十天沒出門，便察覺到不對勁了。又不是她出嫁，再說上頭還有個陸老夫人操持著，陸夫人總不可能十天裡都沒個空閒的時刻吧？去年冬天到現在，她們一直聚在一起的，突然少了個這樣的中心人物，大家都有些不習慣。

後來葛珠兒讓共同的友人幫著轉交了信件，陸夫人收到她的信，知道她是真的放下了過去的事，這才還如往常一般來了輕食雅舍。

事實上，和離之後，葛珠兒恢復了自己灑脫的性情，她比誰都想得開。手帕交分別了數日，自然是有說不完的話。

顧茵知道陸夫人嗜甜，就特地親自去做了一份焦糖布丁。

這焦糖布丁的步驟並不繁複，難點在於對火候的把控。炒糖色是一遭；還有中間煮牛乳若是煮得過熱，和糖液混合的時候就容易變成蛋花；上鍋蒸的時候若不仔細控制火候，也容易蒸出來像蜂窩那樣有孔洞的，破壞美感。

顧茵做出來的布丁不僅外觀誘人，還蛋香和奶香味並存，細膩滑嫩，更有別具風味的香甜焦糖在舌尖盪漾開層層漣漪。

陸夫人吃著這甜品，再聽其他人談著這些天她沒過來時發生的一些趣事，心頭堵著的那塊石頭總算是被挪開了。

後頭到了人散的時候，葛珠兒猶豫半晌，還是提醒了陸夫人一句，說馮家看著花團錦簇，內裡糟心的事可不少，尤其秦氏的手段可骯髒著呢。

之前小鳳哥的嗓子出了一些問題，不唱戲而改演話劇了，陸夫人她們那會兒還不知道話劇是什麼東西，都在替他可惜，也去打聽了一番發生了什麼事。武青意當時把小管事和園主一起送去公堂，所以這事不難打聽，小鳳哥被魯國公府害得差點失聲，眾人心裡都有數。

陸夫人苦笑著道：「我知道後何曾沒有勸過呢？妳這樣好性子的人都受不住那家子，就算不知道別的事，光這般就知道那位國公爺並非良配了……不過終究不是我當家作主，我也怕說多了招人煩。」陸夫人這話說得十分委婉了。實際情況是當時陸老夫人聽後十分不屑，說葛珠兒身分低微、性子木訥，問題出在她自身，所以才會不招秦氏喜歡。他們陸家雖是商人，但族親無數、家境殷實，雖比不上那些簪纓世族，和葛珠兒這樣的卻有著雲泥之別。

反正兩家親事已經定下，再想多也無用，於是兩人便不再多言。

馮、陸兩家訂親後，馮家的底氣立刻足夠了起來，辣味美食節的聲勢搞得比之前還浩大。但望天樓有低價，食為天有新興話劇吸引人，兩家的客人其實沒差多少。

二月下旬，食為天這邊的美食節先結束了，顧茵把這段時間的帳簿帶回家裡清點。

她這些日子又忙起來，人比之前瘦了一些，下巴都尖了一圈。

王氏看得心疼，讓府裡廚子燉了燕窩，她親自給送了過來。

燕窩的雜毛被挑得乾乾淨淨，配上冰糖、牛乳和蜂蜜，顧茵吃著不錯，就問：「這東西不便宜吧？娘也是，我說給家用您非不要。」

「咱家現在有俸祿、有田產租子，翹著腳一年也有好幾千兩的進項。酒樓的銀錢都是妳辛苦賺的，妳自己留著就好。」王氏笑著又說：「而且這燕窩也不用錢，都是宮裡賞的。」

「太后娘娘賞的？」顧茵這段期間在家的時間很少，所以並不是很清楚。

王氏說不是。「是皇后娘娘賞的。不只燕窩呢，還有好些補品，最養人不過的東西。等妳這段時間忙完，我讓廚子都給妳做了吃。」

顧茵和周皇后接觸的次數不多，但對她觀感不差，便領了她這份心意，想著有機會再回禮。

王氏等到顧茵把帳目盤清，忙完了，才開口道：「我今日去給妳許嬸子送東西，就那麼一會兒工夫都聽說富商陸家攀上馮家了。馮家得了陸家的助力，對咱家豈不是……」

顧茵把帳本合上，放鬆地伸了個懶腰。「娘說反了，馮家就是因為要和陸家結親了，往後咱家才省心呢！」

秦氏不是個省油的燈，但陸家那說一不二的老夫人也不是好相與的。這兩人若只是成為盟友，那確實令人擔心，但壞就壞在這兩人是結成了兒女親家！秦氏雖應承了這門親事，但一個人的秉性不是那麼容易改變的，她心裡定然還是會看不起陸沅琪的商戶女出身，所以秦氏對兒媳婦會是什麼態度，那不用多說，依陸沅琪那性情，能受得住氣？

陸家出了那麼豐厚的嫁妝，自然也不會覺得自家理虧。

加上還有馮源那個昏聵、和稀泥的，他喜歡葛珠兒那樣溫柔小意的女子，但為了葛珠兒都沒有出過頭，為了個性格不受他喜歡的陸沅琪，怕是更不會插手了。

這兩家但凡中間有什麼摩擦，就能把日子過得雞飛狗跳的，自然也就沒心思搞那麼多事了。

王氏聽了顧茵的話後，將信將疑。

顧茵就摸著下巴笑道：「反正三個月後他們兩家就要辦喜事了，這山高水長的，娘且等著看吧！」

二月底，擷芳殿收拾好了——這宮殿本就是前朝皇子居住的，廢帝耽於享樂，花了不少銀錢在衣食住行上，所以擷芳殿並不陳舊，只是更新了一些擺設，重新刷了牆、換了瓦。

顧茵從烈王府拿了一些衣物，馮鈺則幾乎帶來了自己全部的東西。說起來還多虧顧野給他求了這個住在宮裡的恩典，不然三個月後繼母進門，那繼母還只比馮鈺大六、七歲，他留在府裡實屬尷尬。

再有就是陸煦了，他一開始聽說能去前頭和顧野他們住，樂壞了。但到底年紀小，換到陌生的擷芳殿住沒兩天，儘管身邊仍然有熟悉的奶娘和宮人，他還是開始想親娘了。小哭包要面子，晚上咬著被子悶不吭聲地偷偷哭，自以為不會有人知道，但第二天他兩個眼睛腫得跟核桃似的，只要不是瞎子都能發現！

顧野和陸煦也相處出了一些兄弟情誼了，發現之後，他特地連續在宮裡住了好幾日。他出入宮廷十分方便，外面什麼時興的玩意兒都能弄到。今天晚上一道看畫本，明兒個晚上一起鬥蛐蛐，後天就抽陀螺、推棗磨……

幾天玩下來，陸煦再不提什麼想回永和宮去了，每天都樂呵呵的。中午午歇的時候回永和宮去吃午膳，馮貴妃和他說話他都不怎麼聽，扒完飯就趕緊午睡。

倒不是說分別幾日，他就和親娘不親近了，而是他真的睏！最近顧野還給他立了規矩，說玩歸玩、學歸學，若他因為玩得瘋，把功課落下了，就不和他玩了。

所以陸煦現在再不在課上打瞌睡了，在午歇的時候抓緊時間補覺。

幾個孩子的動向還是照常報給正元帝，知道顧野長兄風範這麼足，這麼快就把陸煦掰過來一些，正元帝自然龍心大悅，不只是越發寵愛顧野，對周皇后也比從前更好。

顧野留宿在宮裡的時候，晚膳都在周皇后這裡吃。

從前他雖也三不五時在這邊用午膳，但他是有午睡習慣的，所以說不了多久的話就要歇下。現在若晚上住在宮裡，他不急著出宮，自然也能多待上好一會兒。

這天用完晚膳，天才將黑，顧野擱下了碗筷，去和陸照玩起來。

陸照其實早就會自己走路了，只是因為被抱著習慣了，平時都懶得走路，說話也是同理。但是他和顧野這個親哥哥親近，顧野和他玩的時候，他會難得的不犯懶，願意跟顧野說話，也肯跟在顧野屁股後頭跑。

兄弟倆玩了好一陣後，周皇后給兩人擦過了汗，還讓人端上了甜湯來。

顧野自己喝，陸照則要讓周皇后餵。

平時周皇后肯定就親自上手了，但是顧野卻笑著道：「小陸照羞羞臉，好大的人了還要人餵！你看哥哥，都自己喝！」
陸照奶聲奶氣地道：「哥哥大，我小！」
「哥哥像你這麼大的時候，也早就不讓人餵了！」顧野三兩口把一小碗甜湯喝完，又假裝伸手要去拿陸照的小碗。「看來我們小陸照不喜歡甜湯呢，那我就幫你喝了吧！」
陸照也是金尊玉貴養大的，不缺這一口甜湯，但小孩子嘛，有人搶食的話就是另一回事了。於是他立刻拿了小勺子自己喝，後頭嫌自己勺子用得不好，他乾脆放下勺子，雙手把小碗一捧，咕咚咕咚地喝起來。
周皇后一邊說「慢點」，一般笑得眉眼彎彎。
「空啦！」陸照捧著空碗，放到顧野面前給他看。
顧野自然不吝惜讚美，豎著拇指誇道：「小陸照真棒！不愧是我的親弟弟！」
陸照自豪地挺了挺小胸脯。
周皇后眼睛裡的笑意滿得都快溢出來了，慈愛地看著顧野道：「這小子就聽你的話，你要是有空就多來教導教導他。」
顧野說別等有空了，其實他有個想法。「文華殿裡，我和陸煦都在上課，咱家的陸照又不比陸煦小，難道還能讓他比下去？」
周皇后聽到這話，習慣性擔憂地看向陸照。
其實之前正元帝已經提過這件事了，當時周皇后以陸照年紀小、身體差擋了回去，可對著顧野，她卻說不出那樣的話了——當年顧野被拐走的時候，年紀可比現在的陸照還小不少。至於身體差，其實周皇后也清楚，御醫說只要稍微小心些，不會再出什麼大紕漏，還建議過陸照要多多鍛鍊。

「我是這樣想的，」顧野接著道：「您讓小陸照每天只跟著我上半天課，就下午晌吧，早上我怕他起不來，而且最近早上確實冷。中午吃過飯了，他就到前頭上課、玩一玩，就算和陸煦之前那樣在課中睡覺也不礙事，就是別像陸煦那樣打呼嚕就好。」

周皇后聽得又忍不住笑起來。

陸照連忙出聲道：「我不打！」又拉著周皇后的手搖了搖，撒嬌道：「我去玩！」

「母后覺得怎麼樣？」顧野也學著陸照，拉上了周皇后的另一隻手。

小兒子的撒嬌周皇后早就習以為常，但顧野雖然被認回一段時間了，卻從來沒有這樣，一直都表現得像個小大人似的。小大人模樣的孩子固然乖巧討喜，但有時候也會讓周皇后覺得母子倆生分，悵然若失。此刻周皇后的手都微微發抖了，她攥著顧野的手輕輕捏了捏，心緒激動之下，別說只是這樣的小要求，便是要她的性命她也絕無二話！

「那就說好了，咱家陸照明天下午就跟我去上課。文華殿雖然不能進其他宮人，但咱家陸照情況有些特殊，我去和父皇說，多備個御醫在殿裡伺候著，這樣咱家陸照萬一有個不舒服的，也能很快被照顧好。母后要還有不放心，我給您寫個『軍令狀』，保證……」

周皇后聽他一口一個「咱家」，又一口一個「母后」的，心頭軟得能掐出水來，笑著把他的小嘴捂住。「都是一家子，立什麼『軍令狀』？我知道你是為你弟弟好。」

於是陸照也去文華殿上課的事就此定了下來。

正元帝得到消息的時候，真叫一個老懷欣慰。正元帝不禁想著，大兒子說的不錯，他現在的年紀確實小了些，不然馬上封個太子又如何呢？其他先不提，光是這份能把兩個不是一個親娘的弟弟都往好方向教導的耐心和仁心，就足夠了。

顧野和周皇后說好的第二日下午，陸照就出現在文華殿上課了。

顧野如自己所說的，擔負了長兄的責任，不只求了正元帝放了御醫過來，還將陸照的桌子挪到離自己最近的地方，三不五時地摸一摸他的腦門，看他身上有沒有不舒服的。

一開始顧野還擔心陸照會在上課時搗亂，但其實陸照的性子比陸煦安靜。

陸照雖然對上課什麼的一知半解，但周皇后和顧野都反覆叮囑過他，要對先生尊重，要在課上安靜，他都照著做了。在課上如果實在無聊，他就擺弄桌上的小毛筆、小硯臺，甚至玩玩自己的手指，透過窗子看看外頭的風景，也能自得其樂。

陸照適應良好，反倒是陸煦，反應略有些奇怪。

白天陸煦看著顧野對陸照噓寒問暖的就不吱聲，傍晚顧野送陸照回去，順帶在周皇后那裡用了晚膳後，便再回擷芳殿要和陸煦玩，但這日陸煦卻很反常，居然沒在屋裡等顧野，因此顧野就去了陸煦屋裡尋人。

走到陸煦屋門口，顧野剛要張嘴，守在門口的太監卻立刻比了個噤聲的手勢，又指了指裡面，讓顧野聽裡頭的動靜。

顧野就認真地聽了，屋裡陸煦的奶娘正在同他道——

「殿下別傷心了，娘娘前頭早就同殿下說過了，烈王殿下那是有自己的親弟弟的。您瞧瞧，二殿下今日一來，烈王殿下眼睛裡就沒您了。您往常還不相信娘娘說的話，今遭該知道娘娘說的可沒錯哩！」

陸煦甕聲甕氣的聲音接著也從裡頭傳了出來——

「奶娘別說了，人家是親兄弟，比和我親近本來就是應該的。再說了，我又不是沒人一起玩，我還有表哥呢……」

說是這麼說，但陸煦這聲音一聽就是剛哭過了，傻子也知道這小哭包是泛酸的。

「馮公子雖是殿下的表哥，但眼下他是烈王殿下的伴讀，這心哪，怕是也偏著呢！您——」

奶娘還要再勸，顧野在門口清了清嗓子，又對著裡頭喊——

「陸煦你人呢？今天不是說好玩扔沙包？」

奶娘的聲音立刻停住，接著陸煦吧嗒吧嗒地從裡頭跑了出來。

陸煦眼睛紅紅的，跑到顧野身邊站住了腳，帶著鼻音問他。「大哥怎麼不和陸照玩？」

顧野疑惑了一下。「扔沙包是我早和你約好的，當時也沒說帶他啊，怎麼扯到他身上了？」

陸煦這才笑起來，揉著眼睛催促道：「那快走吧，今天我一定贏你！」

後頭顧野就和他玩起來，馮鈺也過來了，不過馮鈺玩心沒那麼重，對這種小孩的玩意兒也不是那麼喜歡，就只是陪著他們，給他們做裁判。

一直玩到夜色濃重，哭過一場的陸煦玩心再重，都睏得睜不開眼了。

想到陸煦那嚼舌根的奶娘，顧野就和陸煦說：「你乾脆在我這兒住下算了。」

兩人的屋子在一個宮殿之內，本就沒有隔幾步路，犯起睏的陸煦立刻點頭。

顧野又補充道：「不過我這邊可沒那麼多伺候你的人，洗漱什麼的都得自己來。」

陸煦把小胸脯往前一挺，昂著下巴道：「我又不是陸照，我自己都會！」

顧野就和他一道洗澡，兩人坐在一個大浴桶裡，打了好一會兒的水仗，等到水變溫了，顧野給自己打了胰子，再幫陸煦也從頭到腳洗了一遍，洗好了才一起出了來。

陸煦穿著顧野的寢衣，寬寬大大的，跟唱戲似的，上了床後還興奮地跳來跳去的。

顧野又和他玩了會兒，玩到陸煦實在熬不住了，趕緊躺下來就睡。

第四十二章

自那日後，顧野又在宮裡待了幾日，看到陸照適應良好，陸煦也沒再泛酸，這日他就準備回家住了。

他和陸煦說要去外頭尋摸一些新的玩意兒來，所以陸煦半點都沒有不高興，還一下課就催著他早點走，怕晚了可不好買東西！顧野被他催得衣服都沒換，就坐上轎輦出了宮。

到了外頭，顧野沒奔著英國公府，而是奔著食為天去了。

顧茵正在酒樓裡，見到顧野也很高興，把他從頭到腳一打量。「這神氣活現的小崽子是誰啊？喔喔我想起來了，是我那十天不著家的大兒子啊！」

顧野格格直笑。「我這不是回來了嗎？娘就知道揶揄我。」

顧茵和周掌櫃他們打了個招呼，就帶著顧野回了英國公府。

王氏他們見到顧野回來，當然都是一口一個「小野」的，親熱地和他說起了話。

一直說到武安下學回來了，兩個許久沒碰頭的小傢伙又熱火朝天地聊起來了。

顧茵看大家都高興，就親自去了後廚。後廚的夕食已經都差不多做好了，顧茵看到今天現買了新鮮的排骨，就準備做個糖醋排骨加菜。

她這邊剛把排骨焯過水放入油鍋，顧野就跟過來了。他沈穩地負著雙手慢悠悠地走過來，那氣度誠如武青意前頭說的，就是一個皇子該有的，挑不出半點錯處。

顧野進了廚房後就擺擺手，讓其他人都出了去，等到人都散了，他立刻就膩到顧茵身邊。「真香！」顧野嗅著廚房裡的香味，嘟著嘴小聲抱怨。「在宮裡啥都好，就是還是想吃娘做的飯。」

「油嘴滑舌！」顧茵好笑道：「你在家的時候，我也很少做飯啊！」

她如今幾乎只在食為天下廚，做一些甜品給三樓的女客，或者如之前辣味美食節那會兒研發新菜式的時候，才會和周掌櫃他們一道下廚互相參謀。

家裡原王府的那個大廚手藝不錯，所以顧茵回家後一般都只休息。

上次給顧野做飯，還是他帶陸煦和馮鈺出宮參加美食節那次。

「就算不是娘做的，但是有娘陪著，這飯哪，就是好吃！」

顧茵被他逗得笑個不停，一邊手下沒停，一邊將他拉得離油鍋遠一些，然後問他這幾日在宮裡過得如何？住得習不習慣？

顧野就道：「都挺好的。錢公公指了小路子當我的宮人，小路子年紀雖不大，但辦事機靈得很，生活上的瑣事全是他貼心安排。而且不只那些，擷芳殿的其他宮人都被小路子收得服服貼貼，什麼消息都會往我這邊透，像前兒個我說服了皇后娘娘讓陸照過來和我們一起上課，後來我送回陸照，再去尋陸煦時，就有太監提醒我，讓我聽到了陸煦他奶娘挑撥離間的話……」顧野事無鉅細地說著。

顧茵一心二用，一邊聽他說，一邊把排骨做了出來。深紅色的糖醋排骨，泛著酸甜的香氣，光是聞著就讓人流口水。顧茵最後在排骨上撒了一層白芝麻，就可以端出去了。

顧野搶著幫她端菜，口中還道：「這排骨是江南那邊的菜色嗎？」

顧茵說是。「陸夫人想念家鄉風味，所以四樓請其他地方的廚子時，正好請到了一個江南那邊的。這幾日那位大廚做了好幾樣酸甜口的菜，我也跟著學了一手。」

「娘還要跟人學？我還當只有人跟娘學手藝的。」

「學無止境嘛！糖醋排骨我雖然過去就會做，但做法和那邊最正宗的還是有些不同。」

「那娘請淮陽那邊的廚子沒有？錢公公和小路子都是淮陽人。」

顧茵聽了就反應過來。錢三思眼下明顯是在幾個皇子裡站了隊，顧野估計是想藉著送家鄉吃食來作為回禮。這辦法雖樸實，但錢三思那樣地位的御前大太監，金銀財寶的孝敬都不缺，反而是這種滿含心意的東西更能讓他覺得溫暖，從而使他們的關係更進一步。

能留意到這種細枝末節的地方，這還真是顧野天生的本事。

「這不難，你既然提了，我就幫你留意。」

顧野點點頭，又道：「還有一件事，是早前我和武安商量的，那次娘問起來，我說事不一定成，就沒和妳說，現在是能說了。我準備讓武安進宮去當陸照的伴讀。」

顧茵腳下一頓。「你和陛下說了？」

「還沒，」顧野搖頭。「只先和武安說了，他說考慮考慮，但剛才我悄悄問了，他說已經考慮好了，是願意的。他願意了，就只剩我去和宮裡說了。我是這麼想的，皇帝爹說過找伴讀是培植自己勢力的機會，但陸照現在這麼小，還不是想那些的時候，他如今缺的是能有耐心陪伴、照顧他的伴讀，而且估摸著朝中都知道他現在三歲多了卻連走路和說話都不太行，身子也羸弱，一般好人家不會願意把自己家的孩子送過去的，至於願意把孩子放他身邊的，指不定存著什麼心……」顧野認真地分析完，頓了頓又道：「所以我想著，先把武安放陸照身邊，等陸照和平常孩子一樣了，再按著他自己的意思去尋新的伴讀。當然了……」他說著說著，忍不住笑起來。「只要武安進了宮，那文華殿肯定有他一席之位，和皇子們一起長大，對武安往後也好。尤其小文大人本就是武安的先生，現在奉旨教導我們，留給武安的時間就越發少了，不如直接讓武安過來文華殿學習。」

顧茵認真地聽完後，點頭道：「若陛下應肯，確實是對二殿下和武安都好的事。你想得很周到。」

顧野說那是，又老氣橫秋地作苦惱狀。「要不怎麼說長兄如父呢？為了他們三個，我可是操了老鼻子心了！」

母子倆邊說著話回到了主院，武安正好聽到了一耳朵，他並不蠢笨，顧野總共就兩個弟弟，哪裡來的第三個？第三個走得最近的、近日又讓顧野費心安排的，只有自己。他笑著問道：「小野這是想給誰當長兄呢？說出來讓我聽聽。」他可比顧野大了一歲呢！而且論輩分，顧野還得喊他一聲「小叔叔」呢，只是顧野一直不肯喊罷了。

顧野立刻止住了話頭，把糖醋排骨往桌上一放，一臉無辜地問：「啥？我怎聽不懂你說話？」

武安笑著看他一眼。

顧野挨著他身邊坐下，用公筷給他挾菜。「多吃點！瞧我幾天不回來，你都瘦了一圈了，別是想我想得茶飯不思吧？」

武安確實挺掛念他的，畢竟兩人一起長大，情誼匪淺，但就幾天沒見面而已，絕對沒到那個地步。他確實是瘦了，但不是想顧野想的，而是最近身量長得飛快，人一抽條，自然就顯得清瘦了一些。武安好笑地拍了他一下，兩人又頭碰頭地說起了話。

用完了夕食後，武安去寫功課，而顧野這日特地趁著午歇和下午晌練字的時候把功課都寫完了，所以便能歇著了。他自己洗漱好後，穿著寢衣去了顧茵屋裡。

「我叔呢？怎地今天沒見到他？」母子倆躺進被窩，顧野就問起來。

顧茵解釋道：「陛下要辦春狩，到時候陣仗大，光宮中禁衛不夠，還得從京郊大營抽掉人手，所以你叔這些天都在忙這個。」

顧野點點頭。「好像是聽皇帝爹提過一句。叔也是，公務再忙也不能不著家啊，尤其是我這幾天也不在家，這不讓娘獨守空房嗎？」

「獨守空房」這話都出來了，顧茵作勢揚起手。

顧野連連告饒，說他就是說禿嚕嘴了。

「你叔就是今日沒回來而已，而且早讓人送了口信去食為天的。前頭不論多忙，他都會回來的。」

自古三月春狩是傳統，新朝第一次舉辦這樣盛大的活動，既是正元帝和臣子合樂，聯絡感情的機會，也是給前朝臣子展現新朝軍力強盛的場合，不容出任何紕漏的。

武青意確實是忙，既要佈置獵場的守衛、驅趕能傷人的野獸，還要加緊士兵們的操練。

但如顧茵所言，他就不是忙起來不著家的人。

就像前兩天，他忙到半夜回來，顧茵都已經歇下了，起夜的時候才發現他居然在廊下窗戶外頭站了許久。顧茵屋裡的窗只開了一小半，作通風之用，透過那窗欞，武青意根本看不到屋裡什麼，顧茵就好笑地問他站在那裡做什麼？

武青意見了她，肅著的臉一鬆，笑道：「沒什麼，只是忙了一整日，想在妳這裡鬆散一會兒。」

顧茵正準備從窗邊走開，去給他開門，他又攔住。

「不用，夜風涼，說不了幾句我也該回去了。」說著，他又從身後拿出一朵野花，從窗子遞了進來。

那不知名的野花是小小的團形，粉粉嫩嫩的，生機盎然，還泛著清香，很討人喜歡。

「是在獵場看見的，開得很好，知道妳是惜花之人，所以我只摘了一朵回來。我問了人，說這花很好養活，插在瓶中放上清水，還能開好幾天。」

顧茵心中熨貼，接過後低低地應一聲「好」。「那我讓人好好養上幾日。」

如今那花還開在顧茵床頭小几的花瓶中，一連數日了，屋內的空氣中都泛著甜蜜的清香。

顧野第二日再入宮，把讓人去外頭買的小玩意兒給了陸煦，坑了他幾聲軟軟糯糯的「好大哥」，後頭如常上課。

當天他把陸照送回坤寧宮，就直接和周皇后提起給陸照選伴讀的事。

他把說給顧茵的話又複述給了周皇后，只不同的是，昨兒個是閒話家常，想到哪裡說到哪裡，今日他重新組織過內容，條理越發分明，也更委婉，同時還時時觀察著周皇后的反應，若她表現出一丁點兒的反感或者不同意，那麼顧野就會立刻止住話頭。

好在周皇后沒有不同意，只笑道：「難為你了，每天自己要上課不說，還得為你弟弟操心。他身邊確實該多個人，不只是陪伴、照顧他，在他這年紀多個朋友也是很不錯的事。」

說完周皇后又問道：「那個武家的孩子我在慈寧宮見過，長得周正不說，人也機靈聰明，才那麼大點就讀過那麼些書了。你弟弟的情況你也都清楚，我就是怕委屈、耽誤了武家那孩子。」

顧野就道：「這方面母后可以放心，武安雖是給咱家陸照當伴讀，但又不是咱家的奶娘，課下會需要他照顧咱們陸照一些，課上我是不會容許弟弟打擾他的。」更深一層的話顧野沒說，其實論親疏，陸照這親弟弟還得往武安後頭排一排，要是陸照敢對武安頤指氣使的，他第一個不同意。當然了，顧野也是很有信心能令他們相處好，不會讓那種情況發生。

周皇后點點頭。「還是我們阿烈想的明白。」

顧野又問：「那您同意了，我去和父皇說？」

周皇后搖頭。「不用，我自己去說就成，哪能事事都讓你忙前忙後的？」

母子二人又說了會兒話，周皇后叮囑顧野不用日日都親自把陸照送過來，雖說同在宮裡，但來回路程也不短，上了一天課，總有累著了不想動的時候。

顧野說不會。「哪裡就累呢？本也該時常來看您、陪您用飯的。咱們分別了那麼幾年，少吃了好幾頓飯呢，慢慢的我都給您補回來。」

這話聽得周皇后又是一陣眼熱，差點又哭了。

顧野回了擷芳殿後，周皇后也安頓好了陸照，就換了衣服過來養心殿。

正元帝照常在養心殿處理公務，錢三思幫著傳消息進來時，正元帝是和錢三思一樣的吃驚，連忙擱下手頭的東西，起身去迎她。「皇后怎麼這個時候過來了？」正元帝牽起周皇后的手，拉著她一道在龍椅上坐下。

兩人許久沒有這麼親近過了，周皇后一開始還有一絲不自然，但坐定之後，龍案邊上的十幾根蠟燭亮堂堂的，既照著案臺上的文書，也照著正元帝不再年輕的臉龐，周皇后不禁想起從前的正元帝。

那時候兩人同在一個村裡，青梅竹馬的長大，正元帝少年時便與眾不同，雖家中清貧，但不用銀錢就能交友滿天下，連隔壁村子的少年郎都願意跟在他屁股後頭跑。而她父母去世的早，在叔嬸家中寄人籬下地長大，但因為有了他的照拂，便沒人敢欺負她。

那時候她就知道他與旁人不同，但哪裡能想到將來他會成為天下之主呢？

兩人年歲相當，但因為這些年的操勞，正元帝看著反倒比她大了好幾歲。

周皇后心頭一軟，就溫聲勸道：「公務是處理不完的，陛下也該注意身體。」

正元帝忍不住笑起來。「這話前頭阿烈老說。」但他還是依著周皇后的話，把奏章合上，讓人上了熱茶和點心。

歇息過一陣後，正元帝問她怎麼這會兒過來了？

周皇后就說了想讓武安給陸照當伴讀的事。

正元帝聽完，又忍不住笑起來。「武安這孩子倒真是搶手，前頭阿烈選伴讀時，第一個選的也是他，是朕和他說了，伴讀就等於是在選自己人，那武安本就和他親兄弟似的，沒那個必要。」他狀若在閒話家常，其實也是在給周皇后提個醒——武安所代表的武家，那可絕對是顧野那一個派系的。雖說正元帝更屬意大兒子，但還沒有太過偏心，所以該提醒的一樣得提醒。

周皇后聽出來了，就笑道：「那孩子機靈又好學，自然得大家喜歡。他和阿烈是親兄弟才好呢，自然也會把阿照當親弟弟疼的。兄友弟恭，這才和睦。」她的意思也很明顯，就沒想著讓陸照培養什麼自己人，只盼著他平安罷了。而且顧野對陸照那麼好，她這當母親的也會督促著陸照長大後對兄長恭敬。

正元帝笑著點頭。「皇后說的不錯，那就比照阿烈召選伴讀那時候來，朕回頭也下聖旨。」

周皇后柔順地點了點頭，又接著道：「還有一件事，臣妾這幾日想出宮一趟。」

正元帝拉著她的手，問她準備做什麼去？

「再過不久就是阿烈的生辰，說來慚愧，從前咱家境況不好，沒給孩子過過一個像樣的生辰，這次是阿烈回來後的第一次生辰，臣妾想去和將軍夫人請教請教，悄悄按著阿烈的喜好給他辦一個熱鬧又喜慶的生辰宴，給他一個驚喜。」

周皇后慚愧，正元帝又何嘗不覺得對顧野歉疚呢？自然沒有不同意的。

請示完兩件事後，周皇后就準備離開，但正元帝拉著沒讓。

周皇后的臉紅成一片，輕聲道：「阿照還在坤寧宮等著臣妾呢。」

正元帝拉著她的手沒鬆。「朕早就聽人說阿照最近上課回去後倒頭就睡，皇后莫要騙人……」

兩人說著說著就挨到了一處，帝后同宿養心殿。

周皇后是一年多前新朝建立的時候，隨著義軍進的城。彼時她還心門緊閉，整副心思都繫在陸照一人身上，別說京城了，連皇宮的其他地方都很少去。

眼下大兒子尋回，小兒子也去了文華殿上課，能放開手了，到了這時候，周皇后才恍惚地想起，她好像許久沒有出來看看了。

正元帝給她安排了侍衛，還特地把錢三思挪給周皇后用一天。

出宮後，周皇后換上了普通的軟轎，錢三思打聽清楚食為天的方向後，一行人就奔著太白大街去了。

到了街口停馬車和轎子的地方，周皇后下了來，詢問錢三思。「咱們不是該去英國公府嗎？怎麼跑到這處來了？」

錢三思便解釋道：「奴才的徒弟現在跟著烈王殿下，曾聽殿下提過，將軍夫人日常並不在府裡，而是在酒樓裡。娘娘若是去了府裡，還得讓將軍夫人立刻趕回去。」

這就是錢三思的妥貼之處了。周皇后特地出來尋顧茵，請教顧野的喜好是一方面原因，另一方面自然是周皇后想主動和顧茵結交。憑她皇后的身分，當然可以直接去英國公府喝著茶、吃著點心，等著顧茵奔波回府，但那就太高高在上了。錢三思看出來了，所以就把周皇后往食為天這邊帶。

周皇后點點頭，說原就該是這般。

兩人說著話，侍衛們隱匿起來，周皇后身邊只帶著兩個宮女，看起來就和尋常的女客一般。

前朝民風就開放，新朝更是如此，街上的婦人只稍比男子少二、三成，若是未出閣的少女則會戴著帷帽。而到了食為天附近，女客就更多了，不少人還都互相認識，在門口就一邊寒暄、一邊攜手進去。

周皇后就跟在她們後頭，看到她們進了酒樓後直接上了樓梯，她便也跟著上去。

到了二樓和三樓的交界處，錢三思讓人攔了下來。

女堂倌的態度很客氣，說：「這位客官，三樓雅舍只招待女客，您請留步。」

錢三思詢問地看向周皇后。

周皇后道：「只招待女客的雅舍嗎？這倒有些新鮮。」

錢三思便會意地說：「那老奴就不跟著夫人上去了，夫人若有需要，隨時傳喚老奴。」

周皇后點了點頭，一路到了三樓，自有女堂倌給她打簾子。

繞過那大屏風後，這裡的裝潢和擺設都讓她眼睛一亮。

淺色的布藝沙發、小巧的桌子，甚至匠心獨具的一個小花瓶、一個小盤子，都讓人覺得耳目一新，周皇后選了張單人小桌子坐下。

葛珠兒見她面生，猜她是第一次來，便親自送來了菜單。和許多初來輕食雅舍的女客一般，周皇后對著那些陌生的甜品名字，一時間不知道如何點。她不知道這些都是食為天獨有的東西，還當是自己孤陋寡聞，頗有些侷促。

葛珠兒就輕聲細氣地解釋道：「夫人頭一回來，我就多嘴介紹一番。這菜單上的多數甜點是我們東家做的，其他地方沒有賣，好些個客人頭一回來都不知道怎麼點呢。您看這個焦糖布丁，用的就是糖和雞蛋做的，口感嫩滑香甜……」

葛珠兒的溫柔氣質讓人有一種如沐春風之感，周皇后很快就從尷尬中緩解過來。

「那就照妳說的，每樣來一份。」周皇后笑著道。

葛珠兒應下一聲，先喊來堂倌去下單，又解釋道：「其他的都好說，我和店裡的廚子都能做，就是這焦糖布丁，是東家新研究出來的，對火候的要求十分嚴格，如今店內只我們東家會做，還得請您稍等片刻。」

周皇后理解地點點頭，又詢問起來。「我聽妳的意思，好像這些甜品都是你們東家研究出來，然後教你們做的？」

葛珠兒笑著點點頭。「是這樣的。」

後頭沒多會兒，葛珠兒和堂倌就一起把周皇后點的幾份甜品端了上來。

都是葛珠兒介紹的，雖然品種不少，但每份的數量都不多，加起來剛好是一個成年女子可以吃得下的分量，並沒有因為是新客，就發生胡亂推薦宰人的那種情況，這自然讓周皇后對雅舍的觀感更上一層樓了。

周皇后挨個嚐過甜品，味道確實都很不錯。

鄰桌突然爆出一片笑聲，熱鬧卻又不至於喧鬧。

周皇后循聲望去，只見幾個年輕婦人正坐在一處，手裡拿著一些她沒見過的燙銀紙片，最中間的那個婦人被貼了一臉的紙條，正拱手向其他婦人求饒，說認輸了。

她們沒比周皇后年輕多少，但個個都神采飛揚、鮮活無比，周皇后見了忍不住彎了彎唇，多看了兩眼。

食為天這裡小桌遊頗多，但還是經久不衰的各種紙牌遊戲最受歡迎。女客們雖用籌碼，但不賭錢，輸最多的得買單，還得往臉上貼條。

看到周皇后面生又是一個人過來的，那輸最多的陸夫人就邀請她一道過去玩。

周皇后連連擺手，說自己不會。

陸夫人笑道：「這個很簡單，叫炸金花，我給妳說過一遍就是了。」

周皇后不是玩心很重的人，但是已經不由自主地認真聽下去了。

陸夫人說完後又邀請周皇后先在旁邊看一看，若真的沒興趣，她們自然也不會勉強她。

因為兩邊挨得近，所以桌子一併，眾人便能在一起玩了。

周皇后聽過陸夫人解釋玩法，又看了兩輪，已經是會了。她下場之前，陸夫人還對其他人道——

「這位夫人是新手，妳們可別欺負人啊！她若輸了，就記在我帳上。」

時常在雅舍待著的女客都不缺銀錢，誰結帳都無所謂，但這在臉上貼條，可是走之前都不許摘下來的！

旁人促狹笑道：「陸夫人怎麼記帳？妳這臉上可沒空餘的地方了！」

其他人聽了都忍不住捧腹大笑。

周皇后也跟著輕笑，說：「不用，我若輸了，貼我就好。」

陸夫人小聲道：「妳可小心些，這些人奸猾著呢！我自身難保，臉上實在貼不下了！」

雖是告小狀，用的卻是眾人都能聽到的聲音，把大夥兒又逗笑了一陣。

周皇后雖是第一次玩，但炸金花這遊戲與其說是博手氣，其實更像是心理戰役。她有一點厲害，就是不管拿到什麼牌，臉色都不會有任何變化，而且眾人和她不熟悉，摸不清楚她的性格，只是看她面容覺得是個實在人。

沒想到幾輪下來，周皇后面前的籌碼越來越多，而其他人的臉上則或多或少地貼上了紙條。

陸夫人笑得不成，說現在誰也別嘲笑誰了！

打牌的間隙，眾人肯定得聊聊天。

雖聊的都是些雞零狗碎的事，比如誰家裡的小妾最近抖起來了，或者誰家裡的孩子這幾天犯淘氣、誰家的婆婆又發難了……

周皇后沒說自家的事，只安靜聽著。聽著聽著，她忍不住想到了一些舊事。

正元帝納馮貴妃的那陣子，是他們夫妻感情最差的時候。

她被診出有孕後，就立刻將當時還是義王的正元帝拒之門外，就差直接告訴正元帝，她那會兒還肯和他親近，只是為了再要一個孩子。

正元帝並不是傻子，為此頗為消沈。

那會兒義軍已經勝券在握，好些心裡活絡的人家都瞅準這個機會，想把自家女孩送到正元帝身邊。正元帝來問過她，說她若是不肯，他就去回絕那些人。

是她自己不當回事，讓他愛納誰納誰，這才有了後來的馮貴妃。

馮貴妃就比她晚了兩個月有孕，因此宮中便多了兩個同歲的皇子。

其實現在想想，誰家也不是一帆風順，多多少少都有些煩心事的。可眼前這些婦人，她們抱怨歸抱怨，卻並沒有意志消沈，頗有一種不以物喜、不以己悲的灑脫之感。如陸夫人說的——這日子嘛，怎麼都是過，高高興興是一天，悲悲戚戚也是一天，一輩子只一遭，何苦因為一點煩心事就壞了自己過日子的心情？這世道女子境況本就艱難，自己再不知道疼惜自己，那才真叫沒有活路了！

周皇后頗受啟發。也幸虧大兒子找回來了，她心境改變後，再想之前的事，只覺得陌生，像發生在別人身上似的，並不覺得惱怒。

等顧茵忙完手頭的事，做好焦糖布丁過來，周皇后已經和陸夫人她們玩了快兩刻鐘了。

過來見到周皇后，顧茵忍不住吃驚道：「皇……黃夫人，您怎麼過來了？」

周皇后笑起來。「有事來尋妳。宮人聽阿烈說過妳平常都在此處，我果然沒來錯。」說著周皇后不禁有些赧然，她真是有事來的，但剛剛玩得太盡興，差點就把正事都拋諸腦後。

既知道她是來尋顧茵的，陸夫人她們便很有眼力地把自己的桌子挪開了，回到了旁邊的位置，不再打擾。

周皇后指了面前的位子，邀請顧茵坐下。

「這就是那位娘子說的布丁？」周皇后拿起銀製小勺，嚐了一口，又點頭道：「她推薦得不錯，確實又香又滑。」

她說話的時候，顧茵也在悄悄打量她。

周皇后今日穿一件丁香色十樣錦妝花褙子，不像在宮裡那樣上了鄭重的妝，只輕敷了脂粉；頭髮也沒梳高髻，而是簡單的婦人髮髻。雖不如鄭重打扮時那麼年輕，顯出了一些年歲，但看著平易近人了不少。當然，最大的改變，是周皇后精氣神完全不一樣了，說是判若兩人也不為過，讓人不用如從前那般小心翼翼地和她相處了。

周皇后嚐完了布丁，就開誠布公道：「我來是想向夫人請教一下阿烈的喜好，下個月就是他的生辰，我想為這孩子做點什麼，給他一個驚喜。」

原來是為了這個來的。顧茵笑著道：「不敢擔您一聲『請教』。烈王殿下好像沒什麼特別的愛好，一是喜歡燉肘子，二是更小一些時曾許過一個願，想當穿一身白的大俠……」這兩樣還都有個小故事，一是那會兒顧野跟野貓崽似的警醒機靈，全靠一碗燉肘子才讓顧茵和王氏把他給逮到了；二就更有趣了，只因為那個小願望，顧野把宋石榴「拐」回家了。顧茵想著周皇后肯定會對顧野從前的事感興趣，所以不等她接著發問，就把兩件事都娓娓道來。

果然周皇后全神貫注，聽得十分認真。

顧野是年後回到皇宮的，將近兩個月的時間，從他嘴裡，周皇后已經知道了許多過去的事。但小孩子的記憶到底有限，且他敘說起來，也不如顧茵這般有趣。

周皇后早就想和顧茵好好聊聊了，只是作為一個母親，她設身處地地為顧茵想過，若是她自己收養了一個孩子，如親子般照顧了好幾年，最後孩子卻被家人認回去了，成了人家的孩子，怕就算對方是皇家，當母親的，心裡多少都會有些不樂意。所以之前周皇后雖然有心和英國公府示好，卻也只是三不五時地讓人送些東西過去，並沒有其他特別的舉動。

但顧茵坦蕩蕩的，沒有半點不樂意，倒讓周皇后覺得是自己想得太狹隘了。

「我前頭還在想，怎麼有這麼機靈的小崽子呢？後頭才知道……」顧茵笑著壓低聲音道：「原來他是您和陛下的孩子，那自然是人中龍鳳，和尋常孩子不同的。像您方才和陸夫人她們玩的炸金花，烈王殿下玩得就比誰都好！」

周皇后聽到這裡忍不住笑起來。「是妳把他教養得好。」現在的顧野既聰明又懂事，並且沒有因為自己比旁人優秀，或者身分比別人高貴就盛氣凌人、不可一世，而是懷著一顆赤子之心，溫暖著身邊的每一個人。捫心自問，即便大兒子沒有走丟，周皇后也不覺得能把他養得比現在更好。能教養出這樣孩子的人家，自然也是言傳身教的好人家。

顧茵忍不住笑起來。「我說是您生得好，您又說是我教得好。這話可不能讓烈王殿下聽到，殿下什麼都好，就是不禁誇，知道咱們背後這樣誇他，尾巴該翹到天上去了！」

周皇后也笑起來，邊笑邊拿眼睛看她。「那這個可不隨我，別是……」

周皇后主動開起了玩笑，顧茵自然得接茬，她佯裝正經地道：「也不是我教的，您可不能這樣，好的是隨了您，壞的就是我教的。」說著說著，顧茵也繃不住了，又笑道：「還真有一點，是我教得不好。」

周皇后詢問地看向她。

顧茵壓低聲音，像在說啥不得了的秘密般。「殿下和我一樣是個財迷，喜歡賺銀錢！」

周皇后又忍不住一陣笑。「銀錢可是好東西，咱們都是俗人，從前都是窮苦過來的，衣食住行哪樣不要銀錢？我也是喜歡的。」

兩人的距離頓時拉近了不少。

由於兩人都是當農女出身，一開始還在聊顧野，後頭聊著聊著就聊到村裡的事情去了，不知不覺地，時間就過去了好半晌。

顧茵前頭吃過周皇后送的上好燕窩，存著想回禮的心思，光陪著閒聊顯然是不夠的，因此她還招待周皇后去樓下的按摩部。怕周皇后第一次來不自在，顧茵親自作陪，兩人一起洗了頭，做了按摩，再彼此參詳，讓學了京城時興妝容的丫鬟重新給兩人上了個美美的妝。

傍晚時分，周皇后該回宮了，她現在總算是知道為什麼這酒樓的女客那麼多了，這裡真的是太舒服了！

擺設和裝潢那只是最微末的，主要還是這裡的東西好吃，服務到位，而且從顧茵這東家到掌櫃、堂倌、按摩部的丫鬟，甚至在這裡常駐的如陸夫人那樣的客人，個個都十分的和善，讓這裡整體的氛圍都呈現出一種罕見的融洽輕鬆。

「可惜您來得不巧，今日五樓話劇的票都賣完了，連加座的地方都沒有了。」顧茵親自送了周皇后出去。「招待不周，實在抱歉。」

周皇后說不會，她這個下午真是最愜意不過了。

知道周皇后還要回去照顧陸照，顧茵沒再耽誤她的工夫，就把她送到路口。

錢三思拱手示意，然後帶著一行人回宮去了。

回宮換乘轎輦的時候，周皇后還客客氣氣地和錢三思道了一聲謝，說煩勞他跟著跑一場，還在樓下等候了那麼久。

錢三思其實並沒有覺得煩勞，他雖然確實等了許久，但也不是乾等。

顧茵見到周皇后來了，詢問的時候得知是錢三思陪著她一道來的。前一天顧野提過想要個擅做淮陽菜的廚子，今兒個也是趕巧，招聘的時候就來了個淮陽的廚子。顧茵便讓人給周掌櫃傳了話，周掌櫃就把那廚子引薦給了錢三思。周掌櫃做事也妥貼，他不提那廚子是特地為錢三思尋的，只說是店裡新招了個廚子，不知深淺，想請錢三思幫著品鑒一番。

道地的淮陽菜送到桌上，錢三思嚐到了家鄉的味道，也就明白過來了。食為天這樣的大酒樓，能品鑒不了一個廚子的深淺？而且做的還正好是他的家鄉風味，也不大可能是巧合。能知道他家鄉，知道他想念家鄉風味，還和食為天有聯繫的，那自然就只有烈王了。

錢三思前頭站隊，是因為永和宮的馮貴妃欺人太甚，不把他們這樣的太監看在眼裡，一相對比，自然是對誰都客客氣氣的烈王更值得輔佐信任。但要說真感情，那肯定是搆不著的，畢竟烈王被認回宮裡，那也就是上個月的事情呢！

可此番這遭，倒是讓錢三思頗有幾分觸動。

後頭周掌櫃還詢問錢三思要不要把廚子領走，反正那廚子只是尋一份差事，在食為天還是在錢三思的外宅做工，都是沒兩樣的。

錢三思說不用，並道「這位大廚手藝高超，去我外宅只給我一人做飯，那才是大材小用。就讓他留在此處吧，我得了空也隨時能過來」。烈王已經向他示好，他便也該順坡下驢，這樣時常來往，才能日漸親近不是？

所以周皇后說完後，錢三思恭恭敬敬地道「不敢」，又說：「本就是陛下指派給奴才的差事，奴才哪裡敢道辛苦煩勞呢？且不只娘娘喜歡那裡，奴才也十分喜歡那裡的菜色。」頓了頓，錢三思又道：「所以這不是苦差，而是份美差呢！娘娘下次去，可還得記得老奴。」

「下次還去嗎？」周皇后站住了腳，若有所思。「本宮的身分，會不會有些不方便？」

「哪裡會呀？娘娘雖然身分貴重，但前頭……」錢三思左右環顧了下，讓人都退開一些，復又壓低聲音道：「前頭陛下還三不五時地微服出宮，去看望烈王殿下呢！還有太后娘娘，也出宮過好幾次去看戲呢！再說了，烈王殿下是至純至孝之人，娘娘和將軍夫人交好，殿下一定非常高興。」

周皇后回想起那次年後在宮裡見到顧野，他們母子是第一次見面，而顧野和正元帝、王太后卻都是不陌生的，想來肯定是在宮外的場合都見過。

而且錢三思說得對，大兒子肯定是樂意見到那種局面的。過去一直是大兒子設身處地為她著想、為弟弟奔忙，她這個當親娘的，也應該做點什麼讓他高興才是。再想到輕食雅舍那愜意的氛圍，周皇后不禁又彎了彎唇。「本宮知道了。」

晚上，顧茵和顧野前後腳回了英國公府。

碰了面，顧野就問道：「聽說今日皇后娘娘出宮了，是來咱家了不？」

顧茵驚訝道：「你消息倒靈通！」周皇后說是想給顧野驚喜才尋過來的，照理說肯定不會告訴他才是。

「不是消息靈通，是我下學後先把陸照送回去，沒見著她，和宮人問起來才知道她出宮了。」顧野一邊喝茶、一邊分析道：「皇后娘娘在京城又沒有其他認識的人，除了咱家還能去誰家？難道猜錯了？」

這小崽子的腦袋是越來越靈光了！顧茵既不想騙他，但也不能把周皇后的用意說出來，便只點了點頭，含糊地應了一聲。

顧野得到了她的答覆後，又有些緊張地問道：「那……那妳們相處得如何？」

「挺好的啊！」顧茵狐疑地看了他一眼。「你在擔心什麼？」

顧野搔搔頭，小臉微紅。「我這不是擔心妳倆為了我掐起來嘛！」

顧茵聽了忍不住噗哧地笑出了聲。

顧野被她笑得臉更紅了。「娘笑啥嘛！我多好的孩子啊，卻有兩個娘，妳們為了我拈酸吃醋，不是很正常嗎？」

顧茵見他要被笑得發惱了，就忍住笑道：「娘娘十分和氣，並沒有發生你預想的那種情況。我想一定是有個好孩子，前頭就處理得很好，所以才會這樣。」

顧野自豪地昂了昂下巴。「那是肯定的。」

周皇后雖然是親娘，和他存在著天生的親近感，但顧野對走失前的記憶已經完全模糊了，他雖不責怪親娘把他弄丟，心底卻還是和養育他長大的顧茵更為親近。但他知道若表現出只知道養娘而忘記了親娘的態度，肯定會讓周皇后心裡不舒服，指不定就要遷怪到顧茵頭上，所以過去的這段時間，在周皇后面前，顧野不會像從前一樣把「我娘」掛在嘴邊。

他也是真心和周皇后在一點點地培養母子感情，如顧茵教他的那般，以真心換真心，所以才有了現在兩全其美的局面。

「不過還是娘有本事，手藝好，性格又好，和誰都能相處好！」

顧野照常開啟了嘴甜模式，顧茵好笑地看他一眼，心裡卻很清楚，今遭和自己的本事其實沒有太大的關係，而是周皇后一開始就是帶著善意過來的。就像王太后和王氏在宮裡初遇那次，因王太后是帶著善意去接近王氏，所以才能一見如故。若如馮貴妃和秦氏那樣的人，還沒認識就對她們滿懷惡意，那是再興味相投都不可能相處融洽的。

不過一碼歸一碼，顧野雖然高興她們相處和睦，心裡卻還是有些小失落呢。

後頭等到用過夕食、寫完功課，他都洗漱好了在自己屋裡歇下了，卻仍是在床上輾轉反側了許久，最後又起身摸到他娘屋裡。

顧茵已經躺下了，冷不防的旁邊被窩裡又多了個小鼓包，她也並不見怪。

顧野一邊絞著手指，一邊埋頭到顧茵耳邊，輕聲問：「娘怎麼能沒有半點兒不樂意的？我不是妳的寶貝崽子了嗎？像我知道未來有一天，娘還會有其他孩子，會像疼我那樣疼他時，我心裡還是不大樂意呢，我可是多了個親娘欸！指不定哪天我就親近別人多過親近妳了……」

他絮叨了一大通，顧茵本來差不多要睡著了，聽完他的話又給笑精神了。「那我沒有不樂意還不好了？還非要我和皇后娘娘鬥雞似的掐起來？」

「我不是那個意思嘛，就是……就是娘也可以有點不樂意的。一點點就好……多一點其實也行，但是我又怕為妳、為咱家惹來麻煩。」

顧茵伸手捋著他胖乎乎的小背板。「好啦不逗你了。我沒有不樂意，並不是因為不寶貝你，而是小野，你要知道，每個人都是一個單獨的個體，你並不是我的附屬品、我的所有物。愛一個人，不是把自己的意志加諸在他身上，而是想看著他高興、看著他快樂。像你認回親生父母後，我看得出來你比從前又快樂了很多，看著你這般，我自然只有為你感到高興的。」一番話說完，顧野都沒有回應，顧茵以為他睡著了，而她也確實覺得睏倦，便把他往旁邊的另一床小被子裡一塞，再給他掖了掖被角，便又閉上了眼。

等到顧茵沈沈睡去，顧野才紅著眼睛抬起頭來。「娘怎麼能這麼好呢？」顧野帶著鼻音呢喃了一句後，又像小狗狗似的，親昵地蹭了蹭她的臉頰。

三月初，春光明媚，草長鶯飛，正是傳統春狩的日子。

正元帝率領文武百官和一眾官眷到了城外圍場。

英國公府眾人自然也在其中，連出行不便的武重都被王氏勸著過來了，說開春了本就該出來走走，對身子也好。

顧茵也總算是在白日裡見到了武青意。

過去這半個月，他雖然很少在外留宿，但每次回來都已經是深更半夜。黑燈瞎火的，兩人連對方是胖了瘦了，還是黑了白了都看不清，而且說不了幾句就該各自歇息了。

春狩前他忙得腳不沾地、焦頭爛額，等到春狩開始，安頓好正元帝等人後，他反倒可以閒下來了。

這日是那日大典之後顧野第二次出現在群臣面前，他自然是跟在正元帝身邊的。

武青意和正元帝說完話後，便從營帳裡退了出去。

顧野跟著追了出來。「將軍留步。」

因是在人前，武青意便忍著笑拱手道：「殿下有何吩咐？」

顧野負著雙手，慢慢地踱步上前。「我有些圍場的事想請教將軍，將軍請和我來。」

一大一小兩人去了一旁無人處後，顧野立刻小身板一垮、小眉頭一皺。「叔，不是我當小輩的說你！我前頭怎說的？把娘交給你了！這公務再忙，也不能不著家啊！當然了，我不是怪你，這圍場來了後才知道這般大，叔負責這麼大地方的安全，瑣碎事務肯定不少，而且這裡距離城內那麼遠，你來回奔波也是不容易。」

兩頭話都讓小傢伙一個人說完了，武青意忍不住笑道：「你說的不錯，確實是我的不是。只這幾日忙完後，我能連著休沐幾日，到時候定日日在家裡陪著你娘。」

「誰說往後啊？」顧野有點著急地道：「我說的是眼前這三日！這三日我肯定是脫不開身的，娘難得出來散散心，叔好好陪著她的同時，也得好好表現，別讓其他人給比下去。像今天這場狩獵，你是得參加的，至於後頭嘛，就能陪著娘了。」

三日春狩，正元帝都會帶著群臣一道狩獵，到時候表現最好的會有厚厚的封賞。

英國公府是不缺封賞，但拔得頭籌的人卻是極威武風光的。英國公府比不過旁人不要緊，當然不能讓魯國公府的搶了這個先。

武青意點點頭。「這些我都知道的。」說完又忍不住伸手禿嚕了一下顧野的小腦袋。

顧野這才滿意地點點頭，小大人似的。「叔都知道就好，不要老讓人操心。」說完他自己都忍不住笑起來。

後頭武青意就從正元帝這邊離開，去了自家那邊。

顧茵和王氏等人已經在自家營帳裡安置好了。

他們的營帳距離皇家的營帳不遠，左右也就半刻鐘的腳程。

宋石榴帶著幾個丫鬟收拾行李，王氏和武安攙著武重出去遛彎，營帳內只顧茵一個。

顧茵正在擺弄自己的一些小東西。她平時用慣的寒鐵菜刀、隨身攜帶的瓶瓶罐罐，還有其他一些野炊工具，此時都擺在桌上。

武青意過來見只有她在，便坐到她旁邊，問她在做什麼？

顧茵就道：「上回去馬球會，就沒帶那些傢伙什物。你獵了那麼好的兔子，只能借用陸家的東西，雖都齊全，但好多器具都不順手，只能隨便烤一烤，這次可不得都帶齊全了？到時候一定好好烹製！」

武青意聽著聽著就忍不住笑彎了唇角，連顧野那個年紀的孩子，在這春狩之際，想的都是那設了彩頭的狩獵比賽，其他人就更別說了，肯定都卯著勁地想嶄露頭角的，也只有顧茵了，跟出來野炊沒兩樣，沒有半點爭強好勝的心。

顧茵看他發笑不已，就停了擺弄調料的手，問：「怎麼了？我哪裡說的不對？」

武青意搖頭，輕聲道：「沒有，妳說的很對。妳想吃點什麼？我獵給妳。」四下無人，春日裡帶著草木香氣的溫熱風從門口輕輕吹送進來，顧茵軟軟的劉海被這風吹亂了，武青意便一面說、一面伸手將她的碎髮挽到耳後。

「這還能點菜的？」顧茵好笑，然而武青意的手停留在她耳珠上的時候，她便說不出其他話了，只偏過頭去躲開他的手，臉頰微紅，用瀲灩的目光譴責他。

天地良心，武青意這次可絕對沒故意碰她，就是指腹偶然刮蹭到了她的耳朵。「怎麼耳朵這樣敏感？」

顧茵聽完，臉越發紅得能滴出血來了，只能接著再瞪他一眼。

「好了，不逗妳了。」武青意忍著笑道：「第一日的狩獵我得參加，後頭兩日就能陪著妳了。到時候我帶妳騎馬和用弓箭……」

兩人沒能單獨相處多久，王氏他們在營帳附近轉悠完就回來了，兩人便很自然地不再談其他的，只談狩獵。

第一日狩獵從午後開始，上午是各家的休息時間。

快到飯點的時候，顧茵去了營帳旁邊的灶房。

畢竟是皇家的地方，這圍場裡不只有共用的灶房，也有小灶房。

設置最完善的那肯定是給皇家人用的，旁邊有一個稍差一些的，武青意想著顧茵出來肯定得自己動手，所以提前就打點好，讓人都佈置了。

再加上顧茵帶來的傢伙什物，也可謂是一應俱全。

王氏他們遛彎的時候採了一筐野菜，其中還有顧茵很喜歡的塔菜。

那次塔菜數量少，三個小子吃了一鍋，後頭剩下的還都讓陸煦帶回去了，所以除了顧茵外的其他人還沒嚐過菜飯。唯一美中不足的，大概就是圍場裡調料那些都不缺，但自然不會有事先醃製好的鹹肉，顧茵就用鹽醃了半個時辰的五花肉代替。

後頭顧野讓小路子送來了一些春筍，還讓小路子傳了話，說都是他現挖的，雖然他現在跟在皇帝爹身邊不能亂跑，可不是就把她這娘給忘了呢！

看著那筍嫩生生的，顧茵就準備做個油燜春筍。她把春筍剝皮洗淨，然後用刀背把竹筍拍扁，切成小段，在鍋內放入涼油，加入春筍和冰糖，以小火翻炒。炒到春筍變軟了，就注入醬油，再蓋上鍋蓋燜煮，最後再加大火勢收汁，撒上麻油，增加香味。

等菜飯燜好了後，王氏來幫著一道把吃食都端了出去。

濃油赤醬的油燜春筍，加上菜香和肉香並重的菜飯，以及拌了芝麻油的清爽野菜。

一頓簡單卻可口的午飯吃完，外頭號角聲響起，到了該集合的時辰了。

集合的地方周圍有一圈看臺，和營帳一樣，也是按著地位來區分的。

正元帝帶著顧野和陸煦站在最中間的地方，一面是文官，另一邊則是以武青意為首的武將，而魯國公府的人則緊挨著英國公府的另一邊。

第一日的彩頭，正元帝拿出了一把彎刀。

那彎刀的刀鞘上還鑲滿了各色華麗的寶石，在陽光下熠熠生輝，一看就知道價值千金。但這些都是次要的，主要是那刀十分小巧，女子拿著也不會顯得笨拙。而且據說也是什麼隕鐵所製，世間罕見，連前朝皇帝都寶貝得不行，只放著賞玩，還沒開鋒使用過呢！

這樣好又還沒使用過的小彎刀，用來片肉可太棒了！

因為離得近，顧茵明顯感覺到顧野在偷偷跟自己擠眉弄眼，母子倆心靈相通，顧茵就猜這彩頭是他幫著挑的，她立刻回了個「我懂」的眼神。

顧野這才沒再看她，又恢復了少年老成的持重模樣。

武青意已經換上輕甲上了馬，和其他下場的人在正中間的空地上集合。

後頭號角聲再次響起，正元帝也換上了勁裝，讓顧野坐在他身前，一聲號令之後，正元帝率先出發，其他人緊跟而上。

因為這次的狩獵是從午後一直到傍晚，天黑時統一秤重，獵得獵物數量最重的就算拔得頭籌，能得到那彩頭，時間漫長，所以眾人也沒有爭先恐後，還算是井然有序。

送走了一大群男人後，整個營帳內頓時清靜了下來。

顧茵本來還要陪著王氏一道照顧武重和武安，王氏卻沒讓她沾手，說她也是難得出來散散，沒得還和從前一樣圍著家裡的幾口人轉悠，讓她帶著人去騎騎馬、看看風景也好，或者直接在營帳裡午睡也成，總之是讓她怎麼閒散怎麼來。

後頭王太后讓人請王氏過去說話，王氏已服侍了武重午睡，就把武安也帶了過去。

顧茵正想著自己該怎麼消磨時間呢，周皇后親自過來尋她了。

能在這裡見到周皇后，顧茵還是挺驚訝的，不是說周皇后不該來參加這樣的盛會，而是據顧野之前所說，陸照也被帶出來了。陸照在宮裡的時候，除了去文華殿上課以外，周皇后都和小兒子形影不離，如今出了宮，照理說周皇后肯定是得照顧陸照的。

看到顧茵略有些驚訝的反應，周皇后就笑著解釋道：「午飯前阿烈陪著他弟弟玩了好一會兒，累得阿照吃完飯就午睡了。他幾個奶娘都看顧著呢，我也就能脫開手了。」

顧茵點點頭，笑道：「那您得的正好，剛我娘還讓我散散呢，但我這人啊，平時忙慣了，猛地閒散下來，反倒不知道做什麼好了。」

說到這個，周皇后可太有感觸了。從前作為農婦，正元帝在外頭起義的事並未告知家裡，周皇后又不知道他在外頭做什麼，便還和從前一樣過日子，侍奉公婆帶孩子，再接一點小活計幫補家用。後頭一朝成了義王妃，又成了一國皇后，心思卻也不在自己身上。

她現在和正元帝的關係緩和了許多，這次出宮，正元帝本還不想把陸照帶出來呢，說想讓周皇后好好歇歇，放鬆放鬆。但春狩要出來三日，宮裡主子都出來了，周皇后怎麼都不可能放心陸照一個人待在宮裡的。最後兩人各退一步，周皇后可以把陸照帶出來，但也要留出自己的時間玩樂，不能全副心思都撲在孩子身上，那就和在宮裡的時候沒差別了。

「陛下也非讓我自己尋些樂子呢，可我一閒下來，還真不知道做些什麼。」周皇后提到正元帝的時候，眼眸中流露出柔柔的笑意，又有些赧然地道：「而且不怕妳笑話，我在京中也沒有其他相熟的人，所以只能來尋妳相伴了。」

顧茵想了想就說：「那咱們騎馬去？我剛學過一次，青意為我尋的矮腳馬也帶過來了。那馬矮矮小小的，可愛又溫順。」

周皇后不會騎馬，但聽顧茵說她也是剛學，所以就沒推辭。

兩人各自回去卸下釵環，換了騎裝，又約著在附近的空地碰頭。

要不說兩人確實是興味相投呢，顧茵身上的騎裝還是之前在馬球會上穿過一次的那身，已經算是簡約了；而周皇后的騎裝則更簡單，料子雖好，卻不是宮中貢緞那樣頂珍貴的，而且一點裝飾也無，簡直可以用樸素來形容。

兩人的騎裝都是按著自己的喜好讓人做出來的，她們碰了面，互相一打量，又不約而同笑起來。

周皇后忍不住笑道：「從前是真不知道咱們的喜好這麼相似，也真是有緣。」

顧茵說可不是嗎？又想起了什麼，道：「有件事其實這些年我一直有些沒想明白，當年烈王殿下在碼頭上過得頗艱難，不少好心的攤販都接濟過他，但殿下和他們都不親近，只對我和對其他人不一樣。我娘他們都說是我做的吃食好吃，所以他才對我格外不同。」

兩人說著話就到了矮腳馬邊上。因為說的是顧野在外那幾年的事，周皇后聽得格外認真，顧茵伸手遞給她，她下意識地就扶著顧茵的手，騎到了馬上。

顧茵把武青意之前教她的口訣複述給周皇后，扶著周皇后坐好。

「可是後頭我才知道，我們酒樓現在的周掌櫃，彼時在其他酒樓做工時，也曾留下飯食給他，那周掌櫃的手藝可絕對不輸我，尤其是紅案上，我後頭還跟他學了不少東西呢！但殿下那時候對他也沒另眼相看，顯然之前那個猜想是做不得準的。」說到這裡，顧茵又笑了笑。「現在我倒是有新的想頭了，大概是殿下那時還存著一些幼時的記憶，或許是在我身上看到了娘娘的影子吧。如果是這般，那就不是我和殿下有緣，其實是和娘娘有緣。」

這話說得周皇后心裡柔軟無比。等到她反應過來的時候，顧茵已經為她牽馬走了好半會兒了！她赧然壞了，忙道：「妳怎麼能給我牽馬？快停下來！」

顧茵自己都沒在意，只是一邊說話、一邊不經意間重複了上次武青意陪自己騎馬的模式而已。她不以為意地笑了笑，道：「這有什麼？您來找我玩，咱們就且不論身分那些，只在一道玩樂罷了。」

「既是這樣，」周皇后對旁邊的宮女招招手，扶著宮女的手下了馬，然後道：「那現在輪到妳騎了，我來給妳牽馬。」

別看顧茵方才那麼說，要讓皇后來給她牽馬，她是真不敢！「別別，您身分貴重，還比我年長幾歲呢，我……這讓人見了不知該怎麼說我呢！」

「不行。」周皇后笑著堅持道：「說出去的話，潑出去的水，是妳自己說不論身分的。」她拉著顧茵上馬。

顧茵耐不住，忙告饒道：「我錯了，我就不該給您牽馬！」

周皇后笑得不行，也不逗她了，兩人乾脆就還一邊遛馬、一邊說話。只這次是周皇后接過馬繩，由她來牽馬。

好歹沒再說讓顧茵騎在馬上了，所以顧茵也沒說什麼，就肩並肩和她走在一起。

「有件事，我想和妳家說聲對不起。」

顧茵歪過頭去，就見周皇后慚愧地垂下眼睛。

「當年將軍沒尋回阿烈，我竟遷怪到了他頭上，為此沒少給他冷臉。現在想來，我不知道自己怎麼就成了那樣的人……不說後頭阿烈因緣際會地被你們家收養了，就算阿烈真的……那無論如何也不該怪罪到將軍頭上的。我和將軍不方便見面，所以只能拜託妳幫忙傳個話了。」

顧茵點點頭。「關心則亂，您那時候也是心裡苦。如今看您比從前快活不少，我是打心眼裡為您感到高興。」

周皇后靜靜地看著她，看著看著又自顧自笑起來。「妳也說咱倆有緣，就別一口一個『您』了，咱們姊妹相稱如何？」

顧茵自然應好。

兩人邊走邊聊，去了附近的小樹林裡，一個沒留意，就遇上了另外一行人。

那行人數量有幾十人之多，對比之下，顧茵和周皇后這邊，顧茵只帶了宋石榴，周皇后只帶了一個大宮女和三五個侍衛。

領頭的那個一身紅衣，顧茵立刻就認出來是已經和馮家訂了親的陸沅琪，只想不到她今日也來了。既是不對盤的人，那就沒必要打招呼了，於是顧茵和周皇后接著自顧自說話。

沒承想陸沅琪見到顧茵之後，卻是直直打馬過來了。

第四十三章

陸沅琪從馬上跳下來，行了個禮就開口道：「夫人這矮腳馬真的不考慮賣給我嗎？」

怎麼又是這個問題？顧茵有些不耐煩地蹙了蹙眉，但還是秉承著良好的教養回覆道：「陸姑娘莫要再問了，再一百遍、一千遍也是一樣的，這馬不賣。」

陸沅琪拿著馬鞭在手裡敲了敲。「只是一匹馬而已，夫人何必這般執著？」

「是啊，一匹馬而已，妳又何必這般執著？」顧茵用手搧了搧風。「下午晌的天氣有些熱，這人呢，一熱出了汗，脾氣就容易不好，陸姑娘若是再歪纏下去，我可未必還能這麼好聲好氣地和妳說話了。」

陸沅琪有些惱怒地抿了抿唇，隨後又想到什麼，面上一鬆。「再過幾月，我的品級便要比夫人高一些，到時夫人見了我，該給我見禮才是，希望屆時夫人還能這麼傲氣！」她馬上就要和馮源大婚，成為新任的魯國公夫人。而英國公府那邊，因國公之位是封給武重的，所以顧茵還是按著武青意一品將軍的身分來，是將軍夫人，比超品的國公夫人品級略低一些。

「妳在胡唚什麼?!」宋石榴可沒這麼好性子，聞言立刻站出來道：「我們夫人那可是烈王殿下的養母，按妳那什麼狗屁品級來，讓烈王殿下的養母給妳見禮，妳多大臉啊妳！」

「主子們說話輪得到妳這丫鬟插嘴？」陸沅琪被宋石榴頂撞得面上一臊，但還是強撐著道：「殿下的養母又如何？殿下可是有正經親娘的，夫人抬著殿下養母的身分壓人，皇后娘娘能同意？」

這實在怪尷尬的，因為皇后娘娘可不就在旁邊？

「自然是同意的。」周皇后立即開口道。「不只願意，還十分感激將軍夫人，不容許什麼跳梁小丑在將軍夫人面前這般放肆。」

顧茵心中微動，轉頭看向她。

兩人眼光一碰，一切盡在不言中。

周皇后對顧茵溫和地笑了笑，偏過臉看向陸沅琪的時候，臉上的笑容又淡了下去。她並不是性子怯懦的人，這方面比王太后還頂用些。過去她一心撲在小兒子身上的時候，連馮貴妃都得給她面子，不敢在她面前亂蹦躂。

但陸沅琪不知道這個，她把周皇后從頭打量到腳，又差點習慣性地從衣著上判斷一個人的出身。不過前頭剛吃過一次這樣的大虧，陸沅琪也不算太蠢笨，就沒再說什麼其他的話了，只輕哼一聲，就草草地福了福身，說了告辭。

等到她走後，周皇后才蹙眉道：「這就是馮家那個快過門的新媳婦？怎麼是個這樣的？」

「一個蘿蔔一個坑。」顧茵彎了彎唇。「也挺好的。」

聯想到魯國公府那位不好相與的秦氏，周皇后也跟著笑了笑。「是挺好的。」

秦氏雖然乖張，但也只敢在同品級及以下的人面前蹦躂，和馮貴妃一樣。對著地位比她們高的，母女倆都能伏低做小，加上馮源過去也確實是功績斐然、勞苦功高，所以這家子只要不犯什麼大錯，就是正元帝都不好對他家下手懲治。

魯國公府馬上就要多陸沅琪這麼個炮仗了，想想就熱鬧，到時也定能露更多的錯處出來。想到這裡，顧茵是半點都不煩躁了，只盼著陸沅琪和馮源的婚期近一些，再近一些！

天黑時分，外出狩獵的人先後回來了。

顧野和陸煦兩個都玩瘋了，跟兩隻泥猴似的。

周皇后因抱著陸照出來給他們接風的，所以騰不出手來，就看向顧茵。

顧茵便拿著帕子過去給顧野擦臉。

陸煦也一邊甜甜地喊著「姨姨」，一邊蹭了個擦臉服務。

顧野悄聲道：「我打了兩隻兔子，一隻給娘，一隻給母后。娘想要什麼花色的？」說完不等顧茵回答，顧野又自顧自地道：「不對，我問錯了，是娘想要肥一點的，還是瘦一點的？」他獵來的兔子，周皇后肯定會留著養大；而顧茵就不用想了，養兔子那是不可能的，最後肯定是祭了大家的五臟廟。

「肥兔子油多，烤出來香；瘦兔子肉緊實、有嚼勁，可以做冷吃兔，都挺好的，讓娘娘先挑就成。」

他們聊著兔子，其他打獵的人也前後腳往回趕，打回來的獵物都被送到御前，堆得像小山似的。

馮源這次是真發了狠，別看每家帶出去的人手都差不多，但他這次帶的侍衛不僅武藝高強，更是從月前就開始不分日夜的訓練弓馬。這日他一下午都沒休息，野雞、野兔那等小東西他都看不上，專打野鹿、野獐子那樣中大型的獵物，都堆成了小山。

其他人獵到的東西和他帶回來的一比，頓時就不算什麼了。

如無意外，魯國公府就是第一日的勝者了。

但最後關頭，武青意帶著人馬趕回來了，他們馬上的獵物和馮源帶回來的數量差不多，可是等到清點的時候，眾人才發現了不尋常之處——

常人打獵，那自然是以弓箭射殺。那樣打來的獵物，破壞了整張完整的皮毛是一遭，而且若是射到什麼苦膽上，那獵物直接就不能吃了。然而武青意帶回來的這些獵物竟都沒死，只是讓人敲暈了，還鮮活著呢！這其中得多費多少工夫，自不必說。

一時間，營地內對武青意高超技藝的讚嘆之聲不絕於耳。

剛還志得意滿，以為勝券在握的馮源已然變了臉色。

「這第一日的彩頭，當歸英國公府！」

正元帝一聲令下，武將們紛紛喝彩。

還有些不講究的在旁邊起鬨。「將軍這趟可著實費了心思，就為了給將軍夫人贏那把刀！夫人不得表示表示？」

顧茵正拿著條新帕子遞給武青意，要讓他擦臉。

聽到這起鬨聲，武青意伸出的手又收了回來，垂在身側，只把臉探上前。「那就有勞夫人了。」武青意黑沈的眼眸倒映著篝火，也滿滿當當的映著顧茵的身影。

顧茵彎了彎唇，拿著帕子伸手為他拭汗。

武青意微微閉眼，愜意地享受著她的服侍。

那起鬨的幾人見狀，在旁邊哈哈大笑。

被拭乾汗水的武青意轉頭看他們一眼，又對顧茵道：「空地上煙塵大，妳回看臺上去。」

顧茵點點頭。「那你也回去換身衣裳，仔細別著涼。」

兩人挨著一處說完話，肩並肩走到看臺邊才各自分開。

起鬨的眾人又是一通笑，笑著笑著，也不知道誰來了一句——

「要是我也有媳婦兒就好了，我也會像將軍對夫人那般對她好的！」

然後，他們忽然就沈默了下來。

一群跟著武青意忙活了大半天的糙漢子你看我、我看你，最後臉上只剩苦笑。他們可都還沒媳婦呢，何苦來哉起鬨鬧將軍和將軍夫人？這不是自找罪受嘛！

勝負分出之後，晚上則是熱鬧的篝火晚會。

從皇帝到臣子，獵到了那麼多獵物，自然不會隨意丟棄，而是分給各家享用。英國公府這邊本就獵物多，後來正元帝又送來一些，那獵物堆著的小山便又高了幾分。

這算是顧茵的才藝表演時間了，別家都只是讓下人趕緊收拾了獵物後，隨便把肉放在火上烤一烤罷了。但顧茵這邊有講究，什麼樣的肉該怎麼樣處理，她早就向周掌櫃取了經。

小一些的獵物就做成烤串，中型的就做成鐵板燒，大一些的就放到火上整個烤製。而其他吃不完的，則或放火上煙燻，或抹上鹽做成鹹肉。

獵物的肉安排妥當了，放出來的血卻有些讓人犯難——這東西一般沒人吃，顧茵看著浪費，就準備做一點毛血旺。

就是鍋裡放水燒開後，倒入凝固了的血塊，然後調整火勢到中火，煮上一刻多鐘，等到完全煮熟，就把血塊放入涼水過涼，這樣做出來的血塊就和買來的那樣沒差別了。切塊後放入辣椒湯底，再放各色野菜，也就成了。

一開始王氏怕顧茵累著，說本就是出來玩的，隨便對付一口就成，不用顧茵再特地做旁的。後來聽顧茵講了，知道步驟確實不繁雜，王氏才沒攔著了，只說她來做這道菜，等最後炒辣椒湯底的時候再由顧茵沾手。

顧茵還在負責烤肉、燻肉和醃肉，就讓王氏去了。

宋石榴要跟著王氏去幫忙，王氏連她一道趕，說自己幹活的時候宋石榴還沒出生呢，一點小活計而已，不需要人打下手。

宋石榴就還留在顧茵身邊幫忙。

沒多會兒，顧茵手邊的活計忙完了，又去炒了辣椒湯底，和王氏一道做好了一大盆毛血旺。

油汪汪的烤肉、紅彤彤的毛血旺，再加上新做的一盆清香的菜飯，看得人食指大動。

武重和武安先坐到桌前，因只是自家人用飯，所以也不講究什麼規矩，父子倆就先起了筷。

王氏盛了飯過來，見他們要吃那毛血旺，就伸手一人拍了一下他們的手背。「這菜可辛辣了，你倆一個身體差，一個年紀小，不能碰！」

被妻子教訓了一通，武重立即乖乖地放下筷子。

武安卻是有理有據地道：「前頭嫂嫂得到那麼些番椒，拿了好些回家，當時娘不是還說吃個稀罕，讓府裡的廚子做了好些？那會兒我和爹都吃了，也沒如何啊！」

正好顧茵和武青意也過來了，王氏臉上閃現一絲不自然，又道：「你也說了那會兒是嚐鮮，此一時彼一時嘛！而且今兒個這些獵物都是你哥打回來的，自然得先緊著他吃！」

武青意剛要張嘴說打回來的東西多得很，自家完全是夠吃的，但王氏已經給武重和武安一人挾了一碗菜，提溜著他們兩個去另一處營帳用飯了，留下他和顧茵單獨用飯。

兩人能獨處自然是好事，武青意也就沒再說什麼。

烤肉被王氏分走了一半，但剩下的一大盆毛血旺卻都沒動，兩個人自然是吃不完的。

營帳內各家自是不缺烤肉的，但卻沒有像顧茵這般有心思，還做了別的菜式，用來送人的話，倒也不擔心對方會覺得多餘，因此顧茵就分出一些，讓人送給了周皇后。

沒多會兒周皇后那邊的大宮女親自送來一盤櫻桃，笑著說：「我們娘娘覺得光吃烤肉寡淡呢，夫人恰好就送來了那辣菜，娘娘和陛下都十分喜歡呢！」

周皇后既讓人特地跑了一趟，顧茵便又拿出一小罐子乾菊花回禮。

乾菊花泡水，吃完葷腥油膩後喝上一杯下火，最好不過。

看到周皇后身邊的大宮女和顧茵恭敬又熟稔的說著話，等那大宮女走後，武青意難免問起來。「妳和皇后娘娘什麼時候走得這般近了？」

「就你不在家的時候，娘娘出宮來過食為天一次。還有今天你們都出去了，二殿下也午睡了，娘娘就過來和我騎了會兒馬，說了會兒話。」說到這兒，顧茵想到了下午周皇后提到的那事。「皇后娘娘還讓我轉達她的歉意，說前頭她不該因你沒尋回小野就遷怪你，給了你好些冷臉。」

武青意不以為意地搖搖頭。「不礙事，娘娘從前確實對我冷過臉，但該給的賞賜和體面卻從沒短了咱家的。」

兩人邊聊天、邊用飯，很快就吃完了一頓飯食。

外頭的篝火還燒得嗶剝作響，但男人們都忙碌了一下午，所以沒有熱鬧多久，各家就各回營帳歇著了。整個營地都安靜了下來，到了該就寢的時辰。

到了這會兒，顧茵才發現有個地方不方便——她得和武青意睡一個營帳！

各家營帳都是報上人數後統一佈置，再由各家下人負責裝點的。英國公府的營帳就佈置了三個，一個給王氏和武重，一個給武安，還有一個自然是她和武青意一起。

時辰尚早，身邊也有不少下人可供驅使，再加設一個其實也來得及。但各家營帳都挨在一處，她前腳讓人佈置新的，後腳所有人都會知道她和武青意分房睡，指不定就要傳出怎樣的流言來！

看她面帶糾結之色，武青意很自覺地從箱籠裡抱出一整塊的獸皮鋪到了床榻邊上。

顧茵也沒再說什麼，轉身出去洗漱。

下午晌她也出了不少汗，因此便把一頭長髮都拆了開來，慢慢地清洗了一遍。

等她都收拾好了回來，武青意已經先她一步都洗漱好了。

他洗過了頭髮，頭髮氤氳著水氣散在腦後，穿一身純白的寢衣，露出一截帶著舊日傷疤的胸膛，拿著本兵書隨意地翻閱，顯出幾分疏懶。

見到顧茵過來，他擱下手裡的兵書，拿起了桌上的乾布帛。

顧茵就柔順地坐到他身前，半垂著頭輕聲道：「隨意擦一擦就好了。」

武青意第一次做這樣的活計，略有些笨拙地拿布帛包裹住她的長髮末端，輕輕擦弄。

顧茵身上的寢衣是淡藍色，本也是半點不透的保守款式，但她背後的布料沾染到了水氣，就貼在了身上，透出裡頭白皙的膚色。

武青意掃過一眼，只覺得喉頭發緊，立刻不敢再看。

他加快了手上的速度，很快就把顧茵長髮上的水氣擦走了。

兩人的頭髮都是半乾，眼下肯定是不好睡下的，但這樣的氛圍下，單獨對坐實在有些尷尬，顧茵就起身開了箱籠。除了貼身衣物外，其他行李是府裡下人收拾的，照理說肯定是有打發時間的玩意兒。翻找了一通，顧茵還真找到了兩盒棋子和一個棋盤。

但新的問題來了，她和武青意都不會下圍棋。

不過這也不礙事，不會下圍棋可以下五子棋，顧茵就把五子棋的玩法解釋給武青意聽。

五子棋的玩法本就簡單，武青意很快就明白過來。只是沒玩多久，武青意的眼神不自覺地就黏在顧茵身上。她如黑緞子似的烏髮散在腦後，烏沈沈的，更襯得她卸下了妝容的臉龐如白玉般瑩潤。

顧茵下棋認真，並未注意到他灼熱的視線，暖玉棋子捏在她嫩如春蔥的指尖摩挲，半晌後棋子落到棋盤上，她才笑著嗔道：「剛你還說不會，差點就讓你贏了！」說完久久沒有等到對面的回應，她抬頭，這才對上了武青意的視線。

他只是靜靜地看著她，但那樣的眼神卻讓顧茵有些害怕，就好像猛獸盯著獵物一般。

顧茵被那灼熱的視線攝住，不知道怎麼的，也覺得有些口乾舌燥，略有些慌張地垂下眼，拈起手邊果盤裡的櫻桃送到嘴邊。

那紅豔豔的櫻桃被她小口咬下一半，汁水留在了唇上，越發顯得唇色嬌豔。武青意看著她不盈一握的纖細脖頸做出了吞嚥的動作，也跟著喉頭一動。

「要喝水嗎？」顧茵一邊詢問，一邊伸手將茶盞往他面前推了推。

武青意卻沒伸手去接，而是霍地站起身，拋下一句「我出去一趟」，便大步離開。

顧茵在桌前等了半刻鐘，見他還沒回來，便把棋盤和棋子都收了，先回床榻上休息。躺下之後，她沒多會兒就眼皮發重，然而睏倦的同時她又覺得有些不對勁，這種不對勁很難形容，就好像熬夜過後，身體很睏倦，但精神卻又很興奮，使人難以入睡。

又是一盞茶的工夫，武青意終於帶著一身水氣回來了。

「灶上的水還熱不？」

武青意含糊地應了一聲，然後吹熄了燈火，躺到了床榻邊的地鋪上。

營帳外已然安靜下來，只能聽到風吹過草木的簌簌聲。

山裡的夜風徐徐，室內的溫度一下子比白天冷了不少。

顧茵並不覺得寒冷，但想到旁邊的武青意，她又撐起身，在床榻內側摸到了另一床被子，準備遞下床去。然而她剛伸出手，手腕卻被一隻灼熱到嚇人的手掌捏住。

顧茵身子一僵，忙輕聲解釋道：「我還當你睡下了，想給你添床被子。」

武青意沒有回應，只是手掌的溫度還在逐漸升高，甚至讓顧茵覺得自己的手腕都要被他燙化了。「你的手好燙……」她聲如蚊蚋地道。

下一瞬，她手腕上的力道一重，就被武青意從床上拉到了床下，跌在他的懷裡。

屋內靜得落針可聞，只剩下兩人交纏在一起的呼吸聲和怦怦的劇烈心跳聲。

好半晌後，武青意才開口輕聲道：「妳到底給我吃了什麼？」

他的嗓音啞得厲害，喉間像氤氳著火團似的。這還不算，他的身上同樣散發著灼人的溫度，是整個人都像要燒起來了一般。

之前武青意還覺得是自己自制力不成，與她待在一處光是擦擦頭髮、下下棋，都那般容易心猿意馬。可剛沖過了一遭冷水澡，他還是沒能靜下心來，反而越發覺得燥熱難當。回想起來，一切的不對勁都是從夕食過後開始的。

顧茵也很不對勁，兩人不是沒有挨在一處過，彼時心跳得雖快，卻沒像現在這般，快得像要從嘴裡蹦出來一般。她說武青意的手燙，其實自己身上的溫度也不低。

顧茵捂著心口，吶吶地回答。「沒啊，飯食雖是我做的，可是咱家人都一起用了……」

說著說著，顧茵想到了什麼般，止住了話頭。

半晌後，兩人異口同聲道：「是那個毛血旺！」

難怪王氏先是不讓宋石榴跟著一道去幫忙，後頭還不讓武重和武安吃呢！

武青意失笑地搖搖頭。「估計今晚吃的那是鹿血。」

顧茵尷尬道：「也怪我，那會子既做烤肉又做別的，沒有仔細看顧到。」

雖眼下說的話再家常不過，可即便是這般，兩人身上的熱度卻依舊沒有消下去。

武青意將臉埋在她披散在肩頭的髮上，那髮尾還帶著一絲潮濕，暫時減輕了他臉上的熱意，然而，她的髮間同時還帶著她身上特有的馨香，那香味從鼻腔進入，絲絲繞繞的，繞得他頭腦發昏，怕是再多待一刻便要把持不住了。武青意輕嘆一聲，在她髮間深吸幾下，自言自語地喃喃道：「還不到時候……」接著便放開了她的手腕。

顧茵收回了自己的手，剛張了張嘴要問「什麼不到時候」，下一刻他就已經出了去。

這天晚上，顧野和正元帝、周皇后一道用的飯。

烤肉是由宮中的廚子烹製，放了好多香料，他吃起來卻有些不對胃口。還好後來他娘送來了一小盆毛血旺，那菜辣得人直跳腳，他雖不能多吃，但就著裡頭的野菜，也算是用完了一頓飯。飯後他本想在皇帝爹和皇后娘跟前多說說話，畢竟是自己的親爹娘，他還是很樂意當個中間人，讓他們聯絡聯絡感情的。沒承想飯後還沒說上多大會兒話呢，他那素來喜歡他的皇帝爹就開始趕人了。

「你也陪著打了半日的獵，這會子該累壞了，快去歇著吧。」

顧野剛說自己並不覺得累，正元帝卻給了他一個趕人的眼神，他糊裡糊塗地就被錢三思送了出來。

「殿下安心歇著吧，您的心思老奴明白。陛下和娘娘的事您不用操心，他們好著呢！」

留下這麼一句話後，錢三思又喊了陸照的奶娘來，把陸照也從營帳裡抱了出來，再讓其他宮人都一併退了出來。

顧野看不懂錢三思那曖昧的笑，但想著他為人辦事素來穩妥，就不再糾結這件事，回了自己的營帳。

小路子早就讓人洗刷好了浴桶，準備好了熱水。

顧野一回來，小路子不讓其他人動手，親自服侍他更衣沐浴。

顧野從前不習慣讓丫鬟服侍，但對小路子這樣的小太監，他自然不害羞，就懶洋洋地靠在浴桶上，讓小路子幫他洗頭。洗著洗著，顧野快睡著了，隨意問起道：「今日營地裡沒發生什麼事吧？」

下午晌顧野雖然出去了，但小路子這樣不會武的宮人卻沒跟著一道去。

他們這些人消息最是靈通，尤其小路子那是錢三思唯一的徒弟、顧野跟前的第一太監，就算不知道他是誰，也得賣他師父和顧野這烈王的面子，所以都不用小路子費心主動去探聽，自有人上趕著把事情往他耳邊遞。

小路子便稟報道：「殿下前頭和小殿下玩了好一會兒，小殿下吃過午飯就歇下了。皇后娘娘沒有其他相熟的人，就去尋了將軍夫人一道騎馬。」

顧野聽著，小臉上不自覺地帶出了笑。他前頭被顧茵勸過，已經不再糾結於她們會不會為自己吃醋這個問題了，打心眼裡期盼著兩個娘能相處好。

然而小路子話鋒一轉，又道：「娘娘和夫人在小樹林裡遇到了那陸家的小娘子，就是和魯國公訂親的那位。將軍夫人本是沒準備上去打招呼的，但那位陸小娘子卻主動過了來……」小路子把當時的情況原原本本地轉述給顧野聽。

顧野睜開了眼，臉上的笑也退了去。他雖年紀不大，但儀態、氣度學得極好，沈下臉的時候已經有了一股威嚴的氣勢。

小路子見了就道：「那陸家小娘子委實輕狂過了頭，沒有眼力見兒，這不把將軍夫人放在眼裡，和不把殿下放在眼裡無甚區別。眼下她可還沒當上國公夫人呢！」

小路子最後那句意有所指，顧野聽了也就明白過來。

陸家和馮家雖然訂了親，但只要一天沒成婚，陸家就還只是商戶人家。皇家對功勛之家可能還要忌憚一些，怕貿然出手寒了開國功臣們的心，但對著陸家那樣的，自然不用顧忌，甚至都不用想什麼法子，只要顧野去王太后或者周皇后那邊唸叨兩句，由她們開口說幾句陸沅琪不好，那秦氏慣是個拜高踩低的，就得在銀錢和名聲之間反覆掂量掂量，指不定就會反悔結下這門親事。沒了魯國公府的庇護，那陸沅琪只是個商戶女，自然就沒了輕狂的本錢。

但顧野卻搖了搖頭，說不成。「我娘說他們兩家結親是『好事』，這樁親事不能壞。」又沈吟道：「得想個別的法子……」

既不能壞了陸家和馮家的親事，又得讓那陸小娘子沒臉再輕狂，小路子實在幫不上什麼忙，便立刻止住了話頭。

很快地，顧野沐浴完了，正好陸照的奶娘尋過來了，說陸照哭鬧起來了。

顧野一邊心裡奇怪怎麼不讓周皇后哄他，一邊還是過去了。

他下午晌確實累壞了，因此和陸照玩了一會兒後，兩人就一起睡著了。

第二日清晨，顧野醒了，輕手輕腳地從陸照屋裡出來，想著時辰還早，就拐回了英國公府那邊。

此時王氏和顧茵都起了，正坐在一處說話。

顧茵自顧自地喝著花茶。

王氏卻不像往常那樣熱絡親切地和顧茵說話，而是低著頭小聲地認著錯。「我也是好心嘛，想著那鹿血大補，白扔了實在可惜，所以做成了那什麼血旺，沒想到勁道那麼大……」

武青意沖了一整夜的涼水澡，沒回屋子；顧茵則因為躁熱，失眠了一整晚。

兩人這一夜過得無比煎熬，尤其是顧茵，最近生活條件好了，身子也養得比從前嬌貴，一夜沒睡，她眼底下就浮現一片青影，看著憔悴壞了。

王氏見了就知道自己的盤算落了空，連忙道歉告饒。

顧茵涼涼地道：「昨兒個那鹿血旺可不只我和青意吃了，我還送了一些給皇后娘娘。」

王氏尷尬地笑了兩聲。「那……那想來吃著應該挺好的……」

屋裡的氣氛聽著有些不對勁，顧野就沒再往裡頭去，只和門口的下人比劃了一下，說自己先回去了。

等回到自己營帳，小路子伺候他換衣裳，顧野便問起鹿血的作用。

小路子早就看出自己的主子不同凡人，所以並沒有因為他年紀小就糊弄他，當即解釋說鹿血可以壯陽益精，對成年男子是大補之物，對子嗣很有幫助。

吃點鹿血就能有娃娃了，也確實新鮮。不過方才聽他奶和他娘的對話，該是沒得逞，顧野忍不住笑了笑。一通話問完，衣裳也換好了，顧野便又去了正元帝跟前伺候。

小路子還留在營帳裡，因昨兒個沒能幫顧野想到好主意，他自覺沒辦好差事，正自責又懊悔呢，這一聯繫到方才顧野的問話，他腦中靈光一閃，突然就明白了過來。

還是他們殿下有招啊！就是說得太隱晦了些，他差點都沒回過味來呢！

當天，小路子在營地裡沒閒著，摸到正元帝的膳房裡，和御廚要了些好酒和鹿血，還向廚子請教了一番最能發揮鹿血效用的做法，然後將這兩樣東西攙在一起，釀了一瓶鹿血酒。

等到這日的狩獵結束，那瓶酒就和其他賞賜一起，送到了魯國公馮源的營帳裡。

要說魯國公馮源也是倒楣。

之前和葛珠兒和離後，馮源私下幾次打聽，只知道她去了食為天做工，過得風生水起、十分滋潤，更多的卻是打聽不到了。

對比之下，他借酒消愁，頗為消沈，倒成了放不下的那個。

為了這場春狩，他憋著一口氣，就是想好好表現，出出風頭，讓葛珠兒和背地裡嘲笑他的人知道，他還是從前那個風風光光的猛將！

然而第一天武青意大獲全勝，他白忙活了一整日。

不過狩獵這活動十分耗體力，第一日參加過的人家，大多不會連著參加第二日。

而且他和武青意不對盤了多年，對彼此都有些了解，武青意這人性子還算內斂，出過一日風頭後，自然就會收斂。所以第一日惜敗過後，休整了一夜，馮源又帶著人整裝出發。

馮鈺雖已對他這親爹冷了心，但見他這般，還是忍不住勸道：「父親年歲不輕了，昨兒個奔忙了一下午，十分辛苦，今日不若好好歇一歇吧，左右明日且還有一天。」

馮源卻聽不進去他的勸，蹙眉道：「歇什麼歇？你爹我還沒老到那分上呢！要歇你自個兒歇著！」

馮鈺的騎射工夫在同齡人中不差，但和成年會武之人比，還是比不過的。少他一個不算什麼，馮源就沒帶著他去了。

馮鈺也懶得跟，自去顧野身邊。

正元帝還是帶著顧野和陸照出巡狩獵，當然，皇帝肯定是不會為了一點獵物奔忙的，只是帶著他們出去散散，玩耍玩耍而已。

後頭到了傍晚時分，正元帝這邊鳴金收兵，回營地開始清點獵物，結算第二日的勝者。

要不怎說馮源倒楣呢？今天武青意又下場了！

其實馮源估算的沒錯，武青意這日原本準備歇著，好好陪伴顧茵的。但壞就壞在昨兒個兩人分吃了好大一份鹿血旺，身上的燥熱只透過沖冷水澡緩解，沒有得到真正的紓解，他一身力氣無從發洩，於是便又帶著人下場狩獵。

平常時候的武青意就能壓馮源一頭，這種時候就更別說了，馮源又叫他比了下去。

武青意連勝兩場，在武將中的威望更上一層樓。

馮源回營帳的時候，還聽到有人在旁邊熱切地討論著——

「都閒散一整年了，人都疏懶了不少，也只有大將軍不減當年勇，真不愧是本朝第一猛將啊！」

旁邊的人聽了就涼涼地笑道：「勤加操練只是一遭，這也得看天賦啊！不然你看魯國公，顯然也是有備而來的，卻連著輸了兩場。所以啊，大將軍那樣天賦異稟的，不是咱們這樣的凡人勤奮努力就能趕上的！」

其他人紛紛附和，說確實如此，然後一行人勾肩搭背，繼續心安理得地去偷懶了。

只留下聽了一耳朵的馮源，差點把鼻子給氣歪了！

到底是在御前，即便是氣惱到了這個地步，馮源也只能強逼著自己冷靜下來，回到了自家營帳。

然而，魯國公府的營帳內，氣氛也很不好。

秦氏這次也來了，按說她這個年紀的人一般是不會來參加這種活動的，畢竟她又不像王太后和王氏那樣身子康健，喜歡熱鬧。她此番為的當然不是打獵、騎馬，而是想和馮貴妃相聚，互通有無。

過去馮貴妃雖然很少能出宮，但往宮外的消息還算遞得頻繁。後頭也不知道怎麼了，她自己宮裡的人還好，其他宮人卻是越發使喚不動。想傳一份家書出來，那得上下打點，少說得花費百兩銀子。正元帝前頭給了永和宮不少賞賜，但也都是珠寶、首飾那些，很少給現銀。宮中的賞賜都帶著特有的徽記，馮貴妃再蠢笨也知道不能讓這些東西流出去，便只好一面向秦氏要現銀，一面減少往宮外遞消息的次數。

上次母女倆通信，還是馮家和陸家訂親那會兒呢！

秦氏這段時間過得可算是十分如意。礙眼的兒媳婦被清掃出門，後頭也沒再給馮家惹什麼事，就好像憑空消失了一般；讓她又愛又恨的大孫子如今在宮裡的時間多，回家的時間少，祖孫倆互相不礙著對方的眼；馮家的財務危機也在和陸家訂親後解決了——陸家已經先送了五萬兩過來任秦氏隨意支配，而剩下的十五萬兩，則會在兩個月後陸沅琪嫁進馮家的時候，和她的其他嫁妝一道帶過來。

因為陸家這樣會來事，所以這次春狩，秦氏也很大方地給陸沅琪下了帖子，帶她過來長長見識，算是給她和整個陸家做臉。

陸家雖是商戶，但在京城也算是頗負盛名。和馮家交往甚密的那些人家知道兩家要結親，見了都恨不得把她誇出一朵花來，又說秦氏高瞻遠矚，摒棄了門戶之見，很了不得，捧得秦氏像活在雲端裡一般逍遙自在。

春狩第一日，馮貴妃隨侍正元帝左右，母女倆沒見到面。

第二日馮貴妃沒再跟出去，自然過來和秦氏說話。

母女倆碰了頭，馮貴妃一見到秦氏就哭訴道：「母親只顧著自己高興，卻不想想女兒的處境。女兒如今空得一個貴妃的名頭，既無寵又無權，怕是再過不久，宮裡就再沒有女兒站腳的地方了……」

上次母女倆面對面說話，還是正元帝認回顧野之前，放了馮貴妃出宮探親。

彼時的馮貴妃何其風光，侃侃而談，還謀劃著將來當皇后，甚至當太后。沒想到不過短短兩月，她就像變了個人一般，不只臉上再不見那志得意滿的風光姿態，更是整個人都瘦了一大圈，不如從前美豔不算，還平添了好幾歲。

秦氏忙勸道：「我的兒莫哭，有什麼委屈快和娘說說！」

馮貴妃就一邊流淚、一邊娓娓道來。

不同於秦氏最近的逍遙自在，馮貴妃近日過得很是不好。

驅使不動宮人已經不值得一提了，她現在和親兒子陸煦也聚少離多。

雖說前頭她花了好些個銀錢打點，還把陸煦身邊的奶娘和宮人都一併送去了擷芳殿，可即便如此，她對擷芳殿發生的事還是知之甚少，只能從奶娘嘴裡知道一些。

那會子顧野把親弟弟陸照也一起帶到擷芳殿上課，馮貴妃自以為得到了機會，讓奶娘多吹吹耳邊風，好讓陸煦知道親疏有別。沒想到陸煦前頭確實有些吃味，但轉頭讓顧野三言兩語一哄，再弄了些宮外的新鮮玩意兒進來後，又只知道跟在顧野屁股後頭轉了。

後來陸煦還回去跟她說「大哥和表哥他們都不帶什麼奶娘，只陸照還需要奶娘跟著，我比陸照強，我不需要奶娘了」，這番話他後頭又對正元帝說了一遍，於是正元帝就讓奶娘還回永和宮伺候，因此如今只要陸煦不願意和馮貴妃說的事，馮貴妃是再不能探聽到半個字！

還有，昨兒個第一日狩獵結束，她這親娘還在正元帝旁邊站著呢，陸煦居然跟在顧野後頭，對著顧茵親熱地喊著「姨姨」，還就著顧茵的手讓她擦汗！

這還只是一遭，更糟心的是，近來帝后的感情越發和睦了。

從前馮貴妃沒覺得周皇后比自己高貴多少，雖說周皇后是皇后，她是貴妃，但周皇后無寵，反倒是她，多得是陪伴聖駕的機會，生下的皇子也比陸照那病秧子頂用。

但眼下周皇后多了個厲害的嫡長子不算，還和正元帝越走越近。

那養心殿她想進一次比登天還難，更別說如周皇后那般留宿了。

知道這個消息的當夜，馮貴妃氣得砸了一屋子的擺設。動靜鬧得太大，正元帝知道了讓錢三思過來詢問，馮貴妃自然不敢說自己是拈酸吃醋，只說是宮人不小心，讓宮人頂了包。

這就形成了惡性循環，如今連帶著她宮裡的宮人都不如從前那般忠心可靠了。

昨日狩獵，馮貴妃伏低做小、不辭辛苦，不知道在外頭吃了多少塵土，跟著隨侍了正元帝一整日，本以為會換回一些恩寵，她當夜都盛裝打扮起來了，沒想到，正元帝和周皇后用過晚膳後又宿到了一處！

說到這裡，馮貴妃的眼淚又和斷了線的珠子似的，哭道：「母親快給女兒出出主意吧，女兒是真不知道該怎麼辦了！」

秦氏訥訥地道：「陛下怎麼就不寵愛妳了？是不是妳做了什麼……」

馮貴妃恨聲道：「女兒能做什麼？女兒還和從前一樣，從未變過，是陛下變了！一切自從烈王回宮後就都變了！」

「那黃口小兒！」秦氏跟著咬牙切齒。

然而任憑她們咬碎牙齒，卻也想不出其他招數來對付顧野。

一來她們是女子，接觸顧野的次數本就有限；二來馮貴妃在宮裡使喚人跑腿都使喚不動了，讓她在宮裡出招對付顧野，那根本是獨木難支，和自尋死路沒有差別。

當然，最主要的，還是顧野和陸煦相處得極好，這不只為顧野博得了一個好名聲——現在朝中大臣對他這照顧幼弟的仁義之心都讚不絕口，而且還是對馮家的一招釜底抽薪，畢竟馮家最指望的，還是長大後的陸煦。但照著現在這個趨勢發展，怕是陸煦長大後會成為顧野最堅實的擁護者，讓整個魯國公府給顧野賣命！

沈吟半晌後，秦氏出聲道：「娘娘別急，今日妳兄弟又出去狩獵了，今遭一定會風風光光地拔得頭籌，陛下看著妳兄弟的面子，晚上自然會在妳那裡。妳今晚好好侍奉，至於旁的，為娘再好好幫妳想想。」

到底不是孤身作戰，馮貴妃總算呼出一口長氣。看時辰不早，她就說先回去梳妝打扮。

後來沒多會兒，秦氏就聽到了外頭的喧鬧，知道這日的勝者又是武青意，馮源再次落敗！她的臉色自然又沈重了三分。

馮源回來後，秦氏少不得抱怨道：「別人都是娘家人給出嫁的女子撐腰，咱家倒好，光沾娘娘的光，卻半點忙都幫不上，一個馮鈺是如此，你也是如此！」

馮源越發苦悶，大聲反駁道：「娘怪我做什麼？難不成是我不想為咱家、為娘娘爭光？」再沒人比他更想壓武青意一頭，出口惡氣的了！馮源氣惱得一拳砸在桌上。「而且娘這話是什麼意思？什麼叫咱家沾了娘娘的光？娘莫不是忘了，咱家的榮光是我用血和命拚著換來的！」

馮源在秦氏這親娘面前素來沒脾氣，今遭卻是把滿腔的怒氣都直接發作了出來，秦氏被他吼得一愣，聲音頓時低了下去，囁嚅道：「你要是累了就去歇著，和我吼什麼？又不是我讓你落敗的……」然後就捂著心口，說自己不舒服，讓鄭嬤嬤扶著她下去了。

等到帳內安靜下來，馮源連一個發洩的對象都沒有了，就越發愁悶。回想從前，每每他意志消沈的時候，都有葛珠兒在身旁輕聲細語地勸慰他。可如今，葛珠兒讓他親娘趕走了，而親娘卻嫌棄他脾氣大，不願意聽他抱怨。

思及此，馮源又是一聲怒吼。「拿酒來！」

下人們送來酒水和小菜後，馮源屏退了其他人，自斟自飲，很快就喝了個半醉。

後頭下人來稟報，說正元帝那邊送了東西過來。雖說正元帝給每家的賞賜都差不多，但到底是皇帝賞賜下來的東西，不能怠慢，因此馮源親自迎了宮人。

馮家的丫鬟知道他正是氣不順的時候，就提起道：「這賞賜裡頭還有一瓶宮廷御酒，陛下顯然還是看重國公爺的。」

君臣同樂之際，正元帝送往各家的多是皮毛和獸肉，今日這酒就成了稀罕物。

馮源的心情稍好了一些，送走正元帝身邊的宮人後，那說了話哄他高興的丫鬟沒下去，在一旁幫著斟酒、布菜，他便也沒說什麼。

一瓶酒喝完，馮源渾身燥熱難當，眼前已經是模糊一片。模模糊糊的，那個替他斟酒、布菜的丫鬟變成了葛珠兒的模樣，他情不自禁地伸手拉住了丫鬟的手。

這丫鬟是秦氏之前安排在馮源身邊的，作用自不必說，只是好些時候了，馮源都沒對她如何，她心裡也不是不焦急的。雖然此時馮源一會兒喚「阿陳」，一會兒喚「珠兒」，顯然是把她當成了替代品，但丫鬟還是柔順地扶著馮源進了內室。

營地裡各家都帶了不少家眷和下人，但要說最多的，那還得是侍衛和宮裡的人，不然若是有幾個吃了熊心豹子膽的聯合起來，仗著人多勢眾，豈不是可以威脅正元帝的安危？

所以這邊廂魯國公府剛有了動靜，轉頭小路子就得到了消息。

眼下顧野還在正元帝身邊，小路子想著既然殿下把差事交給他辦，那麼收尾工作也該由他來負責。因此轉頭小路子就知會了兩個得用的小太監，去了陸沅琪那邊。

陸沅琪的營帳是挨著秦氏的，同屬於魯國公府，但到底她還沒成為馮家人，她的營帳也可算作單獨的一個。

陸沅琪這兩日都在交際應酬，就為了不浪費秦氏給的這個寶貴機會。她出手闊綽，帶來了好些個珠寶、首飾，如散財童子一般散給那些個勛貴女眷，又強壓著自己的小姐脾氣，不在人前發作，算是打開了一些門路。交際應酬了一整天，她累著了，正準備歇下，卻聽到兩個小太監在營帳外頭閒磨牙——

一個道：「魯國公府今日可真不走運，又叫大將軍給比下去了！」

另一個說可不是嘛。「前頭送陛下賞賜過去的那位哥哥，回來說魯國公意志消沈，都借酒消愁了，看得人怪不落忍的。」

「輪到你心疼呢？」那前頭說話的小太監嗤笑道：「魯國公確實是剛和離不久，但人家馬上可就要續娶個嬌滴滴的新娘子了……」

兩人邊說邊走，那說話聲很快就低了下去。

陸沅琪聽著，凝眉想了半晌。

她和馮源相差許多歲，在家時也曾擔心未來會和他感情不睦，陸老夫人就教她，說不用想那麼多，男人都愛鮮豔漂亮的，只要她小心侍奉，感情都是慢慢培養和相處出來的。

跟著秦氏出來兩日了，她一直在女眷堆裡轉悠，還沒機會和馮源接觸，只是在狩獵出發前遠遠地看過馮源一眼。馮源確實已不再年輕，但因是練武之人，也稱得上一句勇猛威武，讓陸沅琪對這門親事越發感到滿意。

眼下機會遞到了眼前，陸沅琪自然不能放過，當下就換了衣裳，收拾了一番過去。因馮源之前屏退了下人，所以陸沅琪毫無阻攔地進了他的營帳。

半晌後，魯國公府的營帳內爆發出了一聲尖叫。

和魯國公府相鄰的英國公府這邊，一家子正在一起用飯，只是顧茵和武青意的臉色都不大好。

倒不是兩人真的惱了王氏，故意擺臉給王氏看，而是顧茵白日裡收拾妥當了武青意前一日狩獵回來的那麼些東西，加上昨夜沒睡好，熬到現在就有些撐不住了；武青意沒比顧茵好到哪裡去，連著打了兩日的獵，加上沖了一整夜的涼水澡，他的身體已經疲乏到了極限。

兩人都是吃著飯就開始迷瞪著眼發睏倦。

王氏當了一整日的鵪鶉，此時也不好意思張嘴，便看了武重一眼。她和武重透了底，武重已經知道她昨日謀劃的好事，雖說是一份好心，但弄成現在這樣，實在是怪讓人尷尬的。

武重輕咳一聲，開口道：「你倆吃完就都去歇著，其餘的我和你們的娘收拾就成。」

顧茵和武青意一起點點頭，正準備從飯桌前起身，就聽到了外頭傳來的一聲尖叫。

兩人頓時睡意全消，立刻去外頭查看。

兩家的營帳總共也就幾步路的工夫，等到他們站定，其他稍遠一些的人家也都循聲過來了。
陸沅琪捂著臉從魯國公府家的營帳裡頭倉皇而出，豆大的淚珠從指縫裡漏出，她委屈地道：「你們怎麼能、怎麼能……」
「發生啥事了？」不比顧茵和武青意只是冷眼旁觀，自有看熱鬧不嫌事大的上前去打聽了。
陸沅琪雖然剛剛忍不住驚叫出聲，此時卻也知道這種事不能對外說，所以她只一味地哭，並不說話，還想直接捂著臉從魯國公府的營帳前走開。
看熱鬧的幾個婦人卻把她團團圍住，非要問出個所以然來。
動靜實在太大，很快地正元帝那邊也使人來詢問了。
宮人不問陸沅琪，只問負責看守的侍衛。
那侍衛只管營地的安危，並不是魯國公府的人，沒什麼不敢稟報的，當即就說了魯國公獨留一個丫鬟在跟前伺候，後頭兩人就去了內室，再接著便是陸沅琪過來撞見了。
侍衛特地沒控制聲量，有耳朵的都聽到了。
陸沅琪頓時哭得更大聲了，而那幾個看熱鬧的婦人則已經是樂不可支。
「陸姑娘莫哭了，一點小事罷了！這男人哪個身邊沒有鶯鶯燕燕的。」
「就是！只是寵了自家的丫鬟而已嘛！」
她們說的話是不假，但這憋不住的笑也是真的！馮家馬上就要和陸家結親了，還特地把陸沅琪帶到了這樣的場合，卻又在這樣的場合和丫鬟行閨房之事，還恰好讓陸沅琪給撞見了……這簡直是把陸家女兒的臉面往地上踩啊！這是結親還是結仇呢？

不知道是誰在人群裡喊了一句——

「魯國公怎麼不出來說道說道呢？這嬌滴滴的未婚妻都哭成這樣了，怎麼也得出來寬慰兩句啊！」

旁邊的人就笑道：「你這人忒促狹，人家魯國公還在裡頭那什麼呢……你總得讓人家把衣服、褲子穿好了再說啊！」

其他人又是一陣笑。「怪不得魯國公府連著兩日都惜敗了，合著不只白天花力氣，晚上且有得忙呢！」

武、馮兩家附近住的都是武將，說起話來可謂是格外的葷素不忌。

陸沅琪又羞又惱，眼淚就一直沒斷過。

營帳裡的馮源更沒臉出來了。

連秦氏得到了消息都替馮源臊得慌，沒敢露面。

「上不得檯面的東西！」秦氏在屋裡狠狠地罵了一通，也不知道是罵醉酒後亂來的馮源，還是在罵驚叫出聲、惹了無數好事者來看熱鬧的陸沅琪。

後頭是宮人回去稟報了正元帝，正元帝又讓錢三思親自跑了一趟，讓大家都早點安歇，這場鬧劇才算是落下帷幕。

顧茵和武青意不是愛看這種情色八卦的人，聽了一耳朵就回去各自歇下了。

這晚還是一人睡床榻，一人睡地鋪，十分睏倦的兩人別說下棋了，話都沒說上兩句就各自歇下了。

翌日一早，顧茵起身，就看到王氏和宋石榴正一人抓著一把瓜子，一邊嗑著、一邊興沖沖地講著話。

看到顧茵過來，王氏笑得眉眼彎彎，和她道：「兒睡得可好？」

顧茵點點頭，問她們在聊什麼？

宋石榴搶在王氏前頭回答道：「夫人睡得沈不知道，天剛亮那會兒，魯國公說是他家老夫人身體不適，和陛下求了恩典，帶著他家老夫人先行回京了！」說完宋石榴嘴裡的瓜子皮一吐，又哼聲道：「那陸小娘子前頭那般猖狂，如今都知道了她還未過門，魯國公就在她眼皮子底下偷腥了，就算來日她成了國公夫人，但凡提到這件事，她都不敢再抖起來！」

不過一夜，這事就傳開了，這一日整個營地都把這件事當成茶餘飯後的談資。

顧茵早就猜著陸家和馮家結親後要鬧得不可開交，只是沒想到剛訂親就出了這樣的笑話，比她預想的還熱鬧不少。

王氏笑著笑著，又憂心道：「鬧了這樣的笑話，這兩家該不會悔婚吧？」設身處地想想，若自己有個女兒，剛訂親就鬧出這樣的事，她肯定是不樂意嫁女兒的。

這熱鬧好看歸好看，但若是壞了兩家的聯姻，那就不好了。馮源那樣的，也就是和陸沅琪相配了，再說旁的親事，指不定就要禍害了別家的姑娘。

顧茵輕笑著搖頭說不會。「娘不能按著常理推想，陸家和馮家結親又不只是陸沅琪和魯國公自己的事。且看著吧，這兩家的婚期說不定還會提前呢！」

後頭王氏又帶著宋石榴出去，接著和其他人閒磨牙。

顧茵沒跟過去，和其他人詢問起武青意在何處。

下人回道：「將軍先夫人一步起了身，去了外頭打拳，還特地吩咐小的們手腳放輕一些，說等夫人起了身，再去知會他。」

三日春狩，如今就到最後一日了。

顧茵便不讓下人去通傳，親自過去尋他。

第四十四章

武青意已經打完了拳，重新沐浴過後換好了衣裳，此時正拿著刷子在刷馬。

他刷的不是那匹只讓他靠近的黑馬踏雪，而是他送給顧茵的那匹棗紅色矮腳母馬。

一旁的踏雪看了可有脾氣了，斜著眼睛一個勁地打著響鼻。

無奈武青意充耳不聞，手下的動作輕柔無比，還仔細鄭重地交代馬奴道：「這馬是夫人喜歡的，你們小心照料只是其一，還得注意這馬的表現，若牠有個反常，則該早做準備，若是夫人有個萬一……」

正好尋過來的顧茵聽了，就忍不住彎了彎唇，笑著問道：「這馬這麼矮，我能有什麼萬一？」那小母馬真就比尋常人家的椅子高一些，就算是小孩子都騎得，以顧茵這樣成年女子的身量，就算是從上頭滾下來也不會有大礙，絕對不至於讓他這般鄭重其事。不過也正是因為他這般鄭重，讓顧茵有了一種被呵護寶貝著的感覺，心頭不禁一陣發軟。

武青意轉頭見了她，把刷子遞給馬奴，又去洗了手，這才過了來。「今日我想帶妳去個地方。」說著就解開了踏雪的韁繩，先上馬去，又對顧茵伸出手。

顧茵自然遞出了手，被他拉到了馬上。

武青意抖動韁繩，很快就帶著她出了營地。

晨間的微風拂面，一路繁花綠柳的景色飛快地在眼前倒退，武青意雖策馬飛馳，但路途並不顛簸，顧茵放軟了身子，靠在武青意的懷裡，耳邊聽著他磅礡有力的心跳聲，竟差點又睡過去了。

過了快兩刻鐘，武青意才在她耳邊輕聲道：「到了。」

顧茵睜眼，入眼處是一片花海，漫山遍野的，全是之前武青意曾經帶回去的那種野花，小小的、粉團團的，聚集在一處，迎風招展，生氣勃勃。

武青意先下了馬，又對她伸出手。

顧茵被他抱著下了馬，看著這一山頭的野花，驚奇無比。

一般野花都是孤零零的幾朵生長在路邊或者田間，很少會這樣聚集生長的。野花芬芳，花上還有不少彩蝶蹁躚。她蹲下身摸摸這個、又碰碰那個，發現這些野花根處的泥土都是嶄新的，有些地方還能看出工具掩埋的痕跡。也就是說，這些野花並不是天生就長在一處，而是有人費心費力地一株一株移植過來的！

顧茵一陣眼熱，閉了閉眼，忍住了流淚的衝動，轉頭去看武青意，卻看他還站在踏雪邊上，肅著張臉，嚴陣以待，口中念念有詞的，似乎在準備著什麼。

顧茵只做不覺，問道：「這野花長得真好，上次忘記問你，這花有名字嗎？」

武青意便過了來，站到她身邊，唇邊泛起一點笑意，解釋道：「這野花春日時盛開，平時便如同茵草一般，也沒有正式名字，附近的人都叫它茵草花。」

「茵草花嗎？」顧茵在唇邊反覆呢喃著這個花名，原來這野花的名字裡含有她的名字。也因為這個緣分，本就討喜的野花在顧茵眼中又可愛了三分。「謝謝你帶我過來，我很喜歡。」她真心實意地說著。

武青意還是一如往常地道：「妳喜歡就好。」

顧茵找了個地方席地而坐，又對武青意招招手。

他亦跟著坐到了她身邊。

顧茵摸摸這個、看看那個的，又過了快半刻鐘，才終於等到了他開口。

「大丫……」武青意喊了她一聲，似乎覺得這名字有些殺風景，又改口喚道：「茵茵。」

「嗯？」

「我有沒有說過，我很喜歡妳？」

「說過的。」顧茵忍不住笑起來。「而且也不用說。」

一個人喜不喜歡另一個人，當然不是聽他怎麼說，而是看他怎麼做。從相識、相知到現在，武青意為她做了很多很多事，除了在廢帝身邊救她性命那次，許多事可能都只是小事，然而就是這些小事累積起來，讓顧茵無比確定的知道，自己在被他喜歡著、愛護著。

「那妳對我……」

顧茵歪過身子，輕輕撞了下他的肩膀，白皙的臉頰染上一點緋色。「這話還要問嗎？」

若不是對他存著好感，當初在壩頭村，他回來和王氏母子相認後，顧茵的第一個想法肯定也是要和離。當然，她和王氏、武安都感情深厚，和離之後就還把王氏認作乾娘，照樣能像一家人那般生活在一處。只是因為來人是他，所以顧茵也沒再提起過和離的事，願意和他慢慢相處。這一相處，便已經過去大半年了。

這半年來，武青意從沒有因為兩人已經成親，就強逼著她妥協就範。兩人就像談起戀愛的小情侶一般，偶然牽牽手、抱一抱。即便是前頭王氏做了一盆鹿血旺，武青意不知情吃下後，都沒對她做出任何越矩的行為。發乎情，止乎禮。如果說一開始兩人的感情是始於共患難後的「吊橋效應」，那麼後頭的感情培養則是賴於相處的點點滴滴。

顧茵認真地道：「我自然是喜歡你的，只是我不確定這份喜歡及不及得上你對我的？」多半是及不上的。顧茵換位思考一番，不說旁的，光是讓她像武青意這般，移栽這麼多野花到一處，如此費心費力，她可能根本想不到要做這樣的事去換對方片刻的高興。武青意還說自己笨拙，不會哄人高興，其實這方面，顧茵比他還不如。她可能會關心他在外面餓不餓、累不累、辛不辛苦，但多半是想不到任何和浪漫沾邊的事。

就像現在，知道對方費盡心思哄自己高興，顧茵第一個想到的，就是中午好好做一頓飯回報，剛才差點都要問他中午想吃什麼了！想到這裡，顧茵有些苦惱地扶額。

武青意卻立刻接口道：「不要緊，有一點點就可以了！」他說著，伸出食指和拇指比劃了一下。「就這麼一點點，我就很滿足了。」

顧茵忍不住笑道：「那可不是只有這麼一點，怎麼也要……」她也跟著比劃，但不知該比劃多少，最後便是欺身過去，在他唇上輕輕啄了一下。「總歸是比你想的要多上不少。」

武青意沒想到她會主動這樣，方才短暫的接觸使他的大腦一片茫然，只能伸手撫著自己的唇——自己的這裡，方才好像被比雲朵還柔軟的東西碰過……很快地，一臉茫然的他又笑了起來，眼角眉梢都是笑意，素來氣勢逼人的面孔變得柔和無比，接著他深吸一口氣，又吐了出來，終於把憋了半早上的問題問出口。「那妳願不願意和我成親？」

這次換顧茵微微愣住了。「我們不是已經……」

武青意搖頭。「從前那是為了全我娘一個心願的權宜之計罷了，而且彼時我們只是兄妹之情，那會兒家裡的氣氛也不好，一切的一切都太倉促簡陋了。」

這倒是實話，那時候突然就朝廷來人徵兵，給的時限非常的短，幾乎是前一天剛來人，第二天就要把壯丁都押走了。而且王氏作主讓武青意和原身成親，其實兩人都不怎麼樂意。武青意是知道自己多半有去無回，又只把原身當成妹子；原身則懵懵懂懂的，根本還不懂什麼男女之情。無奈當時是王氏當家作主，肚子裡又懷著孩子，兩人雖不情願，但看她那會兒淚水漣漣的哀求，還是聽了她的話，點頭同意了成婚。

那樣倉促的時間點，加上彼時正是寒冬之際，村子裡物資匱乏得厲害，而且還不到各家囤積年貨的時候，王氏就殺了家裡的一隻老母雞，再翻箱倒櫃找出一條紅頭繩給原身繫上，就算是所有婚禮的籌備了。然後就在家裡，連對像樣的紅蠟燭都沒有，只多點了一盞油燈，兩人在沒有任何親朋好友的見證下，對著王氏和武重拜了三拜就算禮成。至於所謂的新房，就是武青意之前住的那間屋子，王氏換了床新一些的大被子過去，就當是佈置過了。

兩人相顧無言地對坐了半夜，等到雞叫時分，徵兵的官兵就過來押人了。

素來要強的王氏破天荒地哭啞了嗓子，和原身一起追著把他們送出了村口。

私心裡，顧茵回想起那場婚禮，總覺得缺了點什麼，倒不是真的嫌倉促簡陋或者氛圍不好，只是即便完全融合了原身的記憶，說到底，那會兒和武青意行禮的是另外一個人。

兩人的感情逐漸升溫，早晚要從名義夫妻成為真夫妻，顧茵是想過再籌辦一次婚禮的，但又怕提出來不好，畢竟在這個時代可沒有什麼補辦婚禮的說法。拋開和離那樣的情況，成婚就是一輩子只一次的事。沒想到，這個在她心裡醞釀了一段時間的想法，竟是由武青意提起。顧茵驚訝不已，便沒有在第一時間做出回應。

武青意小心翼翼地觀察著她的神色。「不是馬上就讓妳和我成親，只是這次我想好好操辦，中間必然是需要一段時間的，若是再過一段時間才和妳提，那麼再籌備婚禮，就起碼得等到明年才能行禮了……」說著說著，他的聲音又低了下去。「茵茵，我已經等不及了。」

顧茵撇過頭去，咬著嘴唇才強忍住笑意。

武青意看她又不出聲了，還是把之前打好的腹稿接著往下說：「妳若是願意，婚期就定在今年七夕。這中間還有幾個月時間，妳隨時可以反悔……」他說得極其認真，雖是席地而竟顯出幾分可憐兮兮的意味。

坐，卻挺直了背板，整個人緊張得像一把拉緊的弓。

顧茵實在是忍不住了，笑出了聲，嗔道：「哪有人說這種話的！這是巴不得我悔婚？」

「我不是這個意思！」武青意黝黑的臉上升起一片緋色。「我只是想尊重妳的意願。」

顧茵托著下巴，笑著看他。「那我覺得你還是對你自己不夠有自信。」

武青意移開眼睛，略有些赧然地笑了笑。「那我該怎麼說？」此時他再不是人前那個威武持重的大將軍，只是個面對心上人而手足無措的毛頭小子。

顧茵想了想，笑著道：「你該說，本將軍心儀於妳，現在就要娶妳為妻！妳願意也好，不願意也罷，本將軍說一不二！」說著，顧茵自顧自地笑起來。

武青意也跟著笑，笑過一遭後，他又有些緊張地問：「那妳算是同意了嗎？」

顧茵笑盈盈地回望他。「你說呢？」

武青意這才如釋重負地放鬆下來。「那我就放心籌備了？」

顧茵輕輕地「嗯」了一聲。

武青意又伸手牽住她的手掌，一邊輕輕揉捏，一邊道：「我感覺現在像作夢似的。」顧茵掐了他的掌心一下，他又樂呵呵地道：「會疼，不是作夢！」

然而說著會疼的人，卻沒捨得把她的手鬆開。

顧茵又笑著問：「七夕這日子我怎麼聽著有些耳熟？」

「我不止一次和妳提過。妳雅舍開張那夜，我問妳覺得七夕如何，妳說挺好的，很適合推出什麼情人節套餐，很有賺頭……」

如果武青意生一根大狗狗的尾巴，此時那尾巴一定很委屈地半垂著。

那日顧茵醉酒後是真斷了片，但那殺風景的話又確實是她會說的。她雙手合十往頭頂一舉，笑道：「大將軍饒命，小女子知道錯了！」

武青意笑得輕咳一聲，煞有介事地點了點頭。「那本將軍就且饒妳這小娘子一回。」

兩人笑過一陣，顧茵看著眼前的花海，雖心中歡喜，卻難免心疼。「往後別再做這樣的事了。」顧茵朝著眼前的花海努努嘴。「多辛苦啊！」

武青意便知道，她已經曉得這花海是他使人移栽而成的了。也是，她素來是極聰慧的。

「也不是很辛苦，主要還是下屬們負責動手。」

顧茵將他的手掌拿到眼前，他的手掌黝黑粗大，掌心滿滿的都是繭子。顧茵可不相信他這話，移栽這麼一大片野花，肯定不是他一個人能完成的，但武青意並不是旁觀其他人幹活而自己偷懶的人，旁人幫忙，他只會比別人幹得更多。想到堂堂一國重臣，為天子負責圍場工作的同時，還得抽出時間來忙這些，也難怪那會子他每天都得到半夜才回府。

「騙人的。我現在才發現你的手都比之前粗糙了好幾分，砂紙似的，還說不辛苦？」

武青意溫聲說：「好啦，確實騙了妳，但這種事，也沒有辛不辛苦，只有值不值得。」

反正看她這般喜歡，還在此處答應和他再次正式行禮，那麼之前那點辛苦就不值一提了。因聽她說自己的手掌像砂紙一般，所以武青意鬆開了她的手，改而攬住她的肩頭。

顧茵順勢靠在他的肩上，想到了吃鹿血旺那夜的事，又彎了彎唇說：「我現在總算知道了。」

「知道什麼？」

「知道你那時候為什麼說『還不到時候』了。」顧茵衝著他狡黠地眨眨眼。「也得虧你今天就和我說了，不然我還當……」

「還當什麼？」

「還當我不討你喜歡……」

「怎麼會！」

「或者……你有什麼隱疾。」顧茵最後壓低聲音補充道。

她呼出的熱氣噴在武青意的耳廓上，熱熱的、麻麻的，他正有些分神，等聽清她後半截話，立即不可置信地道：「妳說什麼?!」

看他認真起來，似乎真的要惱，顧茵下意識的準備避開，他伸手要攔，結果顧茵爬起身時卻踩到濕潤的泥土，崴了一下腳，仰面倒了下去。

好在他們坐著的地方是花田邊上，綠草茵茵，像草墊子一般，顧茵並未摔疼。

確認她沒有傷到後，武青意俯身過去，撐著雙手，俊朗剛毅的臉正對著仰面摔倒的顧茵，吻了下去。

這個吻不像之前那般只是輕輕觸碰，而是帶著些惡狠狠的意味，輾轉研磨，恨不能把顧茵拆吃入腹似的。

因為是他，顧茵知道他不會傷害自己，所以並不害怕，驚愕過一瞬後，她便微微啟唇，憑藉著從現代獲取的那點紙上談兵的知識，反客為主。

武青意不知道一個吻還可以這般，很快就從凶狠的進攻方成為了被顧茵牽引著、柔順的那一方。一個吻結束，他呼吸紊亂，眸光迷離，卻還不忘惡狠狠地道：「哼，早晚讓妳知道！」至於早晚知道什麼，自不必多說。

惹得顧茵又是一陣發笑。

當然了，很久之後，顧茵每每想到今日這樁事，想到新婚之夜的「遭遇」，都後悔地想咬舌頭。

春狩最後一日了，前一天正元帝就覺得有些疲乏，已經說好這日不會再帶人出巡，又放顧野和陸煦兩人自由活動，讓他們在最後一日不用去御前請安了。

陸煦到底年紀小，連續瘋玩了兩日，第三日直接起不來身了。

顧野也累得不輕，但年紀比陸煦大，好歹練過一段時間的武，到現在還保持著早起後打上一套拳的好習慣，所以酣睡了一整夜後他就緩了過來。

日上三竿，顧野懶洋洋的起了身，小路子立刻上前伺候。

顧野自己穿戴洗漱好了，肚子咕咕地叫了兩聲。餓了自然是找他娘，顧野剛要往外走，小路子就像他肚子裡的蛔蟲似的開口了。

「殿下莫急，今天一大早將軍夫人就隨將軍一道出去了，眼下還沒回來呢！」

顧野想著當初他還勸過他叔，讓他叔多陪陪他娘，他叔連著下場狩獵兩日，今日才算有了自己的時間，他是個懂事的大孩子了，這會子不該去打擾。於是顧野就站住了腳，讓小路子去廚子那裡隨便傳一點東西來吃。

一小桌菜餚很快就布了上來，小路子讓其他人都下了去，一面躬身給顧野布菜，一面小聲道：「殿下，您交代奴才辦的事，奴才都辦好了。」

顧野被他說得微微愣住。

小路子又接著道：「殿下貴人事忙，許是忘了。前兒個您不才說想懲治一番那輕狂的陸小娘子，但又不能直接壞了馮、陸兩家的親事，後頭又和奴才提了一嘴鹿血嗎？」

顧野放下手裡的小筷子，抬抬下巴示意他接著說。

「奴才愚鈍，那會兒還不明白呢，後頭反覆思索殿下的話，才如夢初醒，私下裡請教了御廚最能催發鹿血效用的辦法，製了一小壺鹿血酒送過去。」說著，小路子忍不住笑了笑。「鹿血的效用本就明顯，這再混入酒水中，只要不是神仙，誰都擋不住！」

顧野又問：「那你還能算準魯國公一定會和那丫鬟……」

小路子只當他家殿下還在考核自己，立刻道：「奴才當然算不到那一步，但就算魯國公身邊沒有那麼個丫鬟，奴才也會想法子讓那陸小娘子過去，再使人宣揚出來。他們婚前就有了首尾，到時候那陸小娘子也是沒臉。」

顧野早就聽說了昨日那場熱鬧，當時他就在正元帝身邊，正元帝聽人稟報了事情的經過後，雖沒發怒，卻也是替馮源臊得慌，嘟囔道「這營地總共就這麼大，各家帳子緊緊挨著，那和馮家訂親了的姑娘就住在那麼幾步路開外的地方……這魯國公也忒按捺不住」，卻沒想到，那齣鬧劇居然是出自他身邊人之手！而且聽小路子的意思，好像還認為是自己授意的。

事已至此，局面也確實是顧野樂於見到的，他也不好直說小路子會錯了意，其實自己根本沒想到那樣的招數，只故作老成地接著問道：「都收拾乾淨了？」

小路子笑呵呵地稟道：「殿下放心，這次參與之人都是奴才認識了許多年的，可靠非常。而且沾手的御廚和送賞賜的小太監、傳話給陸小娘子聽的小太監們彼此都還不認識。」

顧野點點頭說知道了，揮手讓小路子也下去。

等到屋內只剩他自己，顧野挺直的背板就垮了下來，很是茫然地搔了搔頭。

沒過多久，馮鈺過來了。

前一天出了那樣的事，馮鈺當時也在正元帝身邊，他馬上就快十一歲，再過幾年就該議親了，並不是顧野這般對男女之事還毫無了解的懵懂小兒，聽說親爹和丫鬟那般，還讓未過門的繼母給抓了個正著，他一張白淨的臉頓時臊得通紅，恨不能挖個洞把自己埋了，顧野發覺了，立刻道「他是他，你是你」，正元帝也察覺了他的異樣，跟著說「烈王說的不錯，阿鈺不必這般。做出荒唐事的不是你，把胸膛挺起來，縮著像什麼模樣」。顧野和正元帝這般抬舉看重他，馮鈺心中很感動，拱手致謝。

然而，剛知道了那件事是自己身邊的人會錯意而辦成的，顧野此時再見他，實在有些不好意思，眉頭就蹙得更緊了。

「殿下遇到了什麼煩心事嗎？」兩人私下裡不講究什麼規矩，馮鈺坐下後就出聲詢問道：「可是我能幫得上忙的？」

一直以來，都是馮鈺在接受顧野對自己的好，所以馮鈺此時看向顧野的眼神真誠又殷切，是真心想在他愁苦的時候幫助他，為他排憂解難。

顧野同樣是和他真心相交，因此他嘴唇囁嚅了半晌後還是坦白道：「也不是什麼煩心事，就是有件事，希望你不要生氣……」便把方才小路子的話轉述了一番，又保證道：「我當時真不是那個意思，是聽了一耳朵我奶和我娘說話，我奶把鹿血做成鹿血旺給我娘和我叔吃了。」

馮鈺問道：「那你娘和你叔……」

「他們肯定沒做那啥生娃娃的事情，不然我奶該高興壞了，而不是那副做賊心虛的模樣。」

「這不就成了？」馮鈺接著道：「同樣的鹿血，將軍吃了並未做出任何逾矩的事，而我爹卻……所以小路子說的什麼只要不是神仙就抵擋不住的話並不可靠。那鹿血只是個引子罷了，說到底，問題還是出在服用的人身上。」

顧野是真沒想到，馮鈺不僅不惱，還有理有據地幫自己分析起來了。「阿鈺，你真不怪我？」

馮鈺搖搖頭。「真不怪，不過有些話我也該勸勸你。」

顧野示意他接著說。

馮鈺先起身確定四下無人，而後才坐下繼續道：「自從當了你的伴讀後，我不知道你是怎麼想的，但我是已經把自己當成了你這邊的人，你的將來你可有考慮過？」

見他說得十分嚴肅，顧野便也正了臉色。「自然是想過的。」

兩人同吃同住了許久，早就培養出了默契，話不用說得太明白，自然就知道了彼此的心意——顧野想當太子，想繼承皇位，而馮鈺想輔佐他。

「我給你說個典故吧。」馮鈺想了想，道：「《晏子春秋》外篇裡有一句『越王好勇，其民輕死。楚靈王好細腰，其朝多餓死人』，這是說越王喜歡勇猛之人，於是他的子民百姓就為了逞勇，不把自己的生死當回事。楚靈王喜歡腰身纖細之人，朝野上下爭相效仿，甚至還有為了追求纖腰而餓死的……」

顧野最喜歡聽馮鈺講典故了，不自覺就聽入了迷。

半晌後，馮鈺結論道：「是以上有所好，下必效焉。越是位高權重之人，越該謹言慎行。我聽聞歷史上一些皇帝，即便是遇到最喜歡的菜色，最多也不過嚐上三口，就是為了不讓其他人發現自己的喜好。」

顧野若有所思地點了點頭。「是那陸家娘子對我娘不敬，我流露出了厭惡之情，所以小路子才揣度著我的心意，以為我想對她出手。」

「是這個道理。」馮鈺目光灼灼地看向他。「殿下往後可不只是眼前的王爺身分，身邊的人將不計其數，如今只是一個小路子，他日若是顧命大臣呢？他們揣度著你的意思，做出來的事可不只是今遭這般只惹出一點茶餘飯後的笑料而已。」

顧野若有所思地點點頭。

在他沈吟回味的空檔，馮鈺又道：「還有一樁，我覺得殿下昨日說的很對，他是他，我是我。我那祖母和親爹……」說到此處，馮鈺苦笑著搖搖頭。「實在是都很荒唐。若有下回，到了殿下真要對付他們的時候，並不需要顧忌我。」

顧野早就惱了魯國公府一家，但因為和馮鈺交好，他有時候想想確實難辦，就怕打了老鼠，傷了玉瓶兒，頗有些投鼠忌器，卻沒想到馮鈺會主動說出這樣的話。他和秦氏、馮源是血親，能說出這樣的話，自然是在心裡已經把顧野放到了比他們更重要的位置。

顧野眼眶發熱。「阿鈺，你怎麼這般好？」他已經上了一段時間的課，許多時候文大老爺都會給他們講史。自古明君面前多諍臣，可眼前他別說是明君了，根本連個太子都不是呢，卻已經有了馮鈺這樣的良師益友。這運道，實在是好得匪夷所思啊！

馮鈺拱手。「比起殿下為我做的，我這不算什麼。雖現在說那些言之過早，但來日方長——」

顧野又接著道：「一定是我平時好事做多了，諸天神佛看我滿意得很，所以才讓你來到我身邊！」

馮鈺一番表忠心的話就頓在了唇邊，忍不住笑了起來。

與此同時，京郊庵堂的廂房裡，沈寒春連著打了好幾個寒顫。

坐在她對面看診的還是英國公府的兩位御醫。兩位御醫之前既要照顧武重，又要照顧沈寒春，就在英國公府和庵堂兩頭跑，如今昔日看著沒幾日活頭的武重能走路、能說話，起碼多了十來年活頭，反倒是沈寒春，這病症卻是一直翻來覆去的。

當時被送出英國公府後，沈寒春在外調養了一段時日，看著好轉了，都能下床行動自如了。一般病症在冬日時都會加重一些，到了開春，天氣暖和的時候則會減輕。那會兒還沒開春呢，她就要大好了，兩位御醫還當她肯定是無礙了呢，沒承想，一月之後，她的病情突然急轉直下，又開始咳血了，脈象還是那個找不到錯處的脈象。

兩位御醫把完脈之後，你看我、我看你，最後還是讓她好好休養，再開一些溫補的湯藥讓她繼續吃著，後頭兩位御醫就出了門，上了回城的馬車。

兩位御醫中稍年輕的那個耐不住地開口道：「上次這沈姑娘的病來得毫無緣由，聽老醫仙解釋了才知道或許是命格之數。自古巫醫不分家，我這段時間也翻閱了不少典籍，雖不若老醫仙那般能推演命格，倒也是學了一些相面之術。」

年長的那位御醫便問：「那你看出什麼了？」

「人的面相和手相一樣，是會隨著境遇而改變的。這沈姑娘印堂發黑，天中塌陷，眼神遊離，似醉似醒……」通俗點說，就是沈寒春的面相已經變成了一副短命鬼的模樣，怕是沒幾天好活了！

他既然說了，便是已經有幾分把握了，至於為什麼要提前說出來，年長一些的御醫也很快明白了過來，當即就道：「陛下讓我們二人照料國公爺，如今國公爺身子康健，我們也該回宮覆命了。」反正只要不是在他們手上治死的，自然就不會影響二人的聲望名譽了！

當天下午晌，顧茵才和武青意從外頭回來——畢竟那片野花是武青意費心移栽而成的，所以兩人還是待了許久。

因為在花田裡滾過一遭，兩人身上和頭上都沾染了不少草屑，衣襬上也有不少泥點印子。也幸好踏雪跑起來像一陣風似的，武青意又把顧茵護在懷裡，一路把她護送回營帳更衣洗漱，所以沒人看見她的狼狽模樣。

顧茵這邊剛拾掇好，沒多會兒顧野也過來了。

母子倆也快三天沒好好說上話，兩人碰了面，便異口同聲道：「我有話要同你（妳）說。」

顧茵就先讓他說。

顧野坐在桌前整理著思路，半晌後才把小路子會錯意辦的事，和馮鈺勸諫他的話說了，又道：「從前在娘面前訂了目標，說先當太子，沒想到眼下還沒當太子呢，只是個烈王的身分，就已經有人揣度著我的意思去辦事了。馮鈺說這叫『上有所好，下必效焉』，我很有觸動。往後在人前，自然更該謹言慎行，若有旁人向娘打聽我的喜好……」他是顧茵養大的，若旁人不知他的喜惡，想要打聽，不敢去正元帝和周皇后面前亂舞，自然就可能求到顧茵面前。

顧茵道：「我曉得了，之前皇后娘娘倒是和我打聽過，暫時還未有其他人。你放心，若是其他人，我都給你擋著。」

顧野點點頭。「娘幫我擋著的同時也不妨知會我一聲，讓我心裡有數，知道哪些人是『機靈』過了頭。」像這次事件裡的小路子，就是會錯了意，太急著想表功了，所以連問都不問，就擅自作主，這樣的人就太機靈了。若非看在小路子是錢三思徒弟的分上，顧野往後就不敢用他了。「有些話我不方便和錢公公說，等他下次光顧咱家酒樓的時候，娘不妨提點他幾句。」

那次食為天招的淮陽廚子的手藝很得錢三思的喜歡，前頭他休沐出宮，宿在外宅的時候，還去過食為天一次。

顧茵點點頭，把這件事也記在了心裡。

等說完這遭事，顧野面上凝重的神色褪去，問他娘剛才想說啥來著？

提到這個，顧茵臉上有了一絲害羞之色，聲音也越發輕柔。「今天你叔問我，願不願意和他成親拜堂？」

顧野上課的這段時間學了不少東西，人倫禮儀就是很重要的一堂課。男女成婚，便要行拜堂之禮。但……顧野奇怪地問道：「娘和叔不是早就成婚了嗎？」

顧茵也不能說先頭的顧大丫不是自己，就用了武青意那套說辭。「那會兒辦得匆忙又簡陋，你奶殺了一隻雞，給我找了根紅頭繩，家裡點著油燈就行了禮……」

「原來是這樣。」顧野點點頭。「那咱家現在日子好了，肯定得好好辦一場。日子定了沒有？」

「你叔說就定在今年七夕。」

顧野在心裡算了算，道：「那還有四個月的時間。我四月裡要協理殿試，後頭暫時都沒安排，到時候也能騰出時間來給叔幫忙。」顧野說完，卻沒聽到他娘立刻接話，便望過去。

顧茵正略有些忐忑地觀察著他的神色。

顧野見狀，不由得笑起來。「娘這麼看我做什麼？難道我說的不對？」

顧茵搖頭說不是。「就是我先答應了你叔，但也怕你不同意，所以回來後本就是要第一時間和你說這事的。」

「我為啥要不同意？」

「你前頭不是……」

顧野會意地點了點頭，又笑起來。「娘說的那都是老黃曆了，我去文華殿上課沒多久，不早就和叔說過了嘛！」

說到這裡，顧野又有些不好意思地搔了搔頭。「當然了，知兒莫若母，想來娘也知道我那會子是覺得反正在家的時間少，不能像從前似地時時盯著叔，所以才那麼說的。」

顧茵噗哧一聲笑出來。「你這話說的，倒是承認了之前把你叔當賊防。」

顧野小眉毛一挑，說那可不是？「娘先頭和他成婚的時候我又不在，我怎知道他是不是配得上妳？」顧野說著又自顧自笑起來。「不過前朝廢帝那會子不算，只從去年上京算起，那到現在也是好幾個月的事了。叔和妳、和我爺奶對我都是一樣的，是打心眼裡把我當自家人疼，我都知道的。我有時候也在想，去歲的時候，叔和阿爺怎就對我那麼好呢？後頭上了學開了蒙，知道的道理多了，學了個詞叫『愛屋及烏』，我就明白了。」說了好大一通，顧野又抿了口茶，這才接著道：「叔和阿爺疼我，自然是因為娘和奶疼我。別的不論，光這一點，就能知道叔是真把娘放在心上了。且前頭娘也教我了，愛一個人是要讓對方高興、讓對方快樂，娘是這麼盼著我的，我自然也該這般對娘。」

顧茵心頭柔軟無比，朝他一伸手，想要抱抱他。

顧野下意識地歪過去，又立刻坐起身，義正辭嚴道：「不行，男女七歲不同席。雖字面意思是男女七歲後就不能坐在一處了，但更深一層的含義，就是說七歲的孩子算是大孩子了，就該明白男女大防了。像武安從前還三不五時和阿奶或者妳一道睡，七歲的生辰過了以後，他就只在自己屋裡歇著了。所以即便是娘，我們也要保持距離了。」
時下的孩子都早慧，他比一般孩子還頂用些，現在又讀書了，大道理更是一套又一套的，顧茵根本說不過他，便只笑著道：「那不還差幾天嘛！不趁現在抱抱，往後可就不行了喔！」
顧野果然被說動了，一副勉為其難的模樣，嘴角卻是忍不住地往上翹起。「真拿娘沒辦法。」
母子倆依偎了好一陣子，很快就到了傍晚時分。
今日的勝者是一個極讓人意外的新秀——文家的文琅。
都知道這種狩獵盛會，雖也會邀請文官大臣來，但文官家裡的孩子一般都是走父輩科舉的路子，很少會去學武的。
這文家的文琅，不顯山不露水的，前頭已經進士及第，只等著參加四月的殿試。
顧茵就聽人在雅舍閒聊的時候提過，說這文琅雖不能和年少時的文老太爺相比，但絕對是比其父強上不少，考進士的時候他寫的文章讓人讚不絕口，只要不出岔子，殿試過後絕對是在一甲裡頭。文家的第三代算是有著落了。
卻沒想到，他居然還是個文武雙全的。
第三日的狩獵，武青意沒下場，魯國公因為那等風花雪月的事臊得沒臉，提前求了恩典回城，加上最後一日下場的人本就比前頭兩日少許多，就讓文琅拔得了頭籌。

顧茵從前在文家做過工，和文琅打過幾次照面。印象裡他還是個小少年，和其父文大老爺一樣，喜歡吃辣。當初她鼓搗出了烤串的時候，文琅就悶不吭聲跟在文大老爺後面，捲著袖子幫著一道烤串，然後被辣得直吸氣。沒承想，不過幾年，今遭再見，他已經是青年模樣，而且這般出類拔萃。

結算出勝者之後，為期三日的春狩就正式結束。正元帝辦了場熱鬧的慶功宴，嘉獎了一眾在今遭春狩中表現勇猛的人家。

熱鬧的一場慶功宴後，正元帝和武青意都喝多了酒。

正元帝是高興新朝建立不久，就已經顯出了一派君臣和樂、欣欣向榮的景象。

武青意呢，那不用說，自然還是因為上午顧茵答應和他成親了！他是真高興壞了，喝得眼睛發直、腳步蹣跚。

回了營帳後，武青意坐在椅子上，自顧自傻樂，顧茵擰了帕子給他擦臉，他也樂呵呵地讓她擦。

王氏見了忍不住道：「得虧兩個孩子都睡下了，不然見到他這副傻樣，背地裡該笑死了！」

這要是在現代，王氏絕對是那種看到孩子出醜，就會掏出手機拍下來記錄，往後還會時不時翻出來給全家回味的家長，好在這會子還沒有相機這種東西。

所以王氏只是和顧茵咬咬耳朵，再對武青意無奈道：「我怎就生出你這麼個傻兒子！」

「娘，我要成親了！我要成親了……」武青意半點都看不出親娘的嫌棄，高高興興地和她報喜。

傍晚的時候，顧茵母子說完話，就把這個消息告訴了王氏，是以王氏並不意外，但耐不住武青意一直唸叨，王氏只能一個勁地回答他。「娘知道，娘知道了！」

「娘，我真的特別感謝您！」武青意笑著笑著，突然孩子似的紅了眼睛，拉起王氏的手。「當初您把茵茵買回來，我還覺得您亂來，現在想想，還是娘有眼光。」

王氏一拍胸脯，說那可不是。「當年我看咱家大丫就不是一般人！」她絕口不提當年是因為顧大丫賣得便宜，所以才半道改了主意。「雖前頭幾年沒顯出什麼來，但後頭幾年，不就顯得我……那個詞怎說來著？高瞻遠矚！」母子倆雙手相握，說得一個比一個激動。

顧茵端了一碗蜂蜜水進來見了，好笑地扯開他們的手，同王氏道：「他喝醉了，娘怎麼跟他一起胡鬧？明兒個一早就要啟程回京了，娘快去歇著吧！」

武青意酒品還算不錯，人雖糊塗了，卻只是話多一些，並不鬧騰。

王氏也就沒留下照顧，回自己屋去了。

後頭顧茵哄著武青意喝完了蜂蜜水，讓武青意的小廝帶他去洗了個澡，換了寢衣。

再回到屋裡，武青意不再多話，但還是眼睛直直的，也不用顧茵再哄著，他把自己的被褥一抱，很熟練地就鋪好了地鋪。

他今日醉酒，明早起身肯定要不舒服，顧茵就想同他換一換。兩人說好小半年後就要成婚，所以顧茵又試探著問：「或者咱們睡一張床榻？」反正即便是吃了鹿血的那晚，武青意都沒有任何逾矩的行為，他這般愛重她，顧茵自然放心。

沒想到武青意立刻搖頭道：「不成，我就睡下面，等行完禮，咱們才能睡一起。」倒是比顧茵還講究。

他躺下後很快就睡著了，顧茵去洗漱回來後，自也休息不提。

翌日一早，正元帝率領文武百官回朝。

一口氣歇了三天，人人都變得忙碌起來。

武青意這會子倒是閒了，但顧茵忙啊！三天沒去食為天看帳了，東家該盡的責任也得擔負起來。

好在周掌櫃和葛珠兒都是伶俐人，即便顧茵不在，他們也能照顧好店裡的生意，所以顧茵也只忙碌了一日，第二日就還和平常一樣，每天只去半日就好。

這時候王氏也忙起來了——上次兩個孩子是被她按頭成婚的，這次是他們自願要成為真正的夫妻，王氏自然得幫著好好操辦一番。但那是幾個月後的事，眼前還有一遭急的——三月下旬是顧野七歲的生辰。

這是顧野認祖歸宗後的第一個生辰，正元帝當然想要給他好好操辦。

他那烈王府開府也有些時日了，一直沒派上用場，這次正元帝就點了人去烈王府，要給顧野操辦一場熱鬧的生辰宴。

烈王府只有宮裡來的下人，沒有其他主子，自然由英國公府這邊幫著統領。

顧野前頭鄭重其事地和他娘說了，七歲就該明白男女大防了，他並不是說說而已，也是這麼做的。他之前有床小被子一直放在顧茵床上的，因為他晚上時不時的會過去和顧茵說話，說話說得晚了，當然就順便睡下了。但從城外圍場回來後，顧野不用人提，很自覺地就把那床小被子抱走了。

顧茵這天從食為天回來，就看到王氏正和武重說著什麼，兩人的面色都有些沈凝，她便問起是不是顧野的生辰宴有什麼不順利？

王氏搖頭道：「不是小野的事。是之前陛下放到咱家的那兩個御醫，今天到了我和妳爹跟前，說如今妳爹身子大好了，只需日常的調養就行，他們完成了任務，也該回宮去了。」

顧茵理解地微微頷首。「娘把爹照料得極好，府裡還有老醫仙在，確實不需要兩位御醫一直待在宮外。」人家御醫是吃皇糧的，雖然在宮中給皇家人看病擔的風險更大，可既然端了這碗飯，那自然是奔著前程去的。而留在英國公府裡，雖然武重和王氏都對他們禮遇有加，但肯定幫不了他們升遷。既然武重的身子已經無礙，人家不想再待，放他們離開就是。

王氏不是心窄的人，照理說並不會糾結這種小事，顧茵正奇怪著，王氏又接著說了——

「我之前也沒覺得有啥，想著人家本就是服侍陛下的，在咱家也待了那麼久了，想回去就讓他們回去唄，因此他們下午就去收拾行李離開了。後頭我讓人去收拾他們之前住著的院子，從服侍他們的小廝嘴裡知道了件事……」

兩個御醫沒從宮裡帶人過來，平日服侍他們的小廝是英國公府的下人，自然就把兩位御醫前兩天去寺廟外頭給沈寒春請了平安脈，回來就點燈熬油地寫書信聯繫昔日同僚，轉頭就來提出要回宮的事都說了。這前後一連貫，誰還不明白呢？

王氏嘆了口氣，道：「那姑娘也算和咱家有點淵源，是從咱家送出去養病的，妳說她在外頭若有個好歹，且不提對咱家的名聲有沒有影響，就是想著她年紀輕輕，讓人怪不落忍的。」

王氏對著小輩都心軟，沈寒春又救過武重的性命，知道她快不行了，王氏會難受也在情理之中，顧茵便勸慰道：「生老病死，是人之常情，非咱們能左右的。」

到底不是有什麼感情的人，王氏也就收起了哀傷憂愁之色。「也是。就是前頭我想著給她一筆嫁妝，如今她那樣了，嫁妝什麼的就先不提，留著銀錢讓她自己花銷吧，算是全了她救過妳爹的恩情。」

顧茵復又頷首。「不過她身體病弱，身邊又只有咱家出去的幾個丫鬟，給大筆銀錢，恐會為她招致災難。」

「還是妳想得周到，那就不給現銀。前頭不是剛給咱家置辦下一份產業嘛，我就分一些給她，那些鋪子常年有進項，也算是給了她一個飯碗。等她真要不行了，那些鋪子咱們也別收回，就以她的名義捐出去吧，算是為她在下頭積福。」

這件事就此商量好後，一家子便還是為了顧野的生辰忙碌起來。

首先是顧野生辰宴那日招待賓客的吃食，這一樁正元帝指了幾個御廚來幫忙，加上還有英國公府的廚子，實在不行也能請周掌櫃過來搭把手，所以還算好解決。

顧茵就先讓御廚擬定菜單，然後讓自家素來負責採買的夥計跟著烈王府的下人一道去買，免得發生以次充好、或者做假帳騙錢的情況。

而後便是該擬定賓客名單了。

英國公府的一家子肯定是要去的，和英國公府相當的魯國公府那邊，顧茵一開始想著就只給馮鈺下帖子，但想到顧野之前說的，要在人前表現得小心謹慎一些，不能把自己的喜惡大模大樣地展現出來，所以顧茵和顧野商量了一番後，就還是把前頭那張帖子作廢，重新寫了一張邀請他們闔府上下的。好在前頭春狩期間鬧出的風波還未平息，秦氏和馮源正是沒臉見人的時候，回的帖子上說秦氏身體還是不大好，馮源在病床前服侍久了，唯恐把病氣過了人，因此到時候只讓馮鈺作為全家代表，也算是合了顧野的心意。

這輕不得重不得的一家子處理好了，其他人就很簡單了。

顧野請教了正元帝，正元帝見他對魯國公府都能這般公道，就乾脆讓他按品級來，三品以上的文武官員都送帖子去。

帖子送出去後，都很快就收到了回帖，這上頭其實也很有些東西。

絕大部分官員自然是闔府都來參宴的，來不了或者只能派一個代表過來的，除了一些真的是有特殊情況的外，其餘的大多都和魯國公府有著不清不楚的關係，要麼是馮源昔日的同僚部下，要麼就是和馮家有著姻親關係，糾葛匪淺的。

顧野當天晚上寫完了功課，就整理出了一份名單。

顧茵陪著他一道整理的，看他對著那份名單眉頭緊蹙、沈吟不語，就出聲道：「上頭的人家你心裡有數，都是和咱家、和你都無甚交集的，你平常心對待就好，不必煩擾。」

顧野捏著眉心「嗯」了一聲，又緩緩地開口道：「我從前還是想得太簡單了。前頭我只想著我和陸煦同是父皇的孩子，出身上是一樣的，我只要比他優秀，讓他信服於我，那獨一份的好東西自然就是我的。今天才知道並非如此，原來暗處還有這麼些人在和我較勁。」

「暗處的不少，明處的更多呀！」顧茵負責整理的是會來赴宴的賓客名單，那份名單上的人可比不來的人多太多了。她指著上頭的道：「你看，文官有文老太爺、李大學士……武將這邊有咱家，還有你叔那些個舊部。」

顧野臉上的神情這才變得輕鬆了一些。「是啊，武將雖分兩派，文官卻是以文老大人為首。說起來，還是多虧了娘，妳說我怎這麼走運呢，得了妳這麼漂亮又溫柔的娘，好吃好喝地管了我好幾年且不算，要沒有妳，叔和文老大人知道我是哪個？」顧野這話並不是單純的吹捧，而是事實就是如此。

武青意是純臣，並不會參與到皇子派系的鬥爭裡，且英國公府也不可能再更進一步了，所以參與其中只有弊端，沒有好處。若不是因為顧茵，正元帝看好誰，武青意肯定就幫誰，不會在眼下正元帝還沒立太子想頭的時候，就已經在幾個皇子裡分出了親疏。

文老太爺更別提了，還是因為有顧茵，老爺子算是從小看著顧野長大的。也正是因為這份情誼，當初正元帝昭告天下認回顧野的同時給他封王，在第一個御史跳出來提反對意見的時候，文老太爺就毫不留情地懟了回去，之後也就沒有其他人再敢跳出來，顧野才這般順利地成了烈王。

「且若是沒有娘，我一個流落在外的野孩子，也不會有那個條件上京來，更見不到宮裡的大阿奶和皇帝爹，不知道還要在外頭多少年呢！妳想想，若我好幾年後再回來，自己會變成什麼樣的人先不提，就說陸煦吧，這小哭包現在除了黏人一點，也沒啥不好的，但若是被馮貴妃那樣的親娘、秦氏那樣的祖母，還有這些暗中支持馮家的人教導著、攛掇著，那會變成什麼模樣啊？我們兄弟兩個指不定會鬥成烏眼雞呢，那也太不好了。」

顧茵不由得笑起來。「好像還真是如此，我算是你這小崽子的外掛了。不過我覺得就算沒有我，你也能走回正路，只是會比眼下辛苦一些。」母子倆私下聊天的時候十分放鬆，有時候顧茵就會不注意地帶出一些現代的詞彙。

顧野都聽習慣了，所以並沒有追問外掛是什麼意思。他的眼神又落到自己整理的那份名單上，小小的人兒笑起來，竟有幾分意味深長的味道。「陸煦都沒想著和我這哥哥鬥，這些人家卻要迫不及待地開始站邊了，怎麼也得給他們一些顏色瞧瞧。」

顧茵問他準備怎麼辦？

顧野先是道：「娘放心，我不做什麼害人的事。」然後就附到顧茵耳邊細說起來。半晌後，顧茵無奈地笑看他。「偏你促狹！」

顧野生辰前一日，他宿在了擷芳殿。

生辰這日一大早，他剛起身，小路子等人就先給他道喜。在一迭聲的恭賀聲中，顧野恍惚有種自己在過六十大壽的錯覺。他拿出了早就準備好的金銀錁子，賞賜給了眾人。

後頭等他穿戴好了，陸煦也吧嗒吧嗒地跑過來，說：「大哥生辰快樂！」一邊說，小傢伙一邊嘟著嘴往顧野面前湊。

顧野一手擋住他靠近的臉，忙問他這是在做什麼？

陸煦就說：「我母妃每年生辰的時候，都讓我這樣親親她，這樣她就很高興了。我第一次和你過生辰，也給你一個親親！」

顧野正要說些推辭的話，陸煦已經掙開了他的手，大剌剌地在他臉上啵唧了一口。得，還推辭什麼？他只能一邊和小路子要了帕子擦臉上的口水，一邊跟陸煦說謝謝。

陸煦非常大方，說不用謝，還說往後每年都可以給他這樣一個親親！

顧野聽得寒毛直豎，雞皮疙瘩都起來了。

兩人沒說多久的話，因顧野這日不用上課，陸煦卻得像往常一般去文華殿報到。

陸煦離開前還和他說：「大哥中午等我，我也要去你家！」

「你跟父皇說過沒有？」

「說過的，父皇答應了！」眼瞅著就要遲到，陸煦沒再和他歪纏，招呼著讓馮鈺等等他，趕緊去上課了。

後頭顧野就去了慈寧宮，王太后和周皇后，甚至正元帝都在等著他了。

上半日是他們一家團聚的日子，周皇后已經給他做了一頓朝食。按照他們老家的傳統，過生辰的人早上都要吃一碗長壽麵，結合周皇后向顧茵打聽來的顧野的喜好，她就親自下廚做了一碗肘子麵。那肘子是提前滷好的，鹹淡適中，並不肥膩。

因長壽麵是一整條的，顧野就先把麵條吸溜著吃完，再吃那醬肘子，很快就吃了個肚兒圓。

正元帝陪著他用過朝食，讓人送來給他準備的生辰禮後，就還得回前頭去處理公務。

周皇后和王太后本就沒什麼事，這樣特殊的日子自然都一直陪著他。

後頭眼看著到了中午，顧野才帶著陸煦出宮回了烈王府。

觀。

此時烈王府門口熱鬧非常，前來赴宴的賓客只是一遭，還有不少看熱鬧的平頭百姓圍觀。

京城的百姓一般都不是見識短淺的人，照理說達官貴人過生辰，也不算是什麼稀罕事。但稀罕就稀罕在，顧野生辰這日不需要賓客送禮，只需要他們把本來準備送的禮折算成銀錢。這送過來的真金白銀並不入烈王府的庫，而是全都在門口就捐進了功德箱。這功德箱自然是為了做功德用的，或做京城修橋鋪路之用、或撫恤京郊困難的百姓、或者捐入善堂，撫養那些因為戰亂而流離失所的老弱婦孺……總之後續的使用也會公諸於眾。

這對於百姓有利的大好事，百姓們可不得過來看看？

烈王府的門口設了一個大箱子，大箱子旁邊是一張條案，王府的帳房先生就坐在條案邊上。每逢賓客上門，捐出銀錢，帳房先生就會一邊記帳、一邊大聲唱名某某大人攜夫人與某某公子捐贈多少銀錢，然後圍觀的百姓們就會爆發出一陣熱烈的歡呼和鼓掌聲。

但聽著聽著，有人就發現不對勁了，嘟囔道：「怎麼這些個官員有些是拖家帶口，闔家都來的，有些卻只來了一人代表全家？甚至還有好些個愛在京中露臉的，今兒怎都不來湊這個熱鬧？」

旁人就道：「這你還要問？肯定是那些人家和烈王不對盤唄！」

「這不是吧？烈王是陛下的嫡長子，雖說今日才七歲，但七歲就知道心疼百姓、兼濟天下了，怎麼有人會和他不對盤啊？」

旁人給他一個看傻子的眼神，雖心中清楚，但也不好在人前細說皇家的紛爭糾葛。

其實那些前頭故意站隊的人家也有不少提前得到了消息，他們何嘗不想要描補呢？但是回帖已經送了，他們便是想後悔，顧野卻根本不給他們這個機會了，只說早就擬定好了賓客名單，安排好了酒席和座次，臨時更改來不及了。

這些人家也是無奈，只能把賀禮準備得豐厚一些。

顧野是真促狹，後頭還讓人給所有賓客都立了功德碑。

像闔府來赴宴的，開頭自然得寫是某某官員家；那種單獨來的，就只寫一個某某人。單一個名字，不寫清家世背景，誰知道哪個是哪個呢？弄得那些人家面子和裡子兩失啊！

這日熱鬧的生辰宴過後，顧野就把沈甸甸的功德箱和帳冊都送給了正元帝。

搞這麼大規模的慈善募捐，自然是正元帝點的頭。

說來也是愁人，正元帝並不是前朝那種只知道一味享樂的皇帝，是想對百姓好的，但無奈想法多、手頭緊——前頭文二老爺收回來的那些欠款，幾個月過去已用下去不少了。

前朝把百姓逼得太苦了，新朝正是要穩固民心的時候，苛捐雜稅能免就免，怎麼也得等百姓日子慢慢變好了，才能充盈國庫。所以顧野這想法一提出來，正元帝立刻就同意了。

讓人一清點，顧野這生辰一口氣就收了好幾萬兩真金白銀。因為有很多人家，如文家或者武家那般，知道此番是用於慈善的募捐，所以給得格外多了一些，那千兩、百兩的銀票都成摞了！

正元帝就問顧野，要不要私下裡補貼他一些？畢竟是大兒子認祖歸宗後的第一個生辰呢，倒搞成了為朝廷分憂解難的慈善宴了，讓正元帝心裡怪過意不去的。

顧野不以為意地揮揮手。「我吃穿都有，平時花銷也不大，何況我娘酒樓裡還開著月錢給我呢，我都夠用。再說了，好些人家並不是看我的面子，而是看你的面子、朝廷的面子，知道這是做善事，才格外慷慨。」

正元帝讚賞地直笑，倒是沒漏掉他話裡的一句，問道：「你早就不在食為天做工了，青意他媳婦怎還給你工錢？」

「我娘忙唄！而且她一看帳就頭疼，酒樓裡的帳目主要是由周掌櫃負責，周掌櫃喜歡我，又知道我是少東家，當然不會主動和我娘說不要給我發工錢了。」顧野說完後緊張兮兮地道：「父皇可千萬別提醒我娘，一個月有好幾兩銀子呢！」

數萬兩的真金白銀他不要分毫，一個月幾兩的工錢倒是十分緊張。

君子愛財，取之有道。笑得肚子疼的正元帝賜了顧野這副字。

一場極為熱鬧的生辰宴之後，顧野的名望在京中上升了不少，且也不擔心百姓健忘，那正元帝點頭、工部督造的功德碑可就立在城中的熱鬧地帶呢！只要這碑不倒，走過的百姓便會時不時看上兩眼，一直記得這件事。

雖這碑上頭有些人家不是真心做慈善，只是為了博顧野這烈王的好感，或者提前知道了風聲，想在人前露臉，但即便是沽名釣譽之輩，只要肯慷慨解囊，為朝廷分憂，為百姓謀福祉，終究是殊途同歸。

第四十五章

眨眼到了四月，殿試就近在眼前了。

因文琅還要接著考，所以文老太爺和文大老爺還是避嫌，並不參加，主理殿試的就是李大學士。這位李大學士呢，說來和顧野還有些淵源。

當初文二老爺奉旨討債，第一家追的就是這李家的債。那時顧野偶遇文二老爺，兩人在李家門口蹲著吃冰碗，後頭顧野還和文二老爺一起尾隨過那小李大人去茶樓和同僚聚會。

因為李家開了那個先河，後頭才有越來越多的人家陸陸續續的還債。

其實當時李家是真的被文二老爺磨得沒了脾氣，這才當了那個出頭鳥，但也算因禍得福，正元帝對這李家有了些印象。後頭朝中啟用舊人的時候，正元帝看那李大人雖年邁但確實是得用的，只因在前朝時屢次犯了廢帝的忌諱，這才升遷無望，如今到了新朝，他就給李大人升了一升。

那時李大人沒看到顧野，且那時就算看到了，估計也沒想過他的身分會有這般貴重的一天，並不曾放在心上。而顧野就更不會主動提起了，就像第一日知道李家人似的，和那李大學士相處。

殿試出題一般都是由皇帝出馬，無奈正元帝是個半路出家的，批閱奏摺都是開朝之後現學的，讓他出題考那些寒窗苦讀數十年的學子，不只是為難了正元帝，也是為難那些學子。所以出考題的責任，便落在了李大學士等人身上。

顧野這黃馬褂親自協理，雖才滿七歲，但他是正經嫡長子，名正且言順。

李大學士十分認真負責，先重新看過這些考生會試時的作答卷子，而後才出題，出好之後，他還先拿給顧野看。

顧野這段時間一直保持著極為謙遜恭敬的態度，對主理的幾個文官禮遇有加。

一般為了防止徇私舞弊，主考的官員們從三月起就被單獨隔出來住著了。顧野這個身分的自然沒那個必要，但他自從四月初報了到後，就沒行使過自己的特權，也把自己隔離開來，和李大學士等人同吃同住。負責殿試的官員們所居住的地方條件尚可，但到底不是放他們來享受的，有些方面和高級官員自家比，還是略微差了一點，且衣食住行都要親力親為，不可能還送些奴僕進來給他們驅使。但顧野不挑住、不挑吃，連小路子都沒帶進去，他自己就能把自己照顧好。反正就住一個來月，洗不乾淨衣裳就多帶幾身嘛，到時候再帶回去讓下人慢慢洗就是了，比有些個享受慣了的官員還能挨苦。

這還只是一遭，正元帝派他過來，不只是監督官員，防止徇私舞弊，另一遭，是因為自古文人相輕。這次領頭的李大學士也是最近才被提拔的，並不如文老太爺那般有名望，正元帝就擔心他們同吃同住的，再結下什麼仇怨來。

沒想到還真讓正元帝給料中了，這幾個文官好些都認識半輩子了，雖沒發生相輕、相厭那種事，但各自對文章的喜好都不同，想法不同，思路自然也不同。因此爭執什麼的，那都是家常便飯。

有一次火藥味濃得嚇人，一個文官說另一個文官亂出主意，說他出的考題一竅不通，純粹是按個人喜好來的，這樣的題要是出了出去，那獲益的就是貼合他喜好的那部分學子，別是收了什麼賄賂，特地給那些人放行吧？

被罵的那個也是個嘴皮子伶俐的，說罵他的那個才是收了賄賂，所以才跟他唱反調，怕是賄賂他的那個學子不擅長做這樣的策論文章吧？

相爭無好話，眼看著這兩人就快打起來了，李大學士雖從中調停，但兩人都不怎麼服氣他，自然不聽他的勸。後頭還是顧野出面，提了兩壺菊花茶進來。

對著個孩子，兩個年紀能當他祖父的文官這才停止了爭吵，只氣呼呼地各坐一邊。

顧野像是啥也不知道似的，兀自說：「這個菊花茶是我從家裡帶的，這天乾物燥的，人就容易上火，兩位老大人快喝一杯，順順氣。」

他堂堂烈王，本朝嫡長子，是最有希望成為太子，日後榮登大寶的那個，如今竟親自給兩人斟茶遞水，還送到眼前，這誰能下他的面子？

吵架的兩人忙起身道不敢，接了茶水喝下。

那兩壺花茶，都是顧茵給顧野帶的茶包泡出來的，茶包裡頭雖然主要是菊花，但也有細微的不同，一包裡頭有枸杞，另一包裡頭則是乾荷葉。

兩位老大人喝著茶，很快就發現對方手裡的和自己的不一樣。

顧野就先跟其中一位解釋道：「這位大人最近時常揉眉弓，似乎是眼睛不適，我就用了這個帶枸杞的茶包，枸杞明目，對您最好不過；另一位大人最近唇邊燎了個火泡，似是內火旺盛，所以我就用了帶荷葉的這個，荷葉和菊花都是涼性的，平時不宜多喝，但內火旺盛的時候卻是很適合。」

他能把他們最近的不適都看在眼裡，喝了他的茶，誰好意思當著他的面再接著爭吵？所以那兩人很快就順坡下驢。

這個道：「原是我內火旺盛，難怪我今日說話這樣衝。」

另一個也道：「也是我最近眼睛不適，人暴躁了一些。」

兩人互相致歉，重新言歸於好。

後頭也就很少再發生這種事，就算再有，顧野自也有辦法從中斡旋調停。

從前文官們說是支持顧野，其實是跟了文老太爺的風。而且也不算支持，充其量就是先不同他交惡，暫且觀望著罷了。直到這十天半個月的相處下來，眾人才算是確確實實地對他改觀，不敢當面議論他，且私下裡覺得他禮賢下士這一點頗肖正元帝。

所以李大學士把擬好的考題先送到顧野面前時，其他人都沒有異議。

但是顧野卻連連擺手。「我從《漢書》中新學一個詞，叫『才疏學淺』，用在我身上再好不過了。我如今不過堪堪識得幾個字而已，哪裡就敢給那麼些有識之士選考題呢？還是讓其他考官大人一道幫著您參考吧！」

李大學士對他這有多大能耐就戴多大帽子，並不自恃身分高貴就胡亂指點江山的態度越發滿意，其他大人也是如此想。

文人喜愛一個孩子的表現是啥呢？反正殿試開始之前，大家也沒有那麼忙碌，又都不能外出，那就給顧野上上課唄！於是乎，從早到晚，一眾文官輪流上課，後頭還安排起了課表，竟比顧野在文華殿時還忙碌！

顧野心中叫苦不迭，卻也知道這是天大的好事，許多人一輩子都盼不來的，且也是官員們的一片好心，因此只得咬牙受著。

他本來就聰慧，如今既耐得住性子向學，進度自然比一般孩子快上不少。

殿試開始前的半個來月，顧野的學問以肉眼可見的速度提上來了。

要不怎說腹有詩書氣自華呢？後頭殿試的時候，正元帝再見顧野，都說他看著越來越文質彬彬了。

殿試結束後，正元帝和一眾文官大臣一起閱卷，判出了一二三甲。

這年的狀元不出預料的，是文家的文琅。

榜眼是一個叫陸友的中年文人，雖身上無官職，但這陸友在前朝時就是有名的才子，只是不喜當時朝廷的氛圍，多次寫詩、寫文章諷刺，讓前朝廢帝奪了他科考的權利。

兩人一個是文家全力培養的第三代，一個是享負盛名的有學之士，都不算出人意料。

出人意料的，是這屆競爭格外激烈的、新朝第一場科舉中脫穎而出的探花郎許青川。

許青川雖然前頭在鄉試中考得了解元，但各州府的解元多了去了，有不少比他更有才名的。許青川會試中的成績也算佼佼，但並不在前三之列。

也是許青川運道好，正元帝雖然沒親自出題，但交代過李大學士等人，這次殿試出題的時候要務實一些、偏實際一點。

許青川雖然出身時家中富貴，但年幼時就已經家道中落。其他學子比他文采好的，沒有他懂百姓疾苦；比他懂百姓疾苦的，又不如他言之有物。

就這麼正正好的，他的文章特別貼合正元帝的心意，就成了位列第三的探花郎。

顧野得到消息早，沒等朝廷公布，他就已經先和英國公府通了氣。

王氏比誰都高興，迫不及待地要把這好消息告訴許氏！不過大模大樣過去肯定是不行的，那不等於告訴別人，他們家仗著和宮裡的關係，提前得到消息了？

所以顧茵和王氏都沒乘坐自家的馬車，讓宋石榴出去租了輛驢車，趕到英國公府後門，兩人悄悄地去了許家。

許氏和許青川如今租住在王氏之前買下的一個小院子裡，距離英國公府並不算太遠。

驢車慢悠悠地行駛了兩刻多鐘，就到了許家小院子的門口，宋石榴先跳下驢車去敲門。沒多會兒許氏過來開門了，見到帶頭的宋石榴，許氏熟稔地笑道：「石榴又來了，這是又給妳家老太太跑腿？」

一月上京後，許氏作為陪考家長，不好意思只顧自己玩樂，大部分時間都花在照顧許青川的飲食起居上。但王氏時不時會讓宋石榴送些東西過來，有時候是一本她覺得好看的話本子，有時候是她吃著不錯的小點心……總之一直都沒有斷了彼此的通信和往來。

許氏親熱地拉著宋石榴的手，請她進屋裡說話。

宋石榴笑著說不忙。「可不只我一個人來。」她說著就朝後頭努努嘴。

許氏這才看到後面的王氏和顧茵，她真是驚喜壞了，一邊問道：「妳們怎一起來了？」一邊把她們往屋裡請。

這小院子就和從前顧茵在寒山鎮租住的那屋子差不多大，只是原主賣出時特地修葺了一番，看著還嶄新嶄新的。

「唉，怎不打招呼就來？我這都沒啥好東西招待妳們呢！」許氏說著話，一頭就要往灶房裡扎。「給妳們沖兩碗糖水喝！」

王氏趕緊把人拉住。「別忙別忙，我們吃飽喝足了才過來的！而且可不敢讓探花郎的母親給我們沖糖水喝呢！」

許氏聽到先是笑著啐她。「還沒放榜就拿我尋開心是吧？」笑著笑著，許氏又愣住了，自言自語道：「不對，妳們特地過來肯定不是為了來調笑我的，這是、這是……」她越發激動，哆嗦著嘴唇，再說不出後頭的話，人看著也軟軟地要往地上栽倒。

顧茵和王氏立刻一人架住她的一條胳膊，將她攙到堂屋裡。

「幸好提前來給妳透個底，不然等到報喜的人來了，妳這副樣子，可得給妳家青川丟臉呢！」王氏說著，忙在桌上的茶壺裡倒了杯水餵到許氏唇邊。

這會子許氏沒心思和她吵嘴，忙抬起袖子一邊擦眼睛一邊道：「是是是，不能給青川丟臉……」說著，眼淚又止不住地往下落。

王氏又詢問了下，得知許青川出門去了，不在家裡，她和顧茵便也沒在許家多待——畢竟許氏這人同王氏一樣，也挺好面子的，轉頭心情平復了，想到自己在王氏面前這般失態，又該不高興了。離開許家之前，王氏給許氏留了一包銅錢，讓她到時候當喜錢發。

衙門裡報喜的當然不只給這些，少說得給個一、二兩銀子的，但是考上探花郎這樣的好事，到時候許家門前肯定不只是衙門報喜的人，還會有很多其他看熱鬧的，甚至連附近的叫花子都會上門來討要喜錢。一千個銅錢才值一兩銀子，這包銅錢也沒多值錢，只是免去了許氏再臨時出去兌換的手腳工夫。

許氏不和王氏客氣，就給收下了。

從許家離開後，王氏和宋石榴回府去，顧茵沒和她們一道，她有自己的事情要辦。

自家那小話劇場裡，《雙狐記》已經上演了一段時間，得再尋新本子排新戲。

蔣先生十分得用，經過上一次排演後，已經掌握了話劇的竅門，顧茵早就把導演的職位讓給了他。作為東家，她只需要負責尋摸一下新本子。

許家住著的這一片讀書人多，書局也多，顧茵就乾脆去了幾個書局轉悠。說來也巧，顧茵在去的第一間書局裡就遇到了許青川，顧茵大大方方地喊了一聲「青川哥」。

許青川轉身，見到了荊釵布裙的顧茵，一瞬間很有些恍惚，就好像回到了還在寒山鎮的時候。不過很快地許青川就回過神來了，彼時的顧茵為生計忙碌著，雖她性子樂觀，但為生活奔波的人，眉間是不可能出現這樣灑脫歡樂的笑容的。現在的顧茵，眉梢眼角再不見煩擾之色，整個人像會發光一般。而且彼時顧茵知道兩家長輩想結親的意思，所以對他禮貌而疏離，在他的印象裡，她似乎從來沒有這樣熱絡地喊過他。

許青川彎了彎唇，放下手裡的書過去。「妳怎麼穿成這樣？」

顧茵狡黠地眨眨眼。「和我娘過來給你家道喜的，但是又不想惹人注意，所以特地換了衣裳來的。」她邊說邊伸出三根手指，比了個三。

許青川頓時明白過來她的意思。

寒窗苦讀多年，猛然知道得了這樣的好結果，自然是喜不自勝，很多考生可能都會癲狂上一陣，不然後世也不會流傳范進中舉的故事。但顧茵和許青川認識好幾年了，對他也多少有些了解，他就不是那種耐不住起伏的人。果然，如顧茵所料，許青川短暫地急促呼吸了兩次，然後閉了閉眼，很快就緩了過來。

他笑著同顧茵拱手。「那就多謝顧家妹妹和嬸子特地跑這趟了。」

顧茵擺擺手說他太客氣了，又笑道：「正好我想淘換點話本子，既然你在，幫著我參考一番可好？」

殿試都考完了，許青川再是喜歡看書，這時候也該放鬆放鬆。他還來書局，純粹是放榜的日子近在眼前，他難免有些忐忑，在家裡待不住。眼下既已知道了名次，心裡一塊大石頭落地，許青川自然樂意幫她的忙。

這話本子的更新速度實在快，幾乎是每個月都會上新的。雖其中不少是跟風之作，但也有跟風的同時寫得也不錯的，需要人細細分辨。

許青川看書的速度比顧茵快多了，一目十行下去，他就能知道這話本有沒有可取之處。書局的人是不可能讓客人慢慢把話本讀完的，所以顧茵就把許青川說還成的都買下了。一口氣跑了三家書局，顧茵買了一大摞，回過神來時許青川已經幫她捧了好一會兒。

許青川說要幫她搬回去，但顧茵已經耽誤了他半個下午的工夫，哪裡好意思再煩勞他，就和最後一家書局的掌櫃商量，詢問能不能把話本子先存放在這裡，後頭再使人來取。

掌櫃樂呵呵地道：「娘子客氣了，您在小店買了這樣多的東西，確實不好拿。本店有一間雜物房，娘子要是不嫌棄，就把這些都先放在那處。」

說好之後，顧茵另外多給了掌櫃幾文錢當作暫存東西的費用，然後就招呼許青川順著掌櫃指明的方向，把話本子都放到雜物房去。

「都是我的不是，一忙起來就忘了時辰，下午晌許嬸子肯定是在盼著你回去的。」顧茵朝許青川拱手致歉。

許青川說不礙事，又道：「一點小忙而已，妳不必這般客氣。過去一直是嬸子和妳照顧著我們母子，道謝的話說多了生分，但那些恩情我們都是放在心裡的。」

「往後指不定是誰家照顧誰呢！旁的不說，等我有了孩子，青川哥這先生可跑不了！」

許青川腳下一頓，眼神中帶出了一絲錯愕。「這麼快……」

顧茵也察覺到自己失言了，或許是最近家裡好事不斷，先是武青意向她求親，後是顧野藉著生辰宴得了正元帝加倍的喜歡和好名聲，今天又恰逢知道了許青川高中探花，所以格外高興，弄得她說話也有些不過腦子了。她臉頰微紅，忙說不是。「是我亂說的，還沒影的事呢！」

「也不是亂說，我娘說妳是有福氣的，子嗣這方面總也是不用愁的。」

顧茵忍不住笑起來。「那我就承嬸子的吉言了。」

說話的工夫，兩人已經走到了書局的雜物房。

許青川定定地看了她半晌，而後才收回眼神，只看著手裡沈甸甸的話本子，輕聲道：「那我就放下了。」

「好。」

四月底，天氣一下子就暖和起來，向著夏日邁近了。

殿試的成績早幾日已經放榜公布。

三甲跨馬遊街的時候，王氏還帶著一大家子都去看了熱鬧。

狀元郎文琅和探花郎許青川都既年輕又俊朗，京城這地界民風又比其他地方都開放一些，因此好些個年輕姑娘都往這兩人身上扔花和香囊。

尤其是許青川，因他家世背景只能算普通中的普通，所以還有大膽些的人家甚至出動了家丁，準備來個榜下捉婿呢！

王氏聽說京城有這種風氣——富裕的人家多，渴望邁入上層階級的人家自然就多。她早就防著這一手呢，派出去好些家丁跟在許青川身邊，這才沒讓那些人家得手。

顧野因為這次協理殿試，得到的好處也不少。

這人呢，其實是這樣的，若顧野這個年紀，仗著身分邀功，李大學士等人就算捏著鼻子認了，心底也會對他頗有微詞。但顧野跟著忙前忙後地忙了好些天，卻半點功勞都不邀，反倒還在正元帝面前誇讚李大學士等人是如何的認真勤勉、如何迫切地想為新朝招攬人才，半點不提自己，李大學士等人反而不好意思了，感覺像是欺負了人家孩子一般。

於是幾個文官私下裡一商量，便統一了口徑，上摺子的時候也把顧野一通誇，同時沒吝惜幫他傳播這件事，使他的聲望更上一層樓，以至於有些學子私下裡都稱呼顧野為「小座師」呢！考過了殿試的學子就算是天子門生了，這般尊稱他，和說他是太子沒區別了。

知道這個消息後，顧野第一時間跑到了養心殿。

正元帝正在批摺子，見他著急忙慌地過來，好笑道：「朕前兩天才誇你文質彬彬的，像個讀書人的模樣了，怎麼才過沒兩天，又這副形容無狀了？」

顧野跑得像小狗似的，伸著舌頭直吐氣，連忙擺手，表示讓自己緩口氣再說。

正元帝就讓錢三思給他上了一道茶。

顧野揭開蓋子，咕咚咚地喝下，才總算是緩過來。緩過來以後，他立即拱手行禮，說：「兒子是來向父皇請罪的。」

這話倒是一下子吸引了正元帝的注意，他先擺手讓錢三思他們下去，然後又免了顧野的禮，問他發生啥事了？

顧野面上臊得通紅，看著腳尖，把聽到的消息告訴了正元帝。

正元帝並不意外，他的消息自然比顧野靈通，也就比顧野還早兩天聽說了這事。

「這不挺好的？你像蹲大牢似的，陪著那麼多官員隔出去住了那麼久，還從中斡旋調停了好幾次矛盾，沒有功勞也有苦勞。」

「好啥啊？」顧野急得直拍大腿。「他們是父皇的門生啊！我也是父皇授意，才這個年紀就去協理這樣的大事，充其量就是當個鎮宅的吉祥物罷了。眼下說的人不多，但後面若流傳出去，說不定還真有人相信了，當我是什麼神童，七歲就能給天下學子當小座師了！」

正元帝笑呵呵地擱了筆，摸著下巴看他。「怎麼，你還怕人誇？怕自己長大後，沒有傳言中的厲害，讓那些人失望？」

「怕嘛，肯定是不怕的。」顧野搔了搔滾燙的臉頰。「就是前頭我辦那個慈善生辰宴，雖是我想的主意，但也是你首肯的，可你也不讓我和外人說，功勞都讓我領了，現在又這樣……」

「名聲好還不好嗎？」正元帝面上的笑褪下去一些，招招手，讓顧野到跟前來，神情鄭重地對他道：「你在害怕那些？」

顧野從親爹的反應和話語裡察覺出了一些意味，心不受控地撲通撲通狂跳。他深呼吸了幾下，面容從緊張忐忑變得堅定無比。「我不怕那些，我怕的，只有你不高興。」

正元帝心中又是讚賞、又是自豪，同時還熨貼無比。他伸手輕拍顧野的背，說：「我沒有不高興，我若不高興，就不會讓這一切發生，所以你抬起胸膛來……」此時他不再自稱「朕」，不是以一個帝王的身分，只是一個父親的身分，盼著兒子勇敢前行。說著，正元帝的目光又落到一旁的龍案上。自古帝王的龍椅、龍案都會製得比一般的桌椅高大不少，彰顯出帝王天下獨尊的地位，所以顧野這會兒還沒那龍案高呢！正元帝露出一個無奈的笑容，覺得自己還是想的太早了，於是一些已經到了嘴邊的話，又讓他嚥回了肚子裡。

殿試完全結束，時間就已經快到五月了。

顧野總算是閒散了下來，雖說現在他仍和之前一樣，還是每日到文華殿上課，但和之前那個聚集科舉考官、封閉式的「一人私塾」相比，文華殿的課程對顧野來說和放假幾乎沒有分別了。

正元帝之前說過讓他忙差事的時候不得落下功課，後頭自然要讓文大老爺等人考校他。不負眾望的，顧野的水準不降反升，雖不能和馮鈺、武安那樣學了幾年書又天賦異稟的相比，但和差不多同時開蒙的陸煦一比，那完全是一個在天，一個在地了。

反正自從顧野的生辰宴和他協理完殿試後，京中百姓和接觸過他的文官大臣對他的風評就越來越好了。

這當中，馮貴妃自然是坐不住的那個，但無奈陸煦現在也開蒙了，人呢，一開始讀書，慢慢地就會有自己的想法了。陸煦學得不算快，但人也不笨，再不是過去那個大人說啥就是啥的奶娃娃了，而且當身邊所有人都說他大哥好，只有他母妃讓他提防他大哥時，小小的陸煦心裡已經對他母妃的話持有保留態度了。

陸煦不聽她的話，帝后感情又越來越和睦，馮貴妃實在沒招，還得向秦氏求教。

也恰逢魯國公馮源和陸家的陸沅琪要大婚，馮貴妃就求到正元帝面前，正元帝就讓她去主持婚宴了，算是給了馮家一點面子。

說起來，當時馮、陸兩家定下了三個月的婚禮籌備期，已經算是匆忙了。

後頭陸沅琪撞破了馮源和丫鬟的那點事，鬧得人盡皆知，傳遍了京城的高門大戶。

時人對男子總是寬容一些的，馮源至多落一個風流的名聲。

但尚未出嫁的陸沅琪看到了那種事還無法容人地聲張開來，就沒有那麼好過了。若非馮源就是她訂了親的夫婿，那麼她的名節也就跟著壞了，可不只是落得眼前這般讓人當成笑柄的下場。

馮家在春狩的最後一日提前離開了城外圍場，一回到京城後就把哭成個淚人兒的陸沅琪送回了陸家。送她回去的下人當時沒留下隻言片語，後來秦氏也沒讓人登門致歉或者安慰。

陸沅琪是真的委屈壞了，在陸老夫人面前一連哭了好幾回，說她是偶然聽人說馮源因為連輸兩場而意志消沈，所以想去安慰他一番，哪裡就知道走進去後會撞見那樣的事？她一個未出閣的姑娘家，親眼目睹了那種事，且其中一個還是自己的未婚夫婿，腦子裡一片混沌，所以下意識地就驚叫出聲，忘了那會子是在圍場的營帳裡而不是在高門大院裡，這怎麼就能怪罪到她頭上呢？

陸老夫人也心疼她，但心疼的同時，陸老夫人也很清楚地知道，這親事是只能快，不能遲了！從前兩家還算是平等的交易關係，現在主動權卻隱隱已經掌握在馮家手裡——先前送去馮家的五萬兩銀子先不提，現在的陸沅琪除了嫁給馮源，還有什麼好人家敢要呢？

雖陸沅琪是陸老夫人的獨女，陸老夫人也有那個能力照顧她一輩子，但若是家裡多了個嫁不出去的女兒，陸家人在商場上就要成為一個笑話，且未來還有陸家的第三代呢，家裡多個嫁不出去的老姑奶奶，孫輩們說親也會成為老大難的。

於是陸老夫人當機立斷，一面安撫陸沅琪，一面讓人準備了禮物，送去馮家。要不顧茵前頭私下裡怎會說陸老夫人和秦氏看著像一路的人呢？這種沒面子的活計，陸老夫人沒有自己去做，而是讓兒媳婦陸夫人出馬。

陸夫人沒辦法，只能厚著臉皮，帶著陸老夫人準備的厚禮，登了馮家的門。

那些價值千兩的厚禮是一方面，陸老夫人還藉著兒媳婦的口轉達了另一件事——他們陸家願意給陸沅琪的嫁妝加碼，再多給十萬兩！

秦氏其實沒準備悔婚，營地的那事她雖然氣惱陸沅琪將事情鬧大，但若是悔婚，不得把前頭陸家送來的那五萬兩退還回去嗎？那筆銀錢早已經讓她分成兩份，一份給了馮貴妃，一份給了馮濤去經營望天樓。知子莫若母，讓他們姊弟倆再把那筆銀錢吐出來是不可能的！

而若是秦氏動用馮家公中的錢貼補回去，那就真的是傷筋動骨，非得變賣祖產了。

所以秦氏只是端著架子拿喬而已，目的達成後，秦氏一面心裡覺得高興，一面同陸夫人道：「妳家老太太實在客氣，沅淇和我家阿源訂了親，那就是我親閨女。前頭那圍場的事是我家阿源的不對，回來後我就數落過他了。只是妳也知道，我年紀大了身子差，在外奔波了一場就越發不行了，這幾日都在家裡病著。」

陸夫人看著秦氏紅光滿面的模樣，忍著噁心平靜地道：「您最是和善的，我們老太太心裡都知道。」

後頭議論到婚期，陸夫人繼續轉達陸老夫人的意思，希望婚期提前，秦氏也沒有二話，和陸夫人商量著就把婚期定在四月底。

陸夫人把這消息帶回陸家。

等陸夫人走後，陸沅琪哭得更凶了，質問陸老夫人道：「他家那般欺負人，我如今每每想到那營帳裡的畫面都覺得噁心反胃，娘怎麼還讓我提前嫁過去？」

陸老夫人哄了她好些天了，即便是自己的親生女兒，她也有些沒耐心了，便冷著臉道：「當初是妳說要高嫁，改換咱家的門庭，我才給妳出了那樣豐厚的嫁妝，如今怎麼又要反口？再說，男人風流點不是很正常嗎？妳大哥都還有好幾個通房、侍妾呢，何況人家國公爺？他也只是幸了個屋裡的丫鬟而已。」

陸老夫人當權掌家數十年了，她冷下臉後，陸沅琪也害怕，不敢大聲哭鬧了，只敢小聲囁嚅道：「那也不能在那樣的場合、在我眼皮底下啊，那不是全然不把我放在眼裡嗎？」

陸老夫人就又放柔了語氣，勸她道：「妳眼下還不是國公夫人呢，等妳嫁過去了，那丫鬟、妾室之流的，還不是任妳拿捏？而且別說當娘的不提點妳，這種事有一就有二，那丫鬟成了魯國公的房中人，難保不會有別的想頭。那魯國公府已有了個快長成的嫡長子，難不成妳還想再出個庶次子？」陸老夫人的話是在提點陸沅琪，讓她別忘了當初結這門親事的初衷——陸沅琪和馮源就不是什麼兩情相悅的有情人，兩家純粹是一個要銀子，一個要個登高的機會，全都是為了自己的利益而已。

陸沅琪被陸老夫人說得愣住了。「難怪娘還要把婚期提前……」

陸老夫人摸著她的頭，道：「我的兒，可算是明白了為娘的苦心。」

於是四月底，馮家用著陸家的銀錢，舉辦了一場盛大的婚禮。

馮貴妃也順利出宮，成了這場婚禮的主婚人。

馮家可不如之前顧野辦生辰宴時那麼講究，都沒給英國公府下帖子，只宴請了同自家交好的那些人家。

婚禮，同昏禮，是在黃昏時分舉行的。馮貴妃主持完婚禮後時辰便不早了，如果當夜回宮，時間會非常匆忙，所以正元帝准許她在馮家留宿一夜。

一對新人入了洞房後，馮貴妃和秦氏總算是能好好說上話了。

馮貴妃還是喋喋不休地說著自己的苦處，雖說她現在手頭寬裕了，能驅使宮人了，但是也改變不了什麼。

秦氏讓她別急，又道：「上回在圍場裡聽了妳說的那些，回來後為娘苦想數日，倒是有了一點想頭。」

馮貴妃讓她快說。

秦氏就接著道：「妳看妳大哥，前頭和那葛氏和離後，就好像變了個人，還曾對我發脾氣、大吼大叫，我和他說話，他也好像聽不進去般。後頭嘛，就是發生了圍場春狩的那件事，那件事雖讓人看了笑話，但自從妳大哥有了那丫鬟後，脾氣就好了許多，也又和從前一般，聽我這當娘的說話了。」

那丫鬟名叫春杏，經過秦氏調教，還被秦氏放心地安插在馮源身邊，自然非比常人。她長得美而不妖，而且溫柔小意，十分會討好人。

馮源一開始對她沒什麼感情，那次純粹是酒後亂性。後頭被陸沅琪撞破，馮源羞惱，不等他遷怒到那春杏頭上，那春杏自己就來和他請罪，說都是她的罪過，因為仰慕他久矣，這才做出了那等糊塗事。馮源看她哭得梨花帶雨的，心裡就更過意不去了。

他素來酒量好，當時雖然醉酒，卻不是毫無意識，進了內室，上了床榻，他其實已經發覺眼前人並不是葛珠兒。只是都到那會子了，他又不是什麼柳下惠，自然不可能半途而廢，因此順勢就把人收了。說到底，還是他主導了那件荒唐事，所以他自然沒有再怪罪春杏，還和秦氏通了氣，等陸沅琪進門後就會把她抬成妾室。

陸沅琪進門前，那未來的準姨娘、現在的大丫鬟春杏就已經開始對馮源噓寒問暖了，還真把馮源給籠絡住了。春杏且記得葛珠兒的前車之鑒呢，可不敢和秦氏對著來，在馮源面前從來只有幫著秦氏說話的。馮源本就耳根子軟，一個秦氏就把他哄得團團轉了，如今再多個帳中人，他比從前葛珠兒尚在馮家時還乖順了三分。

馮貴妃聽秦氏說到這裡，蹙著眉頭道：「娘的意思是，讓我再為陛下添個新歡？」

秦氏點頭。「就是這麼個意思。現在娘娘這般被動，就是因為御前沒有咱們的自己人，咱們尋一個如春杏這般的人，把陛下給籠絡住，時不時幫著咱家說話，那自然是如虎添翼。」

事已至此，馮貴妃雖不情願，也只能同意這辦法。但很快地她又愁上了，去哪兒尋這樣的人呢？馮貴妃對正元帝和馮源都是了解的，馮源那本就不是個有主見的人，但正元帝不同，他要是真和馮源一樣，那這新朝的龍椅也輪不到他來坐。所以要能把正元帝迷住的人，那可得比春杏強不少。

秦氏思索了半晌後，就道：「前頭咱家不是送過人進宮嗎？一個揚州來的、姓楚的清倌人，很會跳什麼緞帶舞的，早先連陛下都誇過。她那樣姿色、身段的，可難再找。」

馮貴妃道：「娘莫不是忘了，之前陛下賞賜伎人時，那楚曼容就讓女兒送到英國公府去了。當時還指望著她能迷倒武青意，後頭好像是去那食為天酒樓做工了，還幫著那酒樓搶了咱家好多生意呢！」

「我自是記得的。可那楚曼容既沒被收用，就還是清白身。陛下眼下不是同武家親近嗎？她應該也有機會再面聖吧？讓人去給她通個信，就說咱家會助她回宮。在食為天做工和進宮當娘娘，傻子也會選吧？再說，她當時是瞞報出身入宮的，這把柄還捏在咱家手裡呢，由不得她不從。」

「這能行嗎？」馮貴妃猶疑道：「那楚曼容去了英國公府這般久了，連武青意的身都沒近得，可見是沒什麼真本事的。」

「是那姓武的泥腿子沒有眼力而已。」秦氏哼笑一聲。「活色生香的大美人放在眼前還不知道享用，這種柳下惠能出一個，還能個個都是？就先讓她試試，我再使人去揚州尋摸幾個瘦馬，若她不成，再換一個便是。」

馮貴妃這才沒有多言，只說：「那就仰仗母親了。」

顧茵這天是午後去食為天的，傍晚時分就該收工回府了。

不過還沒等她回去，顧野就來接人了。

顧茵還在算帳，就說讓他等一等。

顧野踮著腳，伸手把櫃檯上的帳本一合，說：「娘明天再算帳也是一樣嘛！今天家裡可有事呢！」

還有兩個多月，顧茵就和要武青意完婚了。

婚禮的一切安排都已經提上了日程，今天是繡娘要裁出喜服的日子，她和武青意得回去試穿，不合身的地方要提前修改，而後也要定下喜服的花樣，這樣繡娘才來得及在兩個月裡繡好兩身喜服。

顧茵好笑道：「你怎比我還緊張呢？」

顧野挺著小胸脯道：「上次娘和叔成親我不在，這次我在，最近又閒散，可不得好好督促著？不只是督促著其他人，也督促著娘！」

顧野是了解顧茵這人的，她下廚的時候，再麻煩、再費工夫的步驟都很有耐心，並不會覺得繁難。但是其他的事情嘛，她就不這麼願意費心了。

顧茵被小崽子催得沒辦法，只得舉手投降，收拾櫃檯上的東西跟他回府。

兩人剛走出食為天，就看到楚曼容從店附近的一個小巷子裡出了來，她面色凝重，若有所思，和平常十分不一樣。

而且她前腳剛出來，後腳就有一個衣著比百姓光鮮不少的中年男子跟著出來，左右張望一下，確定附近沒人發現和尾隨，才往楚曼容相反的方向去了。

顧茵見了正覺得有些詫異，顧野就拉著她的衣袖，又把她拉回了酒樓。

顧野小聲開口道：「剛剛後面那個人我知道，是魯國公府的人。」

顧茵有些驚訝地看著他。

顧野便又道：「早先我皇帝爹在行軍打仗的時候，不是收歸了許多不同方的軍隊嘛，所以當時就定下了規矩，各個將領麾下的人要在服飾上繡上不同的徽記，以作區分，新朝成立後，這規矩也被各家保存了下來。像咱家的那些人，袖口上都會有一個小小的火焰紋徽記；馮家就招搖多了，那徽記大得隔半里地都能看見。」

顧茵不由得在心底感嘆自家小崽子最近學的東西是真的多，又好笑道：「真有那麼招搖？」馮家來尋楚曼容，肯定是沒好事。或者說，只要馮家人鬼鬼祟祟的，肯定就沒好事！做壞事還帶著自家徽記，那不是生怕人看不見嗎？

顧野狡黠地眨了眨眼，說：「最後一句是我誇張了些，確實沒有那麼招搖。剛隔了半條街，我看不見那人衣服上帶沒帶徽記，主要是我認得他。之前馮鈺還沒在宮裡長住的時候，那管家來接送過馮鈺。」

母子倆還要接著說話，懷著心事的楚曼容便回到了酒樓，經過了他們，上了摟去。

而後過沒多久，楚曼容又腳步急促地下了來，一口氣跑到顧茵面前，說：「東家還沒回就好，我有話要和您說！」

顧茵就讓她進到了櫃檯裡頭的酒架旁邊。櫃檯設置在靠樓梯的位置，和其他客人用餐的桌子頗有一段距離，再用酒架一擋，那自然更是沒人會注意到。

楚曼容既然主動找顧茵說事，那也不藏著掖著了，開門見山地就把馮家的管家尋到了她，提出想幫她回宮服侍正元帝的來龍去脈全說了。

顧茵和顧野都十分驚訝，畢竟在兩人的認知裡，楚曼容是心氣極高的。馮家現在是不比剛開國時風光了，可對一般人來說那也是遙不可及的高枝，這樣的高枝說要幫她回宮去當娘娘，楚曼容居然轉頭就把馮家給賣了？母子倆對視一眼，還沒出聲，楚曼容就開口了——

「不瞞東家，我從前是那麼想的，但我現在不想了，我現在日子好得很啊！」

剛來食為天的時候，楚曼容是真覺得苦啊，這輩子她就沒吃過這種苦！可後頭她的想法不知道怎麼就變了。從前不論是在妓院，還是在宮裡，吃穿用度固然都是好的，但她其實都不算是個人，只能算個供人取樂的玩意兒。到了這邊，她賣的是自己的手藝和本事，如果遇到不規矩的、眼光色迷迷的客人，都不用她開口罵人，顧茵和周掌櫃就讓人提著大棒子打出去了。如今她銀錢實打實地賺到手裡，小院子都買好了，還買了兩個境遇和她幼時差不多、被親人發賣的小丫鬟伺候她。而且自從當了話劇的女主角後，她多了好多追求仰慕者，雖然還是男人居多，但也有不少女子，笑稱她是「大狐仙」，三不五時地給她送花、送禮物的，再沒人用打量玩物的眼神看她了。

這人呢，腰桿子既然硬起來了，再讓她變回從前那樣的軟骨頭，就很難了。

而且馮家的為人也就那樣了，前頭讓她迷惑武青意不成，顯然就把她當成了棄子，她剛開始覺得當扯麵師辛苦的時候還託人去帶過話呢，秦氏根本沒理會。現在需要用到她了，就又不管她的意願，捏著她的把柄威脅。就這種人家，誰會放心和他們坐一條船？

「馮家有我的把柄，大抵沒想過我會不同意，東家救我！」楚曼容緊緊拉住顧茵的手，宛如抓住了救命稻草。

顧野問是啥把柄？見楚曼容秀美的臉脹得通紅，顧茵就把顧野推開幾步，讓楚曼容只說給她聽。耳語幾句後，顧茵明白過來了，只道：「這沒啥，妳當年又不是自願的，也是被情勢所逼。而且妳別怕，那固然算是欺君之罪，但卻是馮家在背後操控的，真把妳告了，那馮家不等於不打自招？」

「那萬一馮家到時候誣陷，說是我瞞了他們，他們只是失察之罪呢？陛下和他家的關係不是我這樣的孤女可比的，怕是至多苛責他們幾句，只讓我一人承擔罪責。」

「馮家說妳瞞了他們，妳就死咬著是他們授意不就得了？馮家是和陛下關係深厚，可陛下卻也不是昏聵的。」顧茵說著就看向顧野。

顧野雖然漏聽了楚曼容把柄那段，但還是點頭道：「是，我父皇明察秋毫。」

顧茵又接著道：「而且妳放寬心，妳也不是什麼孤女，是我們食為天的員工。若真到了那一步，我也會出面為妳分辯的。」

顧茵這人是說話算數的，楚曼容這才放寬了心。她把顧茵的手一放，悠哉游哉地扶了扶自己的髮髻。「那沒事了，我今晚上還有一場，得先去梳洗打扮了。」

然後逕自走了，還是平時那副臭屁的跩模樣。

「這人還真是……」顧茵和顧野都一陣無語地笑起來。

不過楚曼容的話確實給他們帶來一個消息——馮家這是又要搞事了！這回倒不是搞英國公府，而是想在宮裡生事！至於為何那般，自然是馮貴妃眼下失寵了，想再安插馮家的自己人過去，培植自己的勢力。基於對秦氏的了解，她肯定不可能寄希望於楚曼容一人身上，後頭可能還會再安排別人。

顧茵剛想幫著想對策，顧野拉著她就往外走。

「走了走了！再晚一些，奶該怪我督管不力了，連接娘早點回去試喜服這樣的小事都辦不好！」

顧茵被他一路拉到馬車上，才有了開口的機會。「馮家那邊……」

「娘不用管，我能處理好。」顧野信誓旦旦地道。「從前總是娘幫我想辦法，我如今也大了，不能事事都讓娘為我出頭。況且這事其實和英國公府沒什麼關係，馮家顯然是衝著我來的。」顧野說著又對她笑了笑。「娘就安心看著吧，我必不會讓他們得逞！」

天黑之前，顧茵和顧野回到了英國公府。

武青意比他們回來的還早一些，等人一到齊，王氏就催著兩人趕緊去換上喜服。

武青意逕自去了屏風後頭，直接在主院更換。

顧茵則由王氏、宋石榴和幾個繡娘陪著，回了主院旁她日常住著的院子更衣。

女子的嫁衣繁複，層層疊疊有好幾件，在她們二人的幫助之下，足足穿了半刻鐘，總算是穿戴好了。

嫁衣是裙襬曳地的長裙款式，上身之後顧茵很是不習慣，幾次都差點因為踩到自己的裙襬而腳步踉蹌，王氏見了，就同繡娘商量著把裙襬改短一些。

這邊廂她們說著話，外頭武青意早就換好了，卻久等不見她們過去，便過了來，在外頭出聲詢問她們怎麼還不出來？

「這心急的臭小子！」王氏笑罵一句，讓顧茵接著和繡娘提要求，而後自己出去趕人道：「出來啥啊出來？今兒個又不是你成親的日子，想看新娘子穿嫁衣，再等兩個月！」

武青意無奈，但王氏說的不錯，確實沒有新郎官在行禮前能看到穿嫁衣的新娘子的，所以武青意只能一步三回頭地回了主院。

後頭顧野來了，他是小孩子，沒那麼多講究，就同武青意拍著胸脯道：「叔放心，我去替你把把關！」而後就一頭鑽過去了。

見到是顧野來，王氏和宋石榴都沒攔著。

顧野很快就見到了坐在梳妝檯前的顧茵，七歲的小人兒已經會分辨美醜。他娘素來是好看的，只是今日的顧茵比好看又多了一種韻味。為了匹配火紅的嫁衣，她不像平時那般素面朝天或者只上淡妝，描眉、腮紅、口脂一樣不落，上了一套完整的妝容。明媚動人的臉龐配著那火紅的嫁衣，站起身的時候，那剪裁得體的嫁衣穿在她身上，隱隱約約勾勒出有致的身形，如一團躍動的火焰，風華盡顯。

因沒有全身鏡，所以顧茵大大方方地在他面前轉了幾個圈，問他好看不？

顧野人都看傻了，只能呆呆地道：「好看，娘真好看！」

顧茵聽到他真心的誇讚，忍不住笑起來，對繡娘道：「除了裙襬部分，其他都很不錯，並不用修改。」

後頭顧茵把嫁衣換了下來，一行人再去看武青意。

武青意同樣是一身火紅色喜服，不同於顧茵那身層層疊疊的，他的喜服款式十分簡約，卻大方得體，和顧茵的喜服不是一個風格，但又格外的相襯。而且因為武青意素日裡穿的都是肩袖勁裝，偶爾穿這樣的寬袖大袍，倒是顯出了幾分與他本人並不違和的文質彬彬。

他本是不怕人瞧的，但是顧茵把他從頭到腳一看，他臉上也升起一絲緋色。

「咱家繡娘的手藝是真不錯！」顧茵同樣誇讚道：「你這身很適合。」

武青意跟著笑彎了眼睛。「妳喜歡就好。」

王氏等人看他倆這般甜蜜，便在一旁兀自發笑。

後頭王氏讓武青意也去把喜服換下，一家子一道用了夕食。

夕食後，顧野沒急著回屋寫功課，腳下一轉，去了老醫仙的院子。

老醫仙這邊是和主院同時擺的夕食，但老醫仙這個人閒散慣了，飯桌上也不講究，一邊看醫書、一邊吃，跟個玩心重的孩子似的，一頓夕食吃了快半個時辰還沒吃完。

顧野過來了，小藥童見了他忙行禮。

顧野擺擺手，讓他別客氣，然後一屁股挨著老醫仙坐下，樂呵呵地道：「師公，還沒用完飯哪？」說著，他掃了一眼桌上的菜色。桌上四菜一湯，色香味皆有，但不見葷腥。自然不是英國公府苛扣老醫仙的飯食，而是應了他本人的要求。顧野就道：「知道您注意養生，但這清湯寡水吃多了也沒滋味，偶爾也是可以吃點葷腥的。」

老醫仙也笑呵呵地回答道：「不用，我吃這些挺好的。你家這廚子手藝確實不錯，但也就這幾道菜燒得格外好了，其他的還差些意思。」

「知道您愛吃我娘做的菜，不若您說說想吃點什麼，我幫您老傳個話。我娘最有孝心不過的，您老一句話，她一定給您做！」早先老醫仙吃過顧茵做的桂花糕，就稱讚過那糕香甜軟糯，十分可口。

顧野不說還好，一說老醫仙臉上的笑容就有些僵了。

因先前顧茵時常麻煩他，自然不能讓老醫仙白幫忙，知道他不愛那些身外物，不然也不會只待在英國公府，而不去御前效力，所以顧茵沒用其他方式道謝，而是在家時偶爾會為他下廚。

說來也是巧合，前兒個不久，老醫仙和顧茵提起一道菜，叫油爆雙脆。那是他博覽群書時，看過不少名家食客都讚賞有加的一道菜，因此一直很想知道是如何的味道。可惜這道菜並不是京城地界的，而且從名字裡那個脆字就能推斷出，這道菜對火候的要求極為嚴格。

顧茵那會兒正在請各地的廚子充實四樓的特色小吃部，迎合錢三思口味的淮陽廚子是其中之一，另外也招到了擅長魯菜的，那廚子倒是知道這道菜的做法，只是自己並不會做。

偏顧茵是個知道做法就願意嚐試，且差不多每次都能成功的，便在家實驗起來。

老醫仙點名要吃的，自然也好奇那步驟做法，於是他就跟著進了廚房。

顧茵雖是第一次做，但基本功紮實，做法在胸之後，她先把豬肚尖上的油脂和內膜剔除乾淨，再切十字花刀。

老醫仙當時還笑咪咪地誇道「徒媳這手法真俐落，半點都看不出是第一次做呢」！

後來顧茵把豬肚切好醃上了，又去切雞胗。

老醫仙看著看著，目光不由得落到了她手裡黑漆漆的菜刀上，頓時笑不出了！

他捂著心口說不大舒服，趕緊從廚房出了來。

後頭顧茵還真做出了一道色香味俱全的油爆雙脆，那調汁可能不是完全的魯菜口味，有她自己發揮的成分在裡頭，但那豬肚和雞胗真的是又香又脆，恰到好處。

老醫仙一邊心疼自己珍藏多年的那塊寒鐵，一邊吃完了一整盤。

後頭他就不讓顧茵給自己做菜了，怕想一次心疼一次！

老醫仙的脾性跟孩子似的，不是能藏住事的人，幾乎什麼都寫在臉上。

那天顧茵自然發現了他的不對勁，哪有人吃到自己想吃的菜後，一邊讚不絕口地吃了個光盤，臉上卻要哭不哭、要笑不笑的？

英國公府裡最了解老醫仙的當屬武青意，當天一家子聚在一起用飯的時候，顧茵就問起來，這才知道他送自己的那把菜刀是用了老醫仙心頭的寶貝疙瘩打造的！

雖說那是之前老醫仙就說要送他的，但人家想的肯定是讓他打造神兵利器，哪裡會想到他拿來給顧茵打菜刀了呢？飯後兩人便一同去向老醫仙致歉。

當著顧茵的面，老醫仙沒開口罵武青意，而是道「沒事，徒媳手藝那麼好，這寒鐵給這莽夫使得，怎麼給妳就使不得」……如果說那話的時候，他能把捂著心口的手放下來的話，就更有說服力了。

後頭老醫仙聽說武青意在春狩的時候贏了一把同樣稀世的小巧彎刀，前朝皇帝都沒捨得開鋒使用的，眼下同樣拿給顧茵當片肉刀，他這才算是放下了這件事。

眼下顧野又提起了讓他娘給做菜，老醫仙不自覺地又要把手捂向心口。

顧野見了忙又補充道：「那隕鐵、寒鐵之類的，宮中庫房應當還有，我來日有機會的話，一定給您老再尋摸一塊好的！」

這麼大點的孩子倒是反過來哄他了，老醫仙又忍不住笑起來，擺擺手道：「沒事，我是真想開了。那是早就說了給他的，送人的東西，如何使用都是他的權利，只是一時間有些意外罷了，沒想到你叔那悶葫蘆、木頭人，竟還會使借花獻佛的招數。我也想開啦，你叔那樣的要找個意中人也不容易，能被他用來討心上人的歡心，也不算辱沒了我那塊寶貝疙瘩！」

顧野豎起大拇指，遞到他老人家面前，誇讚道：「師公真是大人有大量，宰相肚裡能撐船！我心悅誠服，將來一定以您為榜樣……」

他現在的身分非比尋常，未來還要榮登大寶——旁人或許還不確定，但拿占卦當消遣的老醫仙私下裡早就占出來了，心裡很有數。這樣的一個孩子，說要以自己為榜樣，就算是身為化外之人的老醫仙，都不禁有些飄飄然。

老醫仙笑著擺手道：「只是一點小事罷了，我真沒有放在心上。知道你貴人事忙，沒必要為這點小事還特地跑一趟。」

顧野也跟著笑，又搓著一雙小手道：「師公是世外高人，您的事怎麼能算是小事呢？而且也不只為了這事，我還有件事想要麻煩您老。」

老醫仙抬眼看他。

不得不說，顧野和顧茵雖然生得不相似，但一些小習慣卻像了個十成十，尤其是這個小狐狸似的笑容！

老醫仙被他笑得瘆得慌，但都說了這麼會的話了，現在也不好趕人，只得問他想讓自己做什麼。

顧野又湊近兩分，低聲耳語了幾句。

老醫仙頓時沒好氣道：「你和你娘一樣，真把我當活神仙用呢！」

「您可不就是活神仙？要沒有您，我阿爺前頭那些年怎麼過來的？我那好友的親娘又怎麼從魯國公府那龍潭虎穴裡出來的……」

老醫仙被他一通馬屁吹得目眩神迷，趕緊讓他住口，又無奈道：「知道了、知道了！容我研究幾天，反正盡快鼓搗出來給你。」

顧野這才止了話頭，跳下凳子拱手和他致謝。「那就全仰仗您了！」

看到他這般乖覺，老醫仙哪還有什麼不情願的？他把筷子一放，一頭又扎進了藥房。

第四十六章

顧野後頭幾日都留宿在擷芳殿，自然也就在坤寧宮裡用夕食。帝后感情和睦，如今三餐也都陪著周皇后一道用。

若撇開這皇宮的環境，一家子這樣的生活模式，和普通的市井百姓並沒有什麼區別。正元帝也很喜歡這種氛圍，還讓在坤寧宮的宮人不用按著其他地方那樣的禮節，搞那些通傳之類的虛禮。

這日顧野和陸照下了課，一大一小兩個孩子牽著手回了來。

周皇后正坐在窗邊的條炕上做針線，見了他們兄弟倆，臉上就是止不住的溫柔笑意。

顧野先把陸照抱到炕上，而後才挨著他坐下，勸道：「母后怎麼這個時辰還在做針線？天光都不亮了，仔細了眼睛。」

周皇后聽了他的話，便把針線收進笸籮裡，讓人上了兩小碗梅子湯給他們喝，又解釋道：「這不眼瞅著就入夏了，我尋思著給你們倆一人做一身小衫子。」宮中自然也有繡娘，但母親給兒子做衣裳，看的不是技藝，而是一片關愛之心。

顧野抿了一口那溫吞吞的酸梅湯，開口說：「那母后先給阿照做就好，等他的做好了，再做我的，就不用這麼著急了。」

陸照此時立刻接口道：「不，先做哥的。」去了文華殿一段時間了，陸照雖然還是不如同齡的陸煦那般口齒伶俐，但也能說不少話了。

從前這小子獨得很，巴不得占據周皇后全部的關心和注意力，如今卻能說出這樣的話，實在是叫周皇后極驚喜。

顧野鼓勵地看著他。

陸照就又接著道：「最近學的，長幼有序，孔融讓梨！」

周皇后和顧野立刻捧場地鼓起掌來，一迭連聲地誇讚他真棒。

陸照自豪壞了，後頭周皇后說讓奶娘抱他回去洗臉、換衣裳，他還自己跳下了炕，說不用。「我自己來！」然後吧嗒吧嗒地就往自己的寢殿跑。

周皇后看了奶娘一眼，奶娘自然跟上。

顧野是從文華殿出來後就回了擷芳殿換過衣裳的，所以此時周皇后就不讓他動，只是讓宮人用井水絞了帕子，再拿給他擦臉。

顧野一邊擦臉、一邊解釋道：「這小子和阿煦較著勁呢，今兒個又吵嘴了。阿煦說他是個奶娃娃，這麼大了還要奶娘跟著，還要回親娘身邊住。咱家阿照嘴笨，就罵他壞，還動手推了阿煦。」這算是解釋了為什麼方才陸照不要奶娘伺候。

小孩子之間的玩鬧，周皇后倒是不生氣，只是免不了有些擔憂地道：「那阿煦那邊……」

顧野笑道：「沒事，那小子不記仇。後頭我從中調停，一人說了他們一嘴，兩人沒有不服的。眼下我和阿照回來了，就由馮鈺陪著阿煦，馮鈺的為人母后也知道，一會兒就能把阿煦哄好。」

周皇后放心地點點頭，又問顧野。「那你覺得讓咱家阿照也住在擷芳殿如何？」

顧野眼睛一亮。「這自然好。母后放心，有我在呢！」

正是因為如今顧野越來越有長兄的擔當，周皇后才會主動提起這件事。「有你在，母后沒什麼不放心的。只是你也別擔太多事，雖是兄長，若阿照對你不好，你儘管回來和母后說，母后打他的小屁股。」

顧野笑著直點頭，母子倆接著閒話家常，顧野突然問起。「母后，父皇不在，我可以問您一件事嗎？」

他特地提了正元帝，顯然接下來要說的話是不能被人聽去的，周皇后就先讓宮人退開一些，而後才道：「咱們是親母子，有話你只管說。」

顧野就道：「再有兩個月，我養父母要補辦婚禮了，我叔像模像樣地準備了聘禮，裡頭還有一幅他親手寫的字帖『一生一世一雙人』，我養母知道後非常高興……」一邊說，顧野一邊小心翼翼地打量周皇后的臉色。

周皇后也不傻，前後連貫起來就知道他要問的是什麼了。

母子倆最近才開始交心，周皇后並不瞞他，就道：「世間哪個女子不渴望這個呢？從前和你父皇在鄉下成婚，那時候是真窮啊，說是家徒四壁也不為過，你父皇就算有那個心，你皇祖母也不會同意的，而且家裡再養不起一張吃飯的嘴了，所以我是從來沒擔心過這些。」回憶起那點往事，周皇后的唇邊不由得漾起一抹溫柔的笑，笑著笑著，那笑又止住了，道：「後頭你走丟了，我又懷了阿照，那時候你父皇已經快打進京城了，好多人都提醒過我，說許多人家動了心思，想把家裡的姑娘送到你父皇身邊，但我那會子心裡還怨懟著，且不想管那些糟心事，所以就有了現在的馮貴妃。」

「彼時是您和父皇感情不和睦，那往後……」新朝成立已有一段時間，現在動心思想往宮裡塞人的人家是只多不少的。

周皇后早就有數的，她輕嘆一聲。「是你問，為娘才和你交底。我知道你父皇現在是皇帝，歷來皇帝哪個不是三宮六院呢？富貴人家的正妻且得大度呢，我這當皇后的，自然不能攔著其他人為皇家開枝散葉。道理我都懂，只是呢，現在想到那些，我這心裡……阿烈莫要笑話為娘，我也只是個普通的小婦人罷了。」說著話，周皇后的眼眶中已經蓄滿了淚水。

顧野連忙遞帕子給她擦眼淚，道：「我自然不會笑話母后。您別哭了，是我的不對，不該說這些叫您傷心的話。」

周皇后搖搖頭，這些問題遲早是要面對的，又不是兒子不提就不會發生了。她拉著顧野的手保證道：「沒事，為娘分得清輕重。你父皇若再有旁人，我就還和現在一樣，不去聽、不去想、不過問，盡可能地裝作不知道，這日子還是照樣過。」說著，周皇后又問起顧茵和武青意的婚事操辦得順不順利？需不需要她幫忙？

顧野就道：「其他都好說，就是我養母沒有娘家人。她自己說不礙事，但是我不想到時候讓她看起來冷冷清清的，所以準備請了珠兒姨母，也就是馮鈺她娘，作為娘家人。若是母后到時候方便的話……」

「自然是方便的，到時候我也以娘家人的身分去。」

母子倆說起旁的，很快就收起了哀色。

殿外，站了好一會兒的正元帝發出了一聲低低的嘆息。

晚膳之後，顧野從坤寧宮回到了擷芳殿。

馮鈺已經把陸煦哄睡下了，正在屋裡等著顧野。

兩人見了面，屏退了其他人，讓小路子把守住門口，說起體己話來。

馮鈺問：「進展得可還順利？」

顧野點點頭。「我之前託小路子送了個香囊給錢公公，錢公公這幾日都戴著，他今天剛陪著父皇過來，我就聞到味兒了，問了母后那番話。後頭父皇過來，雖看著和平常無甚差別，但今日他看向母后的眼神格外溫存，比平時更多了幾分愧疚與歉意，想來是已經把那番話都聽到，且放在心上了。」顧野說著，呼出一口長氣，這自然是他想的法子。

馮家想往他父皇身邊塞美人，那麼他就從根源上解決這件事，讓正元帝不再納新人。

父子倆相處這些時日了，以顧野對親爹的了解，他就不是個好女色的人，當時納馮貴妃，一方面是和他親娘賭氣，另一方面是被一眾功臣勸著。後頭馮貴妃很快生下了活蹦亂跳的陸煦，母憑子貴，得到了正元帝無數的寵愛，才連帶著馮家都抖了起來。想到那會子親娘心碎得跟豆腐渣似的，偏因為心有桎梏，無從宣洩，只是變得越來越陰鬱內向，好好的一個人成了那種模樣，就算另一方是待自己很不錯的親爹，顧野都想啐他兩口。

所以利用親爹的愧疚而做文章這件事，顧野毫無心理負擔。

沒讓顧野失望的是，後頭錢三思還帶來一個消息，說正元帝回去後直接駁回了好幾個奏請他充裕後宮的摺子，不留情面地讓那幾個大臣別鹹吃蘿蔔淡操心，手還伸到他被窩裡來了。

有這幾人當了出頭鳥，不用想也知道這段時間內沒人敢再有這個想頭了。

「一力降十會，你果然有辦法！」馮鈺真心實意地誇讚道。

雙手交插在腦後枕著的顧野笑起來。「這才哪兒到哪兒呢？這鹹吃蘿蔔淡操心的人家，我看呢，就是太閒了，忙一忙就好了。」說著他便看向馮鈺。

馮鈺自然會意，知道顧野還有第二手準備，讓他儘管說來。

第二天顧野回了一趟英國公府，再回宮的時候帶給了馮鈺一個小瓷瓶，跟他說「剩下的就交給你了」，馮鈺笑著接下，應了一聲「好」。

等到文華殿休沐的時候，馮鈺就回了馮家。

他一個月才回來那麼幾趟，若擱別人家，家裡長輩早就心心念念地準備了好吃好喝的盼著了，但馮家自然不會那般。

秦氏正和陸沅琪坐在一處，親親熱熱地說著話，聽說馮鈺來請安了，秦氏才恍惚想起今日是他歸家的日子。

前頭陸沅琪和馮源大婚，馮鈺身為人子，自然是有回來參加的，只是第二日天不亮，他又趕回宮中上課了，後頭就一直沒回來，所以和陸沅琪還沒正式見過面，但因為他如今烈王伴讀的身分，所以也沒人敢說他什麼。

秦氏讓人放他進來，又拍了拍陸沅琪的手背道：「正好你們還沒見過面，今兒就在我跟前，讓阿鈺給妳這繼母敬個茶。」

陸沅琪心中惱怒馮鈺對她的慢待，但還是乖順地點點頭。

沒多會兒，馮鈺進了來，他先是被秦氏的打扮晃了下眼——他這祖母從前就愛穿金戴銀，如今更是不得了，在家裡竟頭戴一整副的老翡翠鑲金頭面，手腕上套了好幾個拇指粗的金鐲子，手上還戴著幾個讓人眼花撩亂的寶石戒指，讓人看著都替她累得慌！

這些東西馮鈺之前從未看她穿戴過，不用想也知道不是魯國公府原有的東西。再看秦氏對陸沅琪這股親熱勁，他就知道這些都是陸沅琪孝敬的了。馮鈺心中發笑，面上卻不顯，客客氣氣地行了禮、問了安。

秦氏讓他給陸沅琪敬茶，他就接了鄭嬤嬤手裡的茶盞，敬送給陸沅琪，只是口中不稱呼「母親」，而是稱「太太」。

陸沅琪本就只比馮鈺大六、七歲，讓他喊陸沅琪母親也確實有些難堪，秦氏就沒揪著這個不放。

馮鈺沒在秦氏的院子裡多待，藉口還要寫功課，就回了自己的住處。

想到方才見到秦氏和陸沅琪親如母女的作態，馮鈺隱隱有些犯噁心，喝過了幾道冷茶，才總算是壓下了那股噁心感，隨後他便讓一個小廝悄悄去喊來一個僕婦。

這僕婦並不是馮家的家生子，是他們一家三口還在軍中的時候，葛珠兒救下的一個苦命人。僕婦看著木訥老實，其實忠心又可靠，是葛珠兒在離府前和馮鈺交過底，讓他可以放心依靠的人。僕婦沒什麼本事，只是跟著葛珠兒學過一點簡單的生火做飯的手藝，後頭葛珠兒雖成了國公夫人，但葛珠兒自己地位都不穩，因此僕婦自然也沒有什麼前程，就還在大廚房裡做下等活計。

馮鈺讓貼身小廝去門口把守，而後先和僕婦寒暄了一番，便遞出了那個顧野給他的瓷瓶。

僕婦不知是激動還是緊張，全身簌簌發抖，卻還是咬牙保證道：「公子放心，老奴一定把這藥送入老夫人的口中！」

馮鈺還在喝著茶，聽到這話狠嗆了一口。「姜嬸子說什麼呢？這藥不是給我祖母吃的，是要給那春姨娘吃的。」

「啊？」姜嬏子不發抖了，吶吶地問：「公子不是要給咱夫人報仇嗎？」

馮鈺好笑道：「我娘如今好得很，比在這家裡時好上百倍千倍呢，有什麼仇可報的？而且這也不是毒藥……」

聽馮鈺解釋了，姜嬏子才知道自己會錯了意，鬧了個大紅臉。

馮鈺最後又道：「嬏子放心去做，等這件事完了，我娘那邊也安頓好了，是時候把您老接出去了。」

姜嬏子忙應了一聲，把瓷瓶往懷裡一塞，小跑著回了大廚房。

這日，春杏身邊的小丫鬟小桃照例來要補品湯水了。

馬上就要入夏，灶房裡已經熱得像火爐似的，廚房的大師傅很有些不耐煩，不止一次嘀咕這春姨娘煩人，三餐之外還要求諸多。雖然剛過門不久的夫人陸沅琪要求更多，但人家身邊的人會來事啊，但凡來要點什麼吃食的時候，都會另外給一些賞錢。一相對比，大師傅自然更不耐煩伺候春杏，剛好看那姜嬏子在灶邊燒火，就讓她負責燉那個補品。

兩、三刻鐘後，一盅補氣益血的紅棗桂圓蓮子羹就熬好了。

魯國公府的食盒都是實木製作，沈重得很，小桃每每提到手裡都十分吃力，姜嬏子就提出要幫著相送。因她素來老實寡言、人見人欺，小桃自然樂得多了個苦力，後頭那補品就送到了春杏手裡。

小桃忙活了一通，額上出了一層薄汗，一邊擦汗，一邊也不忘記告狀，說廚房的大師傅看人下菜碟，每次要點吃食都得陪著笑臉，求爺爺、告奶奶的，就這樣了那大師傅還不肯親自動手，每次都指揮旁人來做。

那些吃食都是公中的，春杏作為姨娘有自己的分例，並沒有逾矩。

小桃憤憤不平，春杏卻不接她的話茬，只一邊喝著湯水、一邊道：「高門大戶素來如此，拜高踩低就是常情。」她自然不是不生氣，只是她的出身確實不能和陸沅琪相比，又沒有人家那個揮金如土的實力，便只能先蟄伏。

小桃嘟囔道：「要是姨娘在太太前面生下小公子就好了，就再也沒人敢欺負咱們了。」

提到這個，春杏倒是蹙起了眉頭，摸著自己的小腹，久久沒有言語。在陸沅琪進門的前兩個月時間裡，馮源幾乎日日留宿在她屋裡，那會兒估計很多人都和眼前的小桃一樣，以為她很快會開懷，所以並沒有人給她臉色看。可兩個多月過去了，她這肚子卻一點動靜都無。如今陸沅琪進門後就大把揮灑金銀，府裡上從秦氏、下到僕婦與丫鬟，就沒人說她不好的。

馮源也是和陸沅琪宿在一起的時候多，好幾日才會過來她這裡一次，她的日子自然越來越難過。前頭在圍場的時候，她讓陸沅琪丟了那麼大的醜，兩人便已經結下了梁子，若是陸沅琪在她之前有個嫡子……想到平素對方看自己時那恨不能拆吃入腹的眼神，春杏不由得打了個寒顫。

再抬眼，春杏看到了還站在一旁的姜嬸子。由於姜嬸子的存在感實在太低，竟讓她一時都沒有察覺。春杏立刻變了臉色，叱責小桃多嘴，竟敢編排主子！

小桃心裡直嘀咕，這姜婆子連主子跟前都近不得，這種人面前有啥好遮擋的？但是看春杏似乎真的要惱，小桃也不敢再多言，連忙致歉。

姜嬸子也尷尬地道：「老奴就是不想小桃姑娘再跑一遭，準備把食盒一道帶回去。」

春杏和藹地笑著說：「有勞妳了。」很快地她吃完補品，將燉盅放回食盒。

姜嬸子提了食盒卻沒走，而是一臉欲言又止的表情。

春杏便讓她有話直說。

姜嬸子這才道：「老奴今日想出門一趟，乾兒子那邊有些事情，姨娘看能不能給老奴行個方便？」

春杏雖不算是正經主子，但在後院裡還是有一點話語權的，像是給家裡下人放半日假這樣的小事，也就是她一句話的事。

難怪這姓姜的僕婦這般殷勤！不過也好，略微施恩，也算是多了個路子，總好過現在孤立無援的境況。春杏心中有數，就允了她，又要小桃送她出去，和廚房的大師傅知會一聲。

沒多會兒，小桃又回來了，嘟囔道：「姨娘一片好心幫忙，那姜嬸子卻不知恩圖報，我就是和她打聽一下她要半日假幹啥去？結果她登時變了臉色，半句話都不肯透露，還鬼鬼祟祟的……」

小桃胸無城府，素來藏不住話，春杏也是因為這點才敢放心用她。春杏本沒在意那姜嬸子的動向，但聽到那句「鬼鬼祟祟」，她卻重視了起來，想著難不成那姜婆子是要去做什麼壞事，而自己是被她木訥老實的外表騙了？

由於春杏不方便出門，便讓小桃去和府裡的其他下人打聽，很快就得知那姜婆子無親無故，只早年在軍中認了一房乾親，她那乾兒子沒什麼本事，早些年受了重傷，如今和媳婦住在水雲村當農戶。聽起來，那姜婆子並沒說謊。那到底是有什麼事讓她那般鬼祟呢？春杏想了又想，還是決定讓小桃以為自己採買脂粉的由頭出門，去尋了她在外的親大哥何大打聽。

春杏本名何大妞，並不是馮家的家生子，是早年發賣到秦氏身邊的，後頭她討了秦氏的歡心，被提拔為大丫鬟，而家裡人得到她的提攜，也從鄉下搬到了城裡。

小桃向何大好一通打聽，總算是尋到了水雲村。因他們兩人是搭乘馬車趕來的，而姜嬸子是徒步回村的，所以正好在村頭撞見了。

看到他們前來，姜嬸子立即大驚失色。

何大是個街頭混混，可沒有春杏那般彎彎繞繞的性子，當即就質問姜嬸子是不是做了什麼壞事，不然為何表現得這麼心虛？

姜嬸子忙求饒，說真沒有！她也不是心虛，只是有些事情不能對外人道。

何大連連逼問，還說要把她這背主欺瞞的老奴抓到衙門去。

最後姜嬸子只得道：「是家裡得了個生子偏方，老神仙說不能對外人道，道了就不靈了。我這人木訥蠢笨，心裡藏著事的時候，人家一問，我又不能說，這才顯得形跡可疑。」忙來忙去，合著就是這樣一樁事？何大氣呼呼地直接走了。

小桃則把消息帶回去給春杏。

「原只是一樁烏龍，是奴婢想多了……」小桃也有些赧然，覺得自己一驚一乍的性子真該改改了。

春杏卻是眼睛一亮，讓小桃守著那姜嬸子的屋子，等姜嬸子一回來就把人找過來。她先是表現出極大的歉意，又問起那生子秘方的事。

姜嬸子先自己嘀咕道：「反正都說了，那秘方肯定是不頂用了，姨娘既問了，老奴就直接和您說了吧……」姜嬸子就跟春杏說了個故事，說她休沐的時候遇到了個雲遊的老道士，老道士知道她乾兒子跟乾兒媳婦一直沒有子嗣，就說他有個秘方，可以給他們，只有一點，就是不能對別人說，說了就不靈！姜嬸子紅著臉道：「上次休沐回來的時候遇到的老神仙，那藥粉就一直放在老奴身邊，還沒機會拿去給乾兒媳婦吃呢！今日本該是老奴一月一次的休沐，但大師傅偏說廚房人手不夠，不放老奴出去……老奴沒了辦法才求到姨娘跟前，卻不想也因為這般，讓姨娘誤會老奴是那起子小人。若不是讓姨娘家的大哥當成歹人拉著質問，還說什麼要去見官，老奴到現在是誰都不會說的。」

她說起話來磕磕巴巴的，呆板得跟個木頭沒有差別，春杏聽得不耐煩，但想到姜嬸子說的貼身存放的藥粉，她還是笑著詢問姜嬸子能不能分她一些？

姜嬸子又猶猶豫豫、囁囁喏喏的。

春杏終於沒了耐心，看了小桃一眼。

小桃立即就喝斥道：「我們姨娘好性才同妳好商好量的，妳可別沒有眼力見的！惹了我們姨娘生氣，後果妳可承擔不起！」

姜嬸子被喝斥得打了個冷顫，立刻不再推辭，拿出個小瓷瓶。

春杏拿著瓷瓶嗅聞，正想要細細查驗時，卻看那姜嬸子還不走。

看到春杏在看自己，姜嬸子這才道：「那瓶子姨娘得還我。一瓶藥粉二兩銀子，這瓶子就得值小半兩呢！」

春杏在心中啐她一口上不得檯面，但還是把藥粉倒出，把瓶子還給了她。

第二天，春杏再讓小桃外出。

小桃用帕子擋著臉，找了京城享負盛名的醫館，把那藥粉拿給坐診的大夫看，很快地就知道了這藥粉根本不是什麼神仙偏方，就是一些普通的藥材組成，亂人脈象的！

小桃連著忙活兩天，回到春杏跟前的時候人都快氣死了！

「難怪那老道士讓姜嬸子別聲張呢，原來只是騙人的玩意兒，可不是不能對外人道嘛！

藥粉若拿給懂醫理的一瞧，人家不就知道是假的了？也得虧那假道士沒有壞到骨子裡，沒給人什麼毒藥吃，人家大夫說了，這藥吃了對身體沒什麼損害。」

春杏聽了這消息卻不惱，反倒若有所思地笑起來。她大概知道這藥粉是做什麼用的了。

馮鈺再次休沐歸家的時候，馮源特地為他設了個家宴。

如今的馮源享著齊人之福，紅光滿面，再不見昔日的頹廢。

之前他對馮鈺親近顧野而冷落表弟陸煦這件事頗有微詞，但後頭聽說馮鈺和陸煦相處得也是很不錯，馮源就換了個想法——當今一共三個皇子，其中兩個都和自家兒子交好，這不等於是說，未來的魯國公府必將立於不敗之地？因此馮源就還和從前一般，以慈父的口吻問起馮鈺的近況。

馮鈺若無其事地一一回應。

父子倆正說著話，坐在最尾處的春杏突然「哎喲」一聲，捂著肚子說疼。

陸沅琪先冷下了臉，哼聲道：「春姨娘，因妳從前是老太太身邊出來的，所以才格外給了妳臉面，讓妳參加今日的家宴。國公爺和大公子難得相聚，妳可別壞了今日的氣氛。」

秦氏頭上跟身上還戴著一整套陸沅琪送的東西呢，就也開口幫腔道：「春杏，素日裡倒不知道妳這般嬌貴。大家一起用的飯食，都一點事情也沒有，妳若真有個不舒服的，下去歇著便是。」

馮源就更別提了，還在和馮鈺說話，一副事不關己的樣子。

春杏慘白著臉，額頭上汗珠密布，一邊賠不是、一邊就要告退。

這時候馮鈺開口道：「春姨娘到底是服侍父親的人，看她這模樣也不似做假拿喬，不如讓大夫過來瞧瞧吧？」

陸沅琪哼笑出聲。「這春姨娘怎麼不會拿喬呢？前頭還連著兩日讓丫鬟出去採買脂粉呢，也不知道是準備打扮成什麼神仙模樣……」

馮鈺並不和她爭辯，只是看著馮源。

馮鈺如今在府裡說話還是很有些分量的，馮源就讓人去請了大夫過來。

從前葛珠兒還在府裡時，春杏在秦氏的授意之下，雖沒成功近得馮源的身，卻沒少給葛珠兒添堵，沒想到此時竟只有馮鈺為自己說話，春杏尷尬得滿臉通紅，對著馮鈺連連道謝。

沒多會兒，大夫便過來了。

春杏緊張又忐忑，整個人甚至都在微微發抖。

很快地，大夫就為她把過脈，躬身作揖道：「老夫人大喜，國公爺大喜，姨娘這是已有一個月的身孕了！」

這話一出，無疑是在熱油鍋裡倒了一瓢水，一眾人等紛紛坐不住了。

陸沅琪首先變了臉色，霎時連唇色都變得慘白。

秦氏和馮源則是喜笑顏開。

秦氏更是笑道：「這丫頭是我身邊出去的，從前看著就是個有福相的，果然能為咱家開枝散葉啊！」說著她又親親熱熱地讓春杏坐到她身邊，和之前那刻薄寡恩的模樣判若兩人。接著秦氏又問起大夫。「我也是過來人了，之前懷阿源他們三個的時候可沒有肚子疼過，她方才怎麼疼得那般厲害？可是胎象不穩？」

老大夫就解釋道：「女子懷孕初期，各人的反應都不盡相同，不止有肚子疼的，更甚者還有孕初期見紅的，讓人誤以為是來了信期而沒有懷上的『暗行經』，這些都是正常現象，只要後面注意一些，多加調養，便是無礙的。」

秦氏聽得連連點頭，當即讓鄭嬤嬤開了私庫，撥出好些補品，都歸進春杏的分例裡。

陸沅琪的臉又白了三分，那些頂好的補品裡，有不少都是她孝敬秦氏的！她暗自惱恨，卻還要裝作若無其事，放在桌旁的一隻手緊緊握拳。

馮源是將近不惑的人了，這會兒再得個孩子，那絕對是老來得子了。他也不再和馮鈺說話，只對著春杏噓寒問暖，讓她千萬得看顧好肚子裡的孩子。

馮鈺唇邊噙著一個淡笑，對這家子精彩紛呈的表現冷眼旁觀。

翌日再進宮，馮鈺自然把家裡這樁事說給顧野聽。

姜嬸子的那生子偏方，當然不是什麼道士給的，是老醫仙特製的。那藥能維持兩個月，隨後就會被身體代謝掉，假孕的癥狀也就隨即減退消失。

顧野忍不住豎了個大拇指。「你家祖母選人是這個！」溫順善良的葛珠兒不得秦氏喜歡，秦氏喜歡的陸沅琪驕縱任性，而那春杏更是了不得，明知道是亂人脈象的假孕藥還說吃就吃，不帶半點猶豫的。

馮鈺也跟著無奈地笑了笑，道：「我母親還在府裡時，那春杏就是個仗著小聰明、不安分的，我母親不想同她一般見識而已。如今我那厲害的繼母成婚前就和她結下了仇怨，她就不是個會坐以待斃的。」

「那位幫忙的姜嬸子可安頓好了？」

馮鈺點點頭。「春杏自然不會把她留在府裡，前幾天就給了她一筆銀錢，讓她告老還鄉，正好我就順勢把姜嬸子接了出來，如今已和我娘他們在一道了。」

於是，顧野和馮鈺就打算靜觀其變。

只是沒想到，那假孕藥兩個月的藥效還沒過，馮家居然很快就鬧了起來。

自從春杏被確診有孕之後，在馮家的地位立刻水漲船高。

秦氏開了那個給春杏送東西的頭，後來馮源也尋摸了不少好東西給春杏，且在家時也幾乎日日都去陪著春杏。

府裡主子尚且如此，其他下人更是見風使舵，連大廚房裡弄吃食，如今都是先給春杏做了，而後再給陸沅琪做。

陸沅琪就不是個能受氣的主兒，曲意逢迎馮源和秦氏，那是因為這兩人的身分本就高貴，但春杏這種丫頭出身的，前頭還讓她成為京城笑話的姨娘，現在卻爬到她頭上去了?!想來想去，關鍵還是在春杏的肚子上，於是她回了娘家一趟，求助於陸老夫人。

陸老夫人給她兩條路，一條呢，自然是等春杏順利生產，然後把她的孩子抱到陸沅琪自己膝下撫養；另一條，自然就是把春杏的胎落了。陸家作為高門大戶，陸老太爺在世時身邊鶯鶯燕燕不斷，陸老夫人年輕時沒少給那些姨娘、通房落過胎，有的是辦法。

第一個辦法是最穩妥的，但那孩子若生下來，就和陸家的其他庶子、庶女一樣，要扎眼一輩子；第二個辦法雖然乾淨俐落，但容易落人把柄。陸沅琪剛嫁入魯國公府，在馮家又無自己人，現在動手，十分不明智。所以陸老夫人更傾向於前者，讓陸沅琪還是先忍著。

陸沅琪失魂落魄地回到了魯國公府，後腳春杏就來給她請安了。

妾室給正室晨昏定省，那是高門大戶通有的規矩，此前陸沅琪還十分享受春杏給她打扇、端茶的，此時卻覺得春杏是來耀武揚威！既然人來了，她就讓春杏在跟前立規矩。

剛到五月頭，春杏在陸沅琪的屋子裡暈倒了，再把脈時，府裡大夫就說她流產了。

春杏這時候才「懷孕」不到兩個月，所以並不會有大量見紅，只哭得肝腸寸斷。

人是在陸沅琪跟前出事的，秦氏和馮源自然把這件事怪罪到陸沅琪頭上。

陸沅琪百口莫辯，她是真的沒做任何事，只是讓春杏在自己跟前立規矩，做點端茶倒水的小事而已啊！誰能想到這樣也會讓人小產？

秦氏和馮源把陸沅琪好一番數落。

哭成淚人兒的春杏掙扎著下床，跪在地上道：「不是太太的過錯，就是奴婢身子單薄，沒有那個福氣而已。太太未經過生產，許是不知道懷孕初期容易滑胎……」

兩人一個死不認錯，一個委屈自責，馮家登時鬧得不可開交。

後頭陸家人也上門為陸沅琪撐腰，一開始陸老夫人還挺客氣的，說陸沅琪就不是那種壞心眼的，這次的事純屬意外。

但秦氏再不是過去那個親家長、親家短的親熱嘴臉，反正陸家的銀錢都已經到手了，陸家難道還會逼著吐回去？馮家子嗣單薄，第三代只馮鈺一個，還是個胳膊肘往外拐的，秦氏對春杏肚子裡的孩子寄予了厚望，就指著家裡再添丁，為馮貴妃助力呢！因此當下秦氏就說他們陸家教女無方，殘害馮家子嗣！

陸老夫人好聲好氣地接連陪著小心，但耐不住秦氏那張出了名的、利刀子似的嘴，各種難聽的話接二連三不斷出口，最後連「商戶就是商戶，上不得檯面」這種話都出來了！

陸老夫人那也不是吃素的，低伏做小總有個底線，秦氏這話明顯已觸到了她的底線，當即冷了臉說：「結親拿銀錢的時候，秦家老夫人可不手軟，怎麼如今倒是嫌棄起來了？若我們陸家不是商戶，哪裡來的那二、三十萬兩銀子供妳驅使？」

秦氏看她還敢還嘴，自然罵得越發難聽了。

兩人妳來我往，不遑多讓，好一通唇槍舌戰，罵戰個三百回合都未較出高下，最後還是因為這兩人都年紀不輕了，力有不逮，才暫時停戰。

罵戰之後的第二天，秦氏就沒下得了床，聽說那陸老夫人的境況也差不多，陸沅琪都回娘家侍疾去了。

可惜的是馮、陸兩家都極好面子，都知道家醜不可外揚，所以雖然撕破了臉皮，罵得厲害，卻硬是沒把這件事往外捅。

顧野這邊也是因為馮鈺在家裡安插了耳目，從魯國公府內部得來的消息。但馮鈺如今還不是世子，權力有限，他的人近不得秦氏的身，也只能隱約聽到一些，知道事情的經過，像後頭那精彩紛呈的罵戰三百回合裡到底罵的是啥，就不得而知了。

這天因為知道了這個消息，顧野回坤寧宮用膳的時候，嘴角都止不住地上揚。

正元帝見了，便問道：「我們烈王這是又遇到什麼好事了？」

顧野並不瞞著，就道：「是聽阿鈺說了一嘴他家裡的事，有些糟心的家務事罷了。父皇要是願意聽，我就說。」

聽說是魯國公府的事，正元帝下意識地看向周皇后。

周皇后正在照顧陸照吃飯——陸照現在有陸煦比著，吃飯不用人餵了，但握不住小筷子、小勺子，經常把自己的衣裳吃得一片狼藉，就還是得讓人看顧著。察覺到正元帝的視線，周皇后就道：「陛下想聽就聽，看臣妾做什麼？」

正元帝想著以顧野的性子，多半也不會說些讓周皇后不快的事，就讓他說來聽。

顧野就說了馮家小妾在魯國公夫人屋裡小產，然後秦氏和陸老夫人對罵的事。

周皇后一開始沒怎麼上心的，後頭不自覺也認真聽了起來。「這魯國公府的老夫人我是知道的，素日裡那就是得理不饒人、無理攪三分的厲害人物，那陸家倒是沒怎麼聽說過，那陸老夫人竟能和她平分秋色，想來也是個『了不得』的人物。這兩人性子這般相仿，怎麼就結成了親家？結親可是一輩子的事，天長日久地相處著，那不是等於三不五時都得鬧上這麼一場？」

顧野說可不是嘛，又可惜道：「只可惜阿鈺那邊的人不知道她們罵了什麼，能罵上那麼半天，直到兩位老人家耗得力有不逮才休戰，實在是讓人很想洗耳恭聽、開開眼界呢！」

母子倆說說笑笑的，只當聽過一樁家長裡短的熱鬧事，並未放在心上。

倒是正元帝，把這樁事聽進耳朵裡，還放在了心上。

能叫正元帝放在心上的，自然不是馮家的家務事。馮家的親事是過了明路的，他早就知道結親的陸家是商戶，一個商戶人家高攀了國公府結親，憑啥能那般理直氣壯的？終歸是有些不可為外人道的緣由在裡頭吧？於是他便招人去問。

不同於馮鈺只能在家裡安插幾個無足輕重的人手，正元帝放在馮家的眼線是從前馮源的一個部下，如今在魯國公府當侍衛的。

秦氏和陸老夫人在屋裡扯著嗓子對罵，一般人聽不到多少，但耳聰目明的會武之人聽到的可就多了，兩人說的話被眼線寫成了幾頁紙，連夜遞送到了御前。

正元帝這才得到了一個至關重要的消息——陸家陪送了二、三十萬兩的嫁妝！那樣一筆銀錢，即便是對身為九五之尊的他來說，都不是一筆小數目了！

馮家已有了權，如今更有了錢，且從前還帶過兵，有著不少同僚舊部，還不是安分老實的，這如何不讓他忌憚呢？於是當晚他又讓人去徹查馮家銀錢方面的消息。

沒過兩日，正元帝就知道了馮家在和陸家結親後倒是沒有置辦什麼產業，或者招攬什麼人手，只是開的那家望天樓越發不計成本罷了。這稍微讓他安心了一些，卻又不是全然的放心，畢竟一個酒樓再虧錢，那二、三十萬兩都不可能只補了那麼一個空缺，便又讓人再接著查。結果查著查著，自然就查到了永和宮這裡。

馮貴妃這段時間出手十分闊綽，讓人辦差的賞錢動輒就是百兩。

正元帝且不知道那是因為馮貴妃前頭得罪了錢三思，所以錢三思故意在背後給她使絆子，逼得她在宮裡當散財童子。

正元帝便讓人捉了永和宮的宮人稍微一拷問，就得知近幾個月來，馮貴妃光是打賞宮人，就已經花費出去上萬兩！讓宮人辦差，給幾兩銀子，那可以算是主子的打賞，但這動輒百兩，總共花銷過萬兩的舉動，卻已經脫出了打賞的範疇，可以歸於行賄了！

一個魯國公府在外就讓他睡不安生了，竟還有這麼個人在宮裡大肆籠絡宮人，若不是陸煦還不到四歲，正元帝又對馮源的為人還算了解，都要懷疑這家子準備謀反了！

但謀不謀反先不提，永和宮的宮人因為平時動不動就會受到馮貴妃的責打，所以竹筒倒豆子似的什麼都說了，不止說了這方面的事，還說馮貴妃如何教唆奶娘，讓奶娘時時刻刻提醒陸煦要提防著顧野。

抓了一個竟又拉出個奶娘，正元帝便再讓人問那奶娘，果然和宮人說的都對得上，還複述了很多馮貴妃的原話。

早些時候，正元帝就知道陸煦被馮貴妃養得有些歪了，但想著陸煦年紀小，肯定能掰過來，就讓他住到了擷芳殿，讓他和顧野一起上課、同吃同住。就是個傻子也能看出正元帝是想讓這兄弟倆和睦相處，可這馮貴妃卻還是這般妄圖離間他們兄弟，實在蠢得令人髮指！

這家子不讓人省心也不是一天兩天了，但被觸及底線的正元帝這回是完全不耐煩了。

冷靜過後，想著馮貴妃為自己生育了陸煦，看在孩子的面上，他沒降馮貴妃的位分，只下旨申斥馮貴妃鋪張浪費，罰她閉宮思過，再把那些收受賄賂的宮人一併處理，肅清宮闈。

至於宮外的魯國公府，正元帝則送了兩個性子最不讓人省心的美人過去，只說是聽聞馮源失了個孩子，馮鈺如今又在宮裡長住，馮源膝下空虛，因此送兩個美人去為馮家開枝散葉，也算是在懲治了馮貴妃後給魯國公府一點賞賜。一個棒槌，一個甜棗，合情合理。

至於那兩個不省心的美人會不會攪得魯國公府後宅越發混亂？會不會讓馮家和陸家從親

家成為冤家？那就不在正元帝的管轄範疇裡了。

反正自從這次之後，顧野嘴裡就很少再提到魯國公府的消息了——馮貴妃失寵，出不得宮，又遞不出消息，而馮家又忙著內務，自然再無心思去管別人家的事，總算是安分下來了。

五月中旬，徐廚子帶著兩個小徒弟上京城來了。

而寒山鎮的大本營，則是顧茵在考察了這麼久後，從京城食為天兩位大廚的徒弟裡各選了一人出來，兩人在年後就出發去往寒山鎮掌管。

徐廚子帶著他們熟悉了一段時間快餐店的營運模式後，便徹底脫開手來。

師徒分別了大半年，顧茵也十分掛念這唯一的徒弟和一對徒孫。

當天正好她沒什麼事，武青意也休沐在家，兩人乾脆一起去城外接人。

馬車停在碼頭邊上沒多會兒，顧茵就在下船的人群裡一眼看到了十分顯眼的徐廚子。

徐廚子和砧板、菜刀，一人提著幾個碩大的包袱，下了船後，一胖兩瘦的三人被人潮裹挾著往前走，一路走到寬敞地帶，三人臉上都浮現了茫然的神色。

顧茵和武青意過去尋他們的時候，正聽到徐廚子咋舌道——

「乖乖，這就是京城啊？別的不說，光這碼頭就比咱們鎮子上的大了好幾倍呢！」

菜刀和砧板也有些被嚇住，聞言都是只點頭，不吭聲。

徐廚子又自顧自地道：「也不知道你們師祖在京城的食為天開得好不好？和人打聽的話能不能打聽到地方？」京城這樣的地界，飯館酒樓那自然是多如牛毛，若只是生意一般的，和人打聽，那多半是打聽不到的，除非是和寒山鎮的食為天一般，生意好得只此一家，別無分店，闖出了名堂，自然就能隨便打聽到。

砧板就說：「師父別瞎操心，師祖給您的信上不是說了一切都好嗎？您難道是不相信她老人家的本事？」

徐廚子伸出圓乎乎的手給了他一個栗爆。「你們師祖的本事毋庸置疑！但是你看嘛，光是碼頭上的攤子及碼頭旁的小店就多如牛毛，你們師祖她老人家才來了京城多久啊？而且她老人家素來是報喜不報憂，不喜歡煩擾別人的。我可先同你們說好了，萬一京城這邊的食為天生意沒咱們想的那麼好，你倆臉上可不許表露出失望來，沒得讓你們師祖不高興！」

這話聽得顧茵又無奈、又好笑，開口道：「我這『老人家』可不就在這裡？」

徐廚子和兩個小徒弟連忙循聲轉頭，驚喜地一起喊「師父」和「師祖」。

徐廚子比兩個小的更激動，那眼淚說來就來，剛喊完了人就開始擦眼睛了，又說道：「師父好狠的心，當時說先來探探情況，安頓下來後就讓人來接我的班，結果這一分別就是大半年……」

顧茵忙歉然道：「實在對不起，這邊的生意沒我想的簡單，也是到了今年，咱家的生意才算是安頓好了，我也才有工夫抽掉人手去接你的班。」

徐廚子理解地點點頭，又接著道：「可憐我這段時間想您想得吃也吃不好、睡也睡不香，往後您可別再丟下我們了！」

話是感動人的話，顧茵也確實因為師徒相聚而心緒激動，只是聽著這話，再看著徐廚子比分別前還白胖紅潤了三分的大臉盤子，她總覺得有哪裡怪怪的……

顧茵帶著徒子徒孫去往馬車邊上。

徐廚子和兩個小徒弟看啥都新鮮，一個勁地誇京城是好地方，連腳下的青石板路都誇了又誇，畢竟在寒山鎮，這種平整的道路也只有主城區才有，犄角旮旯的地方可都還是泥土地呢！京城就不一樣，這且還是城外呢，路就已經修得這般好了。

邊走邊聊，顧茵順帶詢問他們怎麼帶了這麼些東西？之前徐廚子從文家到食為天的時候，所帶的行李連眼前的一半都不到，他也不像是會攢家底的人，總不能是這大半年就攢下了這麼些東西。

徐廚子就解釋道：「我們仨就一人一個包袱，只帶了一點必需品和換洗衣物，其餘的都是葛家二老的。他們家當多，扔了覺得可惜，請鏢局託運又不值得，那會兒我幫著他們處理事務，就說反正後頭我們也要上京，再幫他們帶過來也是一樣的。」

葛家二老比他們早了一個多月上京和葛珠兒團聚，在京城定了居。顧茵也把他們安排在食為天做工，既方便他們和葛珠兒互相照應，也能三不五時和陪著顧野一道過來的外孫馮鈺見面。不過二老年紀大了，又都有些小病小痛，所以顧茵只給他們排了白班。

葛珠兒作為雅舍的掌櫃，應酬一眾女客，經常要到宵禁前才能下工。後院還有一些空房，顧茵本來是給葛珠兒安排了員工宿舍的，但每到葛珠兒晚歸的時候，吃過了夕食的二老就會打著燈籠，慢悠悠地從自己的小院子裡出發，互相攙扶著對方，來接葛珠兒歸家。

一家三口一邊說著白日裡的事情、一邊慢步回去，每每見了，都讓顧茵覺得溫馨無比。

葛家住的院子離太白大街也不遠，顧茵就想著先帶徐廚子他們去放了東西，再帶他們去食為天。說著，顧茵就邀請他們上了馬車。因為時下師徒如父子，顧茵和徐廚子這樣的便算是母子關係了，所以也不用介意男女大防。

徐廚子坐定之後又唸叨起來。「我聽人說京城這地界啥都貴，這樣的馬車，租一次得不少銀錢吧？」他邊說邊看顧茵，就差直說她浪費銀錢了！

顧茵這才想起來，還沒和徒弟交底呢！

之前在寒山鎮的時候，關於武家的事情，一家子都三緘其口，誰也沒告訴，連葛家二老和許氏母子，都是上了京城後才知道英國公府的事。

葛家二老雖然回過一趟寒山鎮變賣產業，但他們為人老實，自然是不會到處宣揚的。

「馬車不是別家的，是咱們自家的。」顧茵想著要不要在馬車上和他們聊這件事，畢竟徐廚子這人看著年紀不輕，卻並不是很沈得住氣，別回頭拋出個重磅炸彈，把他給嚇傻了。

還沒等顧茵想好怎麼開口呢，徐廚子又鬼鬼祟祟地對顧茵招招手，讓她坐近一些，再對兩個小徒弟使了個眼色。

菜刀和砧板很自覺地轉了方向，面朝車壁，還把耳朵給捂上了。

顧茵看他一副要說體己話的樣子，就坐近了一些。

徐廚子就壓著嗓子開口道：「師父，我覺得我師公這人真是挺好的。」

沒頭沒腦突然來了這麼一句，顧茵聽了都有些懵。

徐廚子又接著道：「剛剛師公還幫我們拿東西呢，那麼些行李，這大熱天的，幫著我們放行李卻一點不耐煩都沒有。您現在看著富貴得很……」徐廚子的眼神落在顧茵的手腕上。

顧茵手上戴的自然還是初入英國公府時，王氏隨手給她套上的那個赤金纏絲雙扣鐲。後頭進宮赴宴或者招待女客的時候，顧茵都要妝點一番，這手鐲就成了她常戴的首飾之一。

「但您可不能因為富貴就拋棄了糟糠夫啊！」徐廚子難得正經地語重心長道：「我師公那是為新朝效過力的，雖現在只在京城看大門，但您可不能輕視、慢待他。那老話怎說的？糟糠之妻……糟糠之夫不下堂啊！」

顧茵強忍著笑意道：「我像這種人嗎？」

「欸，師父自然不是啊！」徐廚子趕緊討好地笑兩聲，復又小聲道：「那這大熱天的，師父怎讓師公坐車轅上呢？」

顧茵實在是憋不住笑了，圍著他的胖臉比劃了一個大圓，道：「你還好意思說！」

英國公府出來的馬車自然是寬敞的，只是沒想到徐廚子比從前又胖了一些。他先上去一坐，砧板和菜刀兩個往角落一縮，加上旁邊還有好幾個碩大的包袱，車廂內頓時顯得逼仄起來了。身形同樣比常人高大的武青意若再進來，那是連個伸腿的地方都沒有，得和菜刀、砧板一樣，整個人縮在角落裡，還不如坐在車轅上曬日頭呢！

徐廚子知道是自己想岔了，發麵饅頭似的臉脹了個通紅。

葛家二老和葛珠兒這天都休沐，因為平時一家三口都要上工，在家的時間少，所以難得一家子一起休沐，正在家裡一起灑掃屋子、晾曬被褥。

顧茵帶著一行人敲開葛家的大門，葛珠兒見了她就笑。「東家怎麼這會兒親自來了？有事直接使人來知會一聲便是。」一邊說，葛珠兒一邊把兩扇木門都開到最大，邀請顧茵進屋去坐。

顧茵進了去，解釋說是自己的徒弟和徒孫上京，幫二老把剩下的家當帶過來了，所以就先帶他們來到這邊。

剛解釋完，武青意和徐廚子他們都提著包袱過來了。

葛家二老在屋裡聽見外頭的動靜，連忙放下了手裡的抹布和掃帚去迎他們。

武青意和徐廚子自然不讓二老動手，把行李直接提到堂屋擱下。

葛大嬸赧然壞了，道：「小徐這孩子忒實誠了，都是些不值錢的傢伙什，就是我家老頭子唸叨了幾句說怪心疼的，他就說能幫我們帶過來，當時沒細想，現在想想真是臊死人了。這大熱天的還揹這麼些東西坐船來，該多辛苦啊！」說著就趕緊給他們倒水，又讓葛大叔去把井裡鎮著的西瓜撈出來切給大家吃。

徐廚子是做慣了活計的人，累倒是不累，就是他實在太胖了些，剛在日頭底下動了一下就汗如雨下，整個人像是從水裡撈出來的一般。他不同葛家二老客氣，大馬金刀地坐下喝了水，喘過一陣後，總算是緩過勁來，這才笑說：「不辛苦！辛苦啥呀？雖東西不值錢，但都是您二老這些年辛苦攢下來的家當。東西雖舊，但用著順手，多少銀錢都買不來呢！」

這話一說，自然把葛家二老哄得喜笑顏開，對著他連連道謝。

葛珠兒看他手邊的水碗空了，便又親自給他續上。

徐廚子這才注意到屋裡還多了名女子，立即就手不是手、腳不是腳地站起身，規規矩矩地行了禮。「這就是您二老尋回的姑娘吧？我這來得匆忙，也沒帶什麼禮物上門賀喜。」

葛珠兒笑了笑，道：「徐廚子莫要客氣，您幫著我爹娘帶這麼些東西上京，已經是最好的賀禮了。」一察覺到徐廚子很拘束，葛珠兒就沒在堂屋多待，接著去院子裡晾曬被褥。

顧茵發現葛家多了個看起來木訥老實的婦人，就也跟著出去搭了把手，詢問起來。

葛珠兒就解釋道：「這是姜姊姊，是我早年在軍中認識的苦命人。之前她在魯國公府做活，現在恢復了自由身。她家中並無其他親人，只一個乾兒子，也是運道不好，早年就受了重傷退了下來，如今在水雲村當農戶。姜姊姊想著自己還不算老邁，就想在城裡尋一份活計，不去村裡投靠乾兒子一家，免得給他們家增添負擔。」

顧茵就喜歡這種不靠旁人的女子，當即笑道：「這還要去旁處尋找嗎？去咱們酒樓不是正好？姜家姊姊可願意？」

姜嬸子連忙擺手說：「我和夫人……」又想起葛珠兒已經不是國公夫人，又堅持要和自己姊妹相稱，便改口道：「我和珠兒妹妹差了十來歲，比夫人就更是大了快二十歲了，而且我這樣的身分，也不敢當您一聲姊姊，您別折煞我了。」

顧茵不以為意地笑了笑。「我和珠兒姊姊按平輩論，只是稱呼的小事而已。妳看這做工的事情……」

姜嬸子面露猶豫之色，磕磕巴巴地道：「我人雖沒用，但燒火、做飯的本事還有，您不嫌棄我愚鈍，肯用我，本該是感激涕零，不敢推辭的，只是我如今身上帶著一些事，不好在人前出現，所以只能辜負了您這片好心了。」

顧茵自然問起。「可是擔心魯國公府的人為難妳？」見姜嬸子支支吾吾地應了一聲，顯然是不能多說的模樣，顧茵也就沒再追問了。

顧茵帶徐廚子和菜刀、砧板參觀完自家酒樓後，師徒三人的反應就是目瞪口呆，他們完全沒想到顧茵在書信裡說的「生意不錯」的新店會是這樣的規模！

一、二樓現在是周掌櫃和兩位大廚在管；三樓是葛珠兒和大孫氏、衛三娘等人統籌。顧茵並不準備更改原有的安排，就打算讓徐廚子和兩個徒孫負責四樓的特色小吃部。徐廚子的手藝一般，但他早年走南闖北，也算是見多識廣，四樓包含各地特色吃食的地方，正好能讓他大展身手。看他們三人舟車勞頓、風塵僕僕的，顧茵只大概和他們說了一下情況，就讓周掌櫃帶著他們去員工宿舍安歇了。

顧茵和武青意正準備回家呢，葛珠兒卻過來了。顧茵正奇怪她怎麼休沐的時候跟過來了，葛珠兒便三言兩語地解釋了。

原來前頭顧茵和武青意等人離開後，沒了旁人，葛珠兒便問起姜孀子身上的事是什麼，姜孀子自然不瞞著她，把馮鈺讓她辦的差事說給了葛珠兒聽。葛珠兒猶豫再三，還是來了一趟食為天。「這是兩個孩子自己辦的事，我不曉得東家知不知道，所以來知會一聲。若東家早就知道的話，那就見諒我多嘴。」顧茵連姜孀子身上的事都不知道，想來是和她一般也不知道的，所以她才特地跑了這一趟。

如葛珠兒所料，顧茵先和她道了謝，讓她回去歇著，而後便若有所思地和武青意坐上了回府的馬車。

在馬車上，顧茵不像前半日那麼高興，眉頭一直微微蹙起，若有所思。

武青意見了，便很自覺地沒和她說話，只在旁邊安靜地閉目養神。

直到馬車停靠在國公府門口，顧茵才歉然道：「讓你跟著我忙活了半天，累壞了吧？」

武青意不以為意地笑了笑，先下了馬車，又遞出手扶著她下來。「陪著夫人奔忙，是夫人抬舉我。夫人如今這般富貴，我再不好好表現，可不就要成為被下堂的糟糠夫了？」

他這是聽到了之前徐廚子和她說的體己話了！顧茵這才笑起來，又佯裝驕矜地點點頭。

「那可不是？你這糟糠夫今日的表現就很不錯，本夫人十分滿意！」

武青意乖覺地應了一聲，把腰背彎下去三分，像個最殷勤的下人一般，扶著顧茵的一隻手，一路把她扶回了院子裡。

剩下的半天他也是空閒的，就一直在顧茵跟前打轉，給她端茶遞水的。

顧茵讓他別忙活，他就又拿著「糟糠之夫」這件事當說頭。

一下午的工夫，把顧茵哄得腮幫子都笑疼了。他素日裡雖偶也有狡黠、不為人知的一面，但鮮少這般逗趣，今日這般，自然是看出了顧茵心情不佳，想讓她高興一些。因為知道這一層原因，所以顧茵心中格外熨貼。

第四十七章

傍晚時分，顧野從外頭回來了。

聽到顧茵屋裡傳出來的笑聲，他回屋換了身衣裳就過了來。「娘今日怎麼這般高興？」

顧茵朝著武青意努努嘴。「還不是你叔，因徐廚子白日裡誤會我嫌棄你叔這糟糠夫，私下裡勸我不能待他不好，他今兒個就一直拿這件事調笑。」

「徐廚子也忒眼拙。」顧野也跟著笑起來。「娘和叔最近的感情更甚從前呢！」

這時武青意站起身，道：「娘那邊也快擺飯了，我過去幫幫忙。」說著又看顧野一眼，便離開了。

顧野臉上的笑淡了下去，正色問：「可是今日發生了什麼事？」不然他叔不會特地留他們母子單獨說話，顯然是他娘有事要和他說。

顧茵讓門口的丫鬟把門帶上，而後才道：「也沒什麼大事，就是徐廚子給葛家叔嬸帶了些東西，我帶著他去了葛家一趟，在那裡碰到了一位從魯國公府放出來的姜姊姊。」

顧野自然會意。「那位嬸子應當是和娘說了馮家的事吧？我沒想瞞妳，只是妳和叔馬上就要大婚了，我不想讓那些糟心事衝撞咱家的大喜事而已。」若是要瞞，他自然會叮囑馮鈺把姜嬸子送得遠一些，不會只確定她的人身安全。說完話，顧野發現他娘若有所思、欲言又止，便問：「可是娘覺得我辦事辦得不好？」
顧茵想了一下午，到現在方才理出了頭緒。「也不是不好，就是有點說不上來。你先和我說說，你之前是怎麼想的？」
顧野就道：「我先讓皇帝爹聽到我和母后的對話，這樣他對母后存著愧疚，就不會去接納什麼美人，先從根源上解決了隱患，而後便是讓馮家『忙』起來。這馮家雖說是別家人，但和咱家也打過不少交道，我對他們家的人也算多少有些了解。那個叫春杏的姨娘，在圍場的時候趁著馮鈺他爹醉酒，就惹出那樣的事，我想著她就是個不安分、心眼多的，她和馮家的新夫人結下了那麼深的梁子，兩人必然勢如水火，我只需拋下一個引子，就能讓她們爭鬥起來。但春杏勢弱，若馮家的老夫人不相幫，則春杏必然不可能是新夫人的對手，所以那個引子，必須是讓馮家老夫人都在意的，我便想到了那假孕藥，造一個假的子嗣出來。」他頓了頓，又接著道：「馮家內部一亂，自然會出疏漏，果然後頭皇帝爹就查出了好些事情，這才發落了他們家。還有很重要的一點，現在馮家雖然亂做一鍋粥，但歸根究底他們還未做出任何讓人難以原諒的事，論起來都是一些家事，影響有，卻並不深遠，所以等到來日阿鈺長成，成了國公世子，接手了魯國公府，魯國公府也不會成為阿鈺的污點。」看到顧茵還是沈吟不語，顧野又不確定地道：「可是我算錯了？」
顧茵搖頭，說不是。「不是算錯了，是算得太對了，每一步都讓你算到了。」
她雖這樣說，臉上卻沒有笑容，顯然是自己做的這些事並不能讓她高興。若旁人表現出這樣，顧野有的是大把的道理反駁，就像他最近新學的出自《三國志》的一句話——用兵之道，攻心為上，攻城為下。

所謂攻心，就是從思想上消磨敵人的鬥志。

馮家作妖不是一日兩日了，三不五時就想惹出點事來，但因為陸煦和馮鈺的存在，輕不得也重不得，讓人十分心煩。如今使這攻心之術，他並沒去害了誰，手上乾乾淨淨的，只提供了一個引子，使他們內部起了紛爭矛盾，沒了再惹是生非的鬥志。

但因為對面坐的是自己的娘，一個真心實意、滿心滿眼都為自己好的人，所以顧野並不扯那些道理與她辯論，只走到她跟前，認真地道：「娘哪裡覺得不好，直接和我說，我都改，好不好？」

顧茵攬他入懷，輕輕拍著他的後背，沒接著聊下去，而是岔開話題問道：「你覺得你珠兒姨母為人如何？聰不聰明？」

顧野雖不解為何突然說起這個，但還是順著她的話回答道：「珠兒姨母自然是聰明能幹的，自從她來了咱家酒樓，幫娘分擔了好多事務，酒樓裡那些夥計和女客們，就沒有說她不好的。」

「你說這樣聰明能幹的一個人，為什麼之前在魯國公府的老夫人手下會過得那般不如意？是你珠兒姨母想不到任何應對方法反擊嗎？」

顧野若有所思地皺起了眉。

顧茵並不催促，靜靜地陪著他。

半晌後顧野才開口道：「因為珠兒姨母在意阿鈺，而且並不想變成像那老夫人一般精於算計、手段下作的人。」

「是啊！」顧茵說著嘆了口氣，轉而又問道：「你有沒有覺得，這次雖是你第一次出手對付馮家，卻好似並不難？」

顧野又蹙著眉點點頭。

顧茵才接著道：「今天這事，若是出自魯國公府那位老夫人之手，我沒有半點意外，但我沒想到你會用這樣的辦法。我還是那句話，沒有說你做的不好，畢竟如你所說，你想的法子先從根源上解決了問題，再讓馮家內亂，瓦解鬥志，卻又保存了魯國公府的實力，保全了阿鈺的未來，算是兩全其美的局面。只是你算得太準了，把每個人的性格、每個人會做的事都算在裡頭。揣度人心是你的天賦、你的本事，但你用自己的天賦來操控人心……這樣的成功會不會來得太容易一些了呢？」顧茵又緊了緊攬著他的手。「這次是陛下、是馮家，等到下次，再有其他麻煩，甚至他日你坐到了那個位置上，將面對那麼多的人、那麼多的事，你會不會繼續選擇這樣簡單又可行的辦法呢？所以我說這辦法雖頂用，但這樣的法子也像雙面刃，該對誰用、該怎麼使用，其中得有個度，需要你自己拿捏好。」

顧野伏在她的肩頭，悶聲悶氣地道：「我知道娘的意思了，娘是怕我以此為開端，走上邪門歪道的路子，醉心沈迷於操控人心的權術。」設想若有一人，憑藉天賦本事就能清楚地揣度到旁人的心理，然後施展計謀，輕易便能拿捏旁人的軟肋，驅使旁人按著自己的想法來，那真的是太可怕了，顧野自己都被嚇了一跳。他之前只覺得自己的辦法很是頂用，卻絕對沒想要成為那樣的人！若真到了那一天，怕是他身邊將一個真正的親信之人都無，淨是一些對他畏懼到骨子裡的人了。所謂的孤家寡人，便是如此了吧？「娘別害怕我，我真沒想那麼深遠，我知道錯了……」顧野帶著鼻音，軟糯糯地拉著她的手低聲哀求。

顧茵的心都快化了，不由得也跟著有了淚意。「說什麼傻話呢，我怎麼會害怕你？老天讓你像一張白紙似地到了我身邊來，你那麼聰明，學什麼都一學就會、一點就透，我只怕我沒有教好你。」

「娘怎麼就沒教好我呢？別人說我好的地方，都是娘言傳身教教授我的。今次這件事，也是我說我自己可以處理好，自個兒辦的。」顧野拿起她手邊的帕子，先給她擦了擦淚，又給自己擦了擦，然後下定決心道：「這次娘說了，我就知道了。往後咱們遇事還是商量著來，也請娘一直監督我，讓我不要成為那種可怕的人。」

第二天，顧野進宮和馮鈺一碰頭，兩人從對方的臉色就猜出了一些，不約而同道——

「你娘說你了？」

問完，又一起笑了起來。

後頭得了空，兩人再聊起來，顧野先把顧茵勸導他的話說了。

馮鈺也接著道：「我娘的意思也差不多，不說咱們前頭那樁事做錯，只是擔心咱們年紀小，怕咱們小小年紀就嚐到了甜頭，日後會一發不可收拾。」

顧野跟著點頭。「我娘說這攻心術怎麼用、用到誰身上，其中的『度』得咱們自己把握，若掌握不好，則會走歪了路。不過不礙事，有她們兩人看顧著呢，我覺得咱們不可能長歪！」

到了中午用飯的時候，顧野沒回坤寧宮吃飯，直接去了養心殿。

正元帝也是忙到這會兒才得了工夫歇歇，見到他過來就道：「你這小子是又來蹭飯了？」

顧野行完禮後，就道：「父皇這話說的，親爹給兒子管飯，那是天經地義，哪裡就能叫蹭飯呢？」

正元帝笑著斜他一眼，還是讓人按他的口味又添了兩道菜來。

在英國公府時，顧茵和王氏等人都不喜歡下人伺候吃喝，正元帝這邊也是如此。宮人只負責擺飯，挾菜那些事還是自己動手。

一大一小淨了手，坐到了桌前。

吃飯的時候，父子倆也不講究什麼規矩，想到什麼就會聊上兩句。

等到吃過飯了，顧野漱了口，擦了嘴，就從椅子上下了來，恭恭敬敬地行了個大禮，跪在地上道：「兒子給父皇道歉。」

見他這般鄭重其事，正元帝便揮手屏退了人，讓他起來說話，問他這又是哪齣？

顧野依舊跪著，坦白道：「早些時候，父皇該是聽到我和母后說的一些話了。那話其實是兒子特地問起，誘導母后說與父皇聽的。」說著，顧野的身子伏得更低了。

沒承想，正元帝卻道：「原來是這樁事啊，嚇朕一跳，還當你這皮猴真惹出什麼事來了！」說著，正元帝起了身，親自把他從地上拉了起來。

顧野從他話裡覺出了一點味來，訥訥地問：「父皇這是都知道了？」

正元帝笑著看他。「為父之前和你說的，你難道都忘了？若是為父不想看到的，那就不會讓它發生。」

之前顧野借小路子的手，送了那香味特殊的香囊給錢三思，錢三思戴在身上，正元帝觀人甚微，自然察覺到了。後頭問起，錢三思並不隱瞞，已經和他說了是徒弟小路子轉贈的。自家大兒子可不是無故獻殷勤的人，正元帝就等著看他準備做什麼，結果當天就聽到了他們母子談心，這下他還有什麼不明白的呢？想到大兒子忙活一場，只是為了幫他和皇后解開心結，正元帝心中又感動、又熨貼，根本毫無芥蒂。

這話可真是把顧野臊壞了，他之前真是覺得自己聰明絕頂，算無遺策來著！合著他皇帝爹早就察覺了，只是順坡下驢而已。想來也是，他皇帝爹不如他叔勇武能打，肚子裡又沒什麼墨水，要沒兩樣真本事，隨便就能讓人算計糊弄了，新朝的皇位哪裡輪得到他來坐？想到這裡，他就把頭埋得更低了。

正元帝輕拍他的後背。「不用這樣，說起來父皇也要謝謝你。你母后心裡苦，卻也要強，也只有你問了，她才肯對你說。早先那幾年，是父皇對不起你母后，一直想找機會和她好好聊聊，如今有你從中搭橋，父皇也總算找到了她心中所想。」說著正元帝又輕嘆一聲。「原來這些年是我變了，她卻沒變，所求的還是如過去在村裡時那樣的日子。」

顧野看到他眼裡的一絲傷感之色，就又勸道：「其實變不變的也無所謂，只要不變的是你心裡有母后，母后心裡也有你，這日子，終歸還是會越變越好的。」

正元帝慈愛地禿嚕了他的腦袋一把。「所以不用致歉，你的本意是盼著父母和睦罷了。」父子倆聊完後，正元帝起了身，攆手趕蒼蠅似地把他往外趕，說：「朕就中午空閒一些，還要去看你母后呢，你就別跟著了，快回你的擷芳殿去歇著！」

顧野乖覺地告辭，臨走前還嘟囔了一句「父皇這是有了媳婦忘了兒了」。

正元帝聽了差點拿手邊的摺子扔他！

這件事到這裡，便就此揭過不提，但同時顧野和馮鈺也都把這事放在心裡，來日時時提醒著自己——心計不可以沒有，但不能用到親近之人的身上，也得自己拿捏好尺度。

又一日，陸煦從永和宮吃了飯後回擷芳殿，臉上是止不住的笑。

顧野他們見了，自然問他遇到了什麼好事？

陸煦就笑道：「是好事呢！我妹妹有名字了，叫朝陽，好聽不？」

馮貴妃生下的雙生子本是寓意吉祥的龍鳳胎，但兩個孩子生下來後，就算是好一些的陸煦都比平常的孩子略有些不足，他妹妹就更別提了，剛生下來的時候差點就斷了氣，後頭雖然強行救了回來，但所有御醫和老醫仙都給她看過，都說不大好，只能盡人事，聽天命。

不好到什麼程度呢？這孩子只要見了生人，受到驚嚇，都會隨時暈死閉氣。

因此，正元帝在永和宮裡單獨開闢了一個殿，由御醫們輪流照看她，不讓生人靠近。

都知道這孩子活不長，所以正元帝一直都未給她起大名，尋常時候更不會將她帶到人前，只偶爾在隻言片語裡提起到皇室還有這麼位公主。

這是約定俗成的規矩，因為時下孩子早夭都快成為一種常態了，若是早早地給了一個必定早亡的孩子名字，或者讓眾人都和這孩子相處出了感情，那麼真到了失去孩子的時候，對每個人來說都會是不小的打擊。

現在正元帝既然給起了名字，也就預示著這孩子多半是能活下來了！

顧野和馮鈺自然都替她感到高興，可惜的是，陸煦說朝陽還是體弱，別說多見人了，就是多吹了一點點的風，都會有個頭疼腦熱，連他和馮貴妃都只能偶爾地去看一眼，因此顧野和馮鈺也就沒說要去看她，回頭各自尋了禮物，讓陸煦帶回去。

顧野幫陸照也準備了一份，不是什麼值錢的東西，就是從寺廟裡請回來的一個平安符和一塊小玉牌，都是經過高僧誦經加持的。

馮鈺給的則是他從小佩戴到現在的玉石平安釦。

這天上完課，陸煦回永和宮用晚膳，就把顧野他們準備的禮物帶了回去。

馮貴妃先認出那平安釦，這東西是早先馮源中毒，差點就沒命時，葛珠兒特地去了軍營附近山頭上的寺廟裡求回來的，後頭馮源還真就化險為夷了，那平安釦就一直戴在他身上，算是他和葛珠兒的定情信物。後頭傳給了馮鈺，馮鈺還真就從小沒病沒災，平安長大了。

她對這東西有印象，是那會兒她剛生產完，兩個孩子都不大好，她心中正難受著。那時新朝還未成立，她還不是貴妃，規矩講究沒那麼多，馮源和葛珠兒都一起來看她。

那時候葛珠兒就拿出過這樣東西，想送給兩個孩子，還解釋了這東西的由來，說希望能讓兩個孩子也和當初的馮源那樣化險為夷，然後和馮鈺一樣沒病沒災地長大。

當時馮貴妃本是想收下的，但陪在她身旁的秦氏卻嗤之以鼻，說「這等不入流的東西，豈能配得上我外孫和外孫女」。那會兒義軍勝券在握，馮貴妃生下的自然就是來日皇室的皇子和公主，聽了親娘的話，馮貴妃也嫌棄那東西上不得檯面，所以葛珠兒就把平安釦收了起來。沒想到經年之後，兜兜轉轉，這東西還是送到了自己跟前。

馮貴妃自小被秦氏教授的就是人要往上爬，爬得越高、手段越狠，那麼便越不會有人敢小瞧她、怠慢她。她面對的境況也確實如此，從前得意時，就算宮人不肯為她辦事，那也得敬著她、奉承著她；現在她雖同樣是貴妃，但自從正元帝下旨申斥了她，還讓她閉宮思過一遭後，宮中都知道她無寵了，拜高踩低的情況就越發明顯。

但似乎，天下也不盡是那種見風使舵、拜高踩低的人，也有人是始終如一的。

馮貴妃摩挲著那平安釦，久久沒有言語，最後讓人把平安釦和平安符、小玉牌一道，掛在了女兒寢殿的入口處。

或許是老天心軟，也或許是顧野和馮鈺送來的東西真有效果，到了六月時，朝陽的境況就越發好了。

六月中旬，到了她和陸煦四歲生辰的時候，經過幾位御醫商討和反覆思量，確定朝陽可以出現在眾人前了。

正元帝沒有給他們大操大辦，只是在宮中設了一場熱鬧的家宴，連同魯國公府也一併下了帖子。

魯國公府只秦氏和馮源來了，陸沅琪並未到場。

馮貴妃久未和親娘見面了，再碰面時自然得寒暄一番，問問互相的境況，她先問了陸沅琪怎麼沒來。

秦氏就沒好氣地道：「從前看著她也是個好的，沒承想後頭才知道她根本被陸家驕縱壞了，天天在後宅裡像隻烏眼雞似的蹦躂，攪得整個家沒有一天的安寧日子過，看得人心煩，今天這種場合，自然不能帶她來。」

「那娘的意思是……」

秦氏話鋒一轉。「我沒那個意思。休妻是不可能的，休妻得退還嫁妝。和離也不用想，妳兄弟才和離過一次，再來一次，外頭不知道要怎麼說了。」

陸家也是這麼個意思，吵歸吵、鬧歸鬧，想讓他家斷了魯國公府這門親，那是不可能的！所以就這麼耗著唄，看誰最後耗贏了誰！

這日到底是一雙兒女的好日子，就算是娘家的糟心事，馮貴妃也不想多聽，問了一嘴也就算完事了。後頭母女接著再聊，馮貴妃自然說起小女兒，說從前真的太難了，哪兒就敢想有這麼一天呢？那時候正元帝還和她說過，若到了三、四歲時女兒還不見好，就只能效仿前人的做法，把女兒送到庵堂裡出家，把孩子算做是道家或者佛家的人，來延長她的壽數。

那是時下最沒辦法的辦法了，且那種境況下的孩子也不一定能活，就算活下來了也算是世外之人，和塵緣不能有太深的糾葛。

說到動情處，馮貴妃不由得紅了眼睛，但轉頭看到被正元帝抱在膝頭的朝陽，雖然還跟小貓崽似的瘦弱，還不怎麼會說話、走路，卻已經會聽會笑，滿含著生機，不再是之前那個連屋子都不能出的陶瓷娃娃，馮貴妃不禁又笑了起來。

秦氏見到她這般，連忙道：「娘娘的眼界可不該只盯著眼前這一畝三分地，公主再好，那也是女兒家，能為咱家帶來什麼前程？您該看重的自然還是咱家三殿下！」

馮貴妃臉上的笑容一滯，冷下臉道：「朝陽和阿煦同是我肚子裡出來的，娘這話是什麼意思？」

這種場合上，不知道有多少宮人盯著，許多話不好細說，因此秦氏只含糊道：「反正娘娘該是懂我意思的。」

母女倆總共就說上了這麼幾句話，最後還不歡而散。

宴席後，馮貴妃幫兒女清點收到的生辰禮。

王太后和周皇后、正元帝、顧野等人送的東西都不算價值連城，但都能看出來滿含祝福，希望兩個孩子健康長大。

尤其現在逐漸好轉的朝陽，王太后和正元帝都覺得對她有些虧欠，所以給她的生辰禮格外講究些。

反倒是親娘秦氏送出來的兩樣東西，讓馮貴妃看著心裡十分不是滋味。

秦氏送給陸煦的是一套小刀、小劍和小弓，雖都是木製的，但木料是頂好的，從價值上來說並不輸於金玉，而且打磨雕刻得十分精細，一個木刺也沒有，華美討喜，給這個年紀已經開始想舞刀弄槍的男孩子來說，最好不過了。

而秦氏給朝陽的，則是一個八寶瓔珞項圈。那項圈固然是精美貴重，馮貴妃卻依稀記得這是早前宮中送到魯國公府的賞賜之一。她在項圈裡摸索了一圈，果然找到了宮中特有的徽記，顯然這不過是秦氏讓人隨意從庫房裡翻找出來的東西罷了。

於是，後頭馮貴妃破天荒的沒聽秦氏的，一心撲在女兒身上。當然，也不是說她就不關心陸煦了，只是陸煦回來的時候少，在前頭文華殿和擷芳殿那邊，馮貴妃也伸不過手去。

正元帝後頭看在孩子的面上，也沒再繼續惱她，偶爾過來永和宮時，反而會誇她如今總算有了幾分母親的模樣。

馮貴妃的日子雖和前頭不同，但也過出了另外一種模式。

六月時，天氣已經是熱得不像話了。

顧茵和武青意的婚事安排都提上了日程，王氏待顧茵是真沒話說，雖說是再次行禮拜堂，她卻沒有不當回事，真就當是正經嫁女兒和娶媳婦那樣操辦。

娶媳婦要準備的那些她都置辦了，同時作為娘家人，她還給顧茵備好了嫁妝。

早先買下的那些田產鋪子，她分出了一小部分給沈寒春，剩下的那些，她就打算帶著顧茵去更名，全歸在她名下。

顧茵是真不想要，食為天酒樓就已經在她名下了，那已是一筆價值不菲的產業，光是靠著酒樓，她現在一個月就有一千幾百兩的進項，賺到的銀錢王氏還從來都不肯要，全讓她自己留著。而其他那些田產鋪子，更是英國公府出銀錢置辦的，和她沒有半分關係。

結果婆媳倆一個堅持要給，一個堅持不要。

後頭顧野知道了，就說可以把顧氏船行放到他娘名下。

那船行是早些時候正元帝賞的，可比王氏置辦的田產那些貴重多了。那會子正元帝還未和他們說開，只說是他們該得的賞賜。一家子彼時都還很迷茫，就先記在了顧野名下，讓他和武青意一道盯著船行運作，現在自然是知道了，那船行其實是嘉獎她們養育了流落在外的皇家嫡長子。

顧野是顧茵和王氏一起收養的，顧茵雖不想獨占功勞，但顧野確實同她最親近，這份嘉獎落到她頭上，算得上是名正言順。

這個想法一提出來，家裡其他人自然都贊成無比。

小崽子送的，顧茵也就沒再推辭，和他一道去更改了書契。

好在之前起名的時候用的就是顧姓，船行也就不用更名。

時間眨眼到了七月，成婚的日子近在眼前了。

喜帖早就派送了出去，雖這次辦得熱鬧正式，但顧茵不喜歡那些排場虛禮，所以請的都是親近之人——文氏一家，加上許氏母子、葛家老夫妻、徐廚子和兩個小徒孫，還有周掌櫃和葛珠兒在內的食為天一眾員工，連帶著顧野幫著請來的周皇后等，都算作娘家人來觀禮。

至於武青意那邊，請的則都是他和武重在軍中的同僚和部下，人數比顧茵那邊的娘家人多了數倍不止。

成婚之前，照著壩頭村那邊的規矩，顧茵和武青意就不能見面了。

還在六月底的時候，顧野就幫著他娘收拾了行李，帶她搬到了隔壁的烈王府，到時候她就要從這裡出嫁。

這幾天裡，顧野也不在擷芳殿留宿了，每天上完課就回烈王府。

現在武安也正式成了陸照的伴讀，兩人一道從宮裡出來，一道乘坐馬車，但是到了門口，兩人就得分開，一個進烈王府，一個進英國公府。

這幾日眾人都讓顧茵安心待嫁，加上天氣也確實炎熱，她就幾乎不怎麼出門。

顧野怕她在家無聊，從宮中藏書裡借出了好一些孤本食譜，讓顧茵慢慢參詳。

有了這些東西，顧茵自然就更待得住了，經常看著看著就去烈王府的廚房裡試做一番，很快就過完了一天。

顧野回來的時候，顧茵通常已經準備好了夕食，還都是她親手做的。等美美地用完一餐飯後，兩人再一道去書房，一個寫功課，一個看食譜。

日子雖然和從前差不離，卻好像多了一種只有彼此、相依為命的感覺。

等到兩人都忙完，顧野還會以「怕她換了個環境不習慣」為由，和她同睡一個屋子。

當然了，過了七歲生辰後就開始注重男女大防的顧野肯定是不會上床的，就只是讓人搬了張貴妃榻到內室。兩人晚上雖不算睡在一處，但隔著帷帳，也能說上好一會兒的話。

這天歇下後，顧野提起宮裡的朝陽。「陸煦現在可得瑟了，咱們一群人裡，只他一個有親妹妹，每天都不忘和我們炫耀。他那小子多會吃味啊，前頭阿照剛來的時候，我對阿照多關心了幾分，他立刻不幹，現在他母妃大部分時間都花在照顧朝陽身上，他非但一點都不吃味，還只怕他母妃沒把朝陽照顧好……」說著說著，顧野又補充道：「要是來日娘也給我生個妹妹就好了，我保證能比阿煦做得更好，當一個最好的哥哥！」

顧茵正躺在床上打著扇子，聽到這話忍不住笑道：「從前也不知道是誰三番兩次和我說，不想讓我有別的孩子呢，非得等他大一些，再大一些……」

顧野被說紅了臉，連忙坐起身爭辯道：「那人家現在就已經夠大了嘛！」

眼看著他要急眼，顧茵忙說：「行行行，你現在已然是大孩子了！不過這弟弟、妹妹也不是咱們說好了就算的嘛，沒準兒的事呢！」

顧野復又躺下。「阿照也催著母后給他生妹妹呢，娘和母后一起努力，總歸會有的！」

這種事還帶一起努力的？顧茵笑著啐他一口，讓他趕緊睡，別操這份閒心。

顧野上了一天的課，沒多會兒就睡著了，打起了小呼嚕。

顧茵翻了個身也準備睡下，就聽到窗櫺上突然傳來了一點響動。

烈王府的戒備比隔壁的英國公府還森嚴，自然不可能有宵小鼠輩。

顧茵噙著淺笑，輕手輕腳地下了床，打開了窗子一瞧——

窗外夜色深沈，月光皎皎，並沒有生人，只站著武青意一人。他的髮梢和衣襬處都已經讓露水浸濕，顯然已經站了許久。

見到來人果然是他，顧茵唇邊的笑意又深了三分，轉頭先看一眼還睡得像小豬崽似的顧野，這才輕聲道：「你怎麼過來了？是家裡有什麼事情嗎？」說著她便要轉身開門出去。

武青意拉住她搭在窗緣上的手，搖頭低聲道：「不用，仔細吵醒了小野。」說完這句，他又垂下眼睛，頗有些不好意思地道：「家裡沒事，就是我……我們都有些掛念妳。」

從前兩人雖說獨處的時間不多，但日日都在眼前，早就成為一種習慣了，如今雖只隔著一牆，但顧茵和顧野只兩人用飯，偶爾也會覺得冷清。

英國公府那邊人倒是不少，還有四口人呢，但少了他們母子，就是讓人覺得有哪裡不對勁。連平素裡最喜歡在吃飯時和孩子們閒聊的王氏，最近話都變少了，每天掰著手指頭算行禮的日子。

還有個武安，今晚寫功課的時候還假模假樣地說遇到了難題——

「難啊，太難了！今日的功課怎麼這般艱深？」武安緊蹙著眉頭，邊說邊往門邊走，嘴裡還自言自語道：「不知道小野是不是也被難住了？不成，我得去和他商量商量。」

連文家老太爺和大老爺都說過他讀書方面是世間罕有的好苗子，尤其他還比顧野早開蒙不少呢，他都不會的功課，去問顧野，顧野能會？

最後武安被王氏提溜著後脖領，按回了書桌前。

武安還尷尬地笑了兩聲。「真別說，娘這一按，還真把我按開竅了，有如醍醐灌頂，我突然就會了！哈哈……」

武青意把他倆的表現一說，聽得顧茵捂著嘴笑了起來。笑完後，她又偏頭去看武青意。「只娘和武安想我，就沒有別人了？」

武青意握拳到唇邊輕咳一聲。「還有咱爹……」說到這裡，他自己止住了話頭。公爹想兒媳婦，怎麼都不像好話。他只得無奈地承認道：「好吧，自然還有我。」

若是不想她，怎麼會堂堂一國猛將，一入夜就鬼鬼祟祟地跑來隔壁當梁上君子？而且還來得很有些時候了，所以才會連髮梢和衣襬都被露水染濕。

顧茵反握住他的大掌。「再三天，我就回去啦！」

武青意輕捏她的指尖，應聲道：「我曉得。」

他黑沈沈的眸子似黑曜石一般，閃著動情柔和的光芒。

兩人靜靜對視了一陣後，顧茵笑著開口道：「好啦，快回吧，我也要早些睡了。不然後頭歇不好，可不好上妝。」

武青意點點頭，依依不捨地鬆開了她的手，走出兩步，他又突然站住腳，轉身快步回來，向她確認道：「咱們就要成婚了，妳一絲的後悔猶豫都沒有，對不對？」

「怎麼還問這樣的話？」顧茵笑起來，但隨後還是認真地回答道：「從應承你求親的那一日起到現在，我一絲的後悔猶豫都沒有過。我很清楚，我要嫁給你，要和你共度餘生。可是我哪裡做得不好，所以讓你覺得不安？」

不等顧茵反省更多，武青意又笑起來，連忙道：「不是妳的問題，是我……是我想太多了。這幾日我總感覺不真實，生怕某天醒來，發現這只是一樁美夢。」

顧茵佯裝抬手要打他，武青意下意識地躲開。

見他退了半步，顧茵便立刻不留情面地把窗子闔上了。「早點睡吧，愛胡思亂想的新郎官！」

窗外傳來武青意壓著嗓子的悶笑聲。

隨後兩人便不再多言，各自回去歇下。

等到顧茵復又在床上躺好，貴妃榻上的顧野這才眼皮一抖，掀開了一條縫。

唉，算了算了，看在未來妹妹的面子上，就饒了叔這一回吧！

七夕這日天剛亮，王氏就張羅好人手來幫顧茵上妝、更衣。

時下成婚的規矩裡，上妝、更衣前還有一個步驟，就是得請一個全福人來給新娘子梳頭。

所謂的全福人，就是父母健在、有丈夫、兒女雙全的婦人，希望全福人能把這份福氣帶到新娘身上。

這樣的人本就不算多，能匹配得上英國公府門楣的就更少了。

早先王氏多番打聽，打聽到了一位侯夫人，很符合這樣的情況，而且下頭不止兒女雙全，她的兒女也都過得很不錯，兒子有出息，女兒嫁得好，就連孫子、孫女及外孫、外孫女都有，是時下少有的四世同堂的人家。只不巧，那位侯夫人雖樂意上門當這個全福人，但她已過五旬，近幾年酷暑時節，她身上都會有些不好，總不能帶著病痛來給新娘梳頭，那也太觸霉頭了，所以只得推辭。

後來顧茵聽說光是一個梳頭人都讓王氏費了這麼多功夫，十分心疼她，就讓她不用再那麼忙活了，這個梳頭人就由王氏來做也成，畢竟這世間還有哪個婦人比王氏更盼著自己好呢？而且王氏如今是超品的國公夫人，夫妻和睦，兒孫滿堂，還和顧茵這兒媳婦親如母女，誰能說她福氣不好？

但王氏後來想想還是覺得不成，就是因為太盼著顧茵好了，所以王氏覺得自己配不上。不過顧茵的話也給她提供了一個新的思路，王氏轉託顧野帶了個口信給王太后，把王太后請來當全福人了。

王太后的父母和丈夫都是壽終正寢，都活到了花甲古稀之年，絕對算是長壽了。且撇開那些不提，人家能養出一個改朝換代的新帝，和她比福氣，誰能比得過？

王太后自然願意，前一天就和周皇后住到烈王府來了。

顧茵這邊剛在梳妝檯前坐定，王太后和周皇后就過來幫忙了。

「一梳梳到頭，二梳梳到尾，三梳梳到白髮已齊眉……」王太后笑呵呵地幫顧茵梳了一遍。

後頭梳新娘髮髻那樣的活兒自然不用她老人家動手，由梳頭娘子代勞。梳頭之後還要上妝，不比平時簡單的妝容，新娘妝十分繁複，還得先從絞面開始。

顧茵一開始還和眾人有一句、沒一句地聊著，後頭坐得久了，加上王氏請的人都手腳輕快麻利，她不知道怎的就靠在王氏身上睡著了。等到王氏輕輕把她推醒的時候，鏡子裡的顧茵已經是頭梳寶髻、妝容濃豔的模樣了。

後頭她戴上赤金鑲滿東珠的珠冠，再由幾個繡娘捧出嫁衣，那火紅的嫁衣用金線繡了各色寓意吉祥的圖案，華麗得叫人睜不開眼。

顧茵已經試穿過，所以再穿這嫁衣已經十分熟稔，不過半刻鐘就收拾妥當。

王氏在一旁看著她，濃豔的妝容襯得顧茵本就昳麗的面貌多了幾分豔色，而那剪裁得體、花紋精緻華美的嫁衣，則更襯得她身形有致、骨肉勻停，王氏不自覺地就紅了眼眶。這樣一個漂漂亮亮的大閨女，要不是嫁到自家來，讓她拱手嫁去別人家，真跟拿刀子挖她的心肝沒區別了！

之後由王氏親手把紅蓋頭給顧茵蓋上，而外面武青意也帶著人來迎親了。

這時候娘家人出場的時間就到了，總不能新郎官一來，就那麼輕鬆地把人接走吧？

徐廚子一個人往門口一站，就把門給堵上了。

武青意等人早就料到這一遭，就看他們以什麼出題來為難人。

考慮到武青意無甚文采，顧茵這邊的人自然不會出文謅謅的難題，只先讓他做一首催妝詩來。

武青意很快就唸了首類似打油詩的催妝詩。

那詩文實在不算精妙，幾歲的孩童也能聽懂，但顯然是他自己所想，情真意切，並非是請人代勞，所以大家就算他通過了這第一關。

後頭便是顧野出題了，他讓小廝抬了好些柴火出來，讓武青意劈柴。他娘最愛的就是下廚了，而下廚自然離不開柴火。

這種粗活是武青意做慣的，沒有二話，他就拿起了斧子劈。

來陪他接親的那些人也都是軍中好手，哪裡會只看他一人下場？他們立刻讓人去隔壁的英國公府找傢伙什，斧子肯定是沒有那麼多把的，就找來了類似鐮刀、菜刀那樣的東西，也加入劈柴的行列。

眾人熱火朝天的，沒有半句抱怨，一時間，院子裡就只能聽到兜兜的劈柴聲。

作為陪嫁丫鬟的宋石榴在旁邊見了都有點技癢呢！

在眾人的幫忙下，小山似的柴火很快就劈完了，且因為一眾將士都是窮苦出身，劈完還都自動自發地碼起來了，整個庭院一點都不顯得凌亂。

總共就兩關，一關算是考文，一關算是考武，雖都放了水，但也能看出新郎官對新娘子的心意了，眾人便都放了行。

此時日頭昇起，天光大亮，也到了新娘子可以出門子的時候了。
按著規矩，新娘子是由喜娘、媒婆或者娘家兄弟來揹。
顧茵這邊沒有兄弟，喜娘倒是有，只是那喜娘是個看著比她還瘦弱、矮她半個頭的中年婦人啊！雖王氏說過，這喜娘絕對是個力氣大的，但顧茵這一身的珠冠首飾，可絕對不輕。
察覺到她的擔憂，喜娘趕緊道：「新娘子別擔心，小婦人真是很有一把力氣的，一定把您穩穩當當地揹出門！」
顧茵輕輕地道一聲謝，趴在喜娘背上。
剛出了門口，忽然身子一輕，武青意已經輕飄飄地把她從喜娘背上打橫抱了起來。
顧茵連忙鬆開環著喜娘的手，一手穩住自己的蓋頭，一手圈上他的脖頸。
眾人一陣哄笑。「新郎官這是急不可耐啦！」
「還未行禮呢，新郎官怎就這樣急？也不怕來日新娘子壓你一頭嗎？」
武青意不顧眾人的調笑，把顧茵放在地上，又在她面前蹲下身。
眾人都已經在笑了，顧茵也不管那麼多，反正她人在蓋頭底下，沒人看到她羞紅了臉。
等到顧茵穩穩當當地趴下後，武青意便輕巧地站起了身。
徐廚子等人頓時笑得越發大聲。「我師父爬到師公頭上啦！」
聽得顧茵恨不能當場啐他。
武青意一路將顧茵揹到了花轎上，後頭便是眾人幫著抬出顧茵的嫁妝——一共是六十四抬，不輸給京中任何貴女的。而且不是英國公府或者烈王府庫房裡的現成東西，都是王氏他們在這段時間費心另外準備的。再加上還有武青意另外給準備的、前頭已經送過來的聘禮，正好湊成了一百二十八抬，說是十里紅妝也不為過。

既準備了這些，那肯定不是只從烈王府抬到隔壁英國公府這麼簡單，必須繞著京城走上一圈。

出發之前，武青意打馬走在花轎邊上，輕聲同她道：「妳在裡頭隨意一些就好，咱們要到午前才繞回來。」

婚禮的流程自然都事先詢問過顧茵的意見，所以她早就知道這些安排，便在裡頭輕聲地應好。

盛大熱鬧的迎親和送親隊伍就此出發，繞城一周，引來無數賀喜聲。

到了中午時分，花轎從另一頭回到了英國公府門口。

時下還有些規矩，是讓新郎踢花轎門，然後讓新娘子出來跨火盆，其實歸根究底，就是要在婚前建立丈夫的威信，讓新娘子來日不敢在婆家張狂。

這些步驟在這裡自然是沒有的，武青意直接一路把顧茵揹回了新房。

他自然也不能在新房多待，就讓王氏來照顧她。

王氏沒跟著他們去繞城一周，早就過來了。

蓋頭是不能掀的，但王氏有妙招，做那新娘珠冠的時候，她特地讓人打造了兩個金環，一邊一個，就在紅蓋頭蓋著的邊緣位置。她讓人在架子床上繫兩條繩子，把那兩個金環一繫一提，那珠冠雖還在顧茵頭上，卻被分走了大部分重量，立刻讓顧茵脖頸一鬆！

再就是府裡廚子熬的冰糖燕窩，王氏拿了根竹吸管過來，讓她像喝飲料那樣喝了一盅，既填飽了肚子，又不會弄花她的口脂。

後頭顧野和武安兩個小的也時不時進來看看她，陪她說說話，小半個下午的時光也並不難熬。

到了黃昏時分，便是該行禮的時辰了。

顧茵被扶著出了新房，去了廳堂之上。

一截柔順絲滑的紅綢遞到她手裡，而紅綢的另一頭，自然是遞到了那雙她熟悉的黝黑大掌裡。

「一拜天地——」

「二拜高堂——」

「夫妻對拜——」

在禮者一聲高過一聲的唱調聲中，在眾人真心實意的祝賀聲中，顧茵按部就班拜堂的同時，也是一陣恍惚。武青意說不敢相信這一切是真實的，其實她又何嘗不是呢？她雖不是這個時代的人，可在場的這麼些人卻都是她的家人、她的朋友、她的夥伴，在這些人的見證下，她嫁給了她愛的人，一切都美好得像一場讓人不願醒來的夢。

這一刻她眼眶發酸，心頭發軟，感受到了從未有過的滿足和安寧。

顧茵手裡的紅綢被人接過，她的手落入了灼熱的大掌中，帶著些微的顫抖和無比的堅定，兩隻手緊緊交握。

「禮成！送入洞房！」

拜完堂之後，顧茵又被送回新房。

喜娘一邊說著諸如「早生貴子」之類的吉祥話，一邊遞來秤桿，讓武青意挑開了蓋頭。

蓋頭落下，顧茵眼前的視線終於不再受阻。她笑盈盈地抬頭望去，眼前的男人穿著和她花紋相仿的喜袍，不像平時那般留下一綹劉海擋住面上的紅疤，而是整頭烏髮都以金冠束起，俊朗的面容完全展現了出來，那拇指長的疤痕在燭光的照映下蒙上了一層暖融融的金光，煞氣頓消。

她看著武青意的時候，武青意同樣看她看得挪不開眼。

他素來知道顧茵美，但沒想到新娘裝扮之下的她端麗冠絕，嫵媚纖弱，光豔逼人，眉間一點火紅花鈿，更是美出一點旖旎的味道……竟可以美成這樣！

武青意啟唇，正要說點什麼，外頭鬧洞房的賓客已經在起鬨了。

鬧洞房也是時下的習俗，但因為顧茵和武青意請的都是親近又知禮的人，所以大家都只在外頭笑鬧，催著新郎官出新房去喝酒，並沒說要闖進來看新娘子。

鬧得最凶的，當然還是武青意那些軍中同僚及下屬，他們好些人可還打著光棍呢！早先就對武青意格外眼熱了，今兒個他們補辦婚禮，這些人會善罷甘休？早都商量好了，不把武青意灌到躺下不罷休！

「這些猢猻！」武青意無奈地笑罵一聲，又對顧茵柔聲道：「我去招待賓客，妳自己把珠冠拆了，鬆散一些。」轉頭又吩咐宋石榴，讓她去廚房弄一桌酒菜過來。

宋石榴就道：「將軍放心，老太太都提點過奴婢的，奴婢都曉得。」

武青意這才出了去。

別看那些糙漢在外頭叫得凶，真等他出去了，那些人的笑鬧聲頓時就低了下去。

武青意把人都帶走，新房裡頓時就安靜了下來。

宋石榴扶著顧茵坐到梳妝檯前，幫她卸珠冠。

這丫頭慣常是粗手粗腳的，做不來這種精細活兒，今天幫著顧茵拆卸珠冠卻輕手輕腳的，不只是沒有弄痛顧茵，珠冠下的寶髻還完好如初。

顧茵聽她說了，才知道是王氏這段日子早就讓她練習過了。

後頭宋石榴便去廚房要了一桌席面，還都是顧茵平時就愛吃的那些口味清淡的。

晚間宴請賓客的間隙，武青意是再脫不開身了，顧野、武安卻還有得空的時候，都過來看她，確保她已經吃上、喝上了，這才又安心地回了席上。

顧茵這邊用完飯後，宋石榴還要服侍顧茵去沐浴更衣。

顧茵看著自己身上的喜服，想想還是算了，這輩子唯一的一次大婚，還是保留一點儀式感比較好。而且天氣雖熱，但她就早上天氣還算涼爽的時候坐了一圈轎子，後頭就幾乎一直待在新房裡，角落裡都是冰盆，還有幾個小丫鬟輪流在冰盆邊上打著扇子，涼風陣陣的，身上也並不難受。

宋石榴忙進忙出一整日了，顧茵就讓她和丫鬟們都去歇下，她自己則隨便摸了冊話本子，靠在床前慢慢看著。

一直到月至中天之時，前頭女客的宴席先散了，王氏總算能脫開身，過來瞧了顧茵一趟。看顧茵一切都好，王氏沒有立刻就走，遮遮掩掩地從袖子裡掏出一本卷了邊的小冊子，塞到顧茵手裡。

顧茵一看那書封上光著上身的小人，就知道這是做什麼的了。她耳際發燙，掃過一眼後就立刻把小冊子壓在了被褥下頭。

「我知道妳素來聰明，懂得多，但是這事嘛……」王氏搔著發紅的臉。「總之妳多看看沒壞處。」

顧茵輕輕地「嗯」了一聲。

後頭新房外響起了略有些淩亂的腳步聲，武青意被一群人簇擁著過來了。

王氏便要出去了，臨走時她猶豫再三，還是拋下一句「他可拿了好幾日的假」！

顧茵一時沒反應過來。

「來，接著喝……今兒個我看誰敢認慫！」武青意口齒不清地大聲嚷著。

跟在他身後的一群人卻是別說講話了，都只傻呵呵地笑著，走路也歪七扭八的。後頭也不知道誰腳下絆了一下，連帶著一群人都栽倒在了地上。

小廝扶著他，見狀就道：「將軍，哪還有旁人呢？都讓您喝糊塗了！」

說著話，主僕二人到了新房門口。

而後頭跟過來的那些人則是栽倒之後爬了兩下沒爬起來，乾脆就或躺在廊下、或抱著柱子，自己找地方呼呼大睡了起來。

武青意讓小廝喚人把他們都抬進客房去，而後自己踉蹌著開了門。

顧茵已經起身相迎，正要伸手去扶，卻看武青意對她眨了眨眼。

原來是裝醉！顧茵抿了抿唇，假作不知，扶著他進了來，再去門口吩咐下人仔細招待醉倒的賓客，然後把房門關上。

等到外頭完全沒了響動，歪在臨窗條炕上的武青意才起身，拿起桌上的冷茶漱了口，無奈地笑道：「這群猢猻真是不要命地灌我酒，若不裝醉，怕是今夜連咱屋的門都摸不著。」

顧茵在另一邊坐下，問道：「從前竟不知道你酒量這般好，我看外頭那些人少說得睡上一、兩日呢！」

提到這個，武青意臉上的笑意更濃了。「我酒量是還不錯，但也沒好到這個程度，一個人能喝倒那麼些人。是我提前和師父要了強效的解酒藥，還有就是咱家小野……」

顧野今日是不以烈王的身分，只以本家孩子的身分跟在武青意身邊，幫他拿拿酒壺啊、倒倒酒之類的，他年紀小，沒人會防著他耍賴，其實他手裡的酒壺換過好幾遭，早兌了不知道多少白水了。有了解酒藥和顧野這兩樣寶貝，武青意眼下才會這般好過。

他身上的酒味和汗味都很濃重，說完話便立刻起身去洗漱。

沒多會兒，他就帶著一身水氣，穿著一身和喜服同色的中衣過來了。

顧茵想著他喝了酒，該是想吃點東西的，已經張羅人弄了一些清淡的粥湯和小菜過來。

「我並不怎麼餓。」但因是她特地準備的，武青意還是坐到了桌前，拿起那個小碗，喝了兩大口。

自從他洗漱完過來後，眼睛一直沒有離開過顧茵。那眼神是早前顧茵曾見過一次的，餓狼環伺羊群似的，惡狠狠的，令人心悸。桌上還放著酒壺和兩個小杯子，是給新人合巹交杯之用，顧茵忙垂下眼，將兩個小酒杯斟滿。

武青意放下了粥碗，拿起自己眼前那個酒杯，兩人的手腕交纏，皆是一飲而盡。他的眼神落在她的手上——從前還有薄繭的一雙手，如今已經保養得十指瑩潤、青蔥如玉，而更惹眼的，是她十根指甲上豔紅色的蔻丹。

顧茵正要說自己也去洗漱一番，武青意已接過了她手裡的杯子，將一雙染了蔻丹的柔荑捏在手裡揉搓了一下，接著便逕自將她打橫抱起，大步跨到床邊。

「我……我還沒洗呢！」顧茵小聲道。

「不用洗……」武青意的嗓音低沈得可怕，一邊說一邊還埋在她頸邊深嗅了一下。「很香！」

被放到床榻之上，顧茵那保持了一整日的髮髻鬆散開來，如同深色絲緞一般鋪散在腦後。她雙頰緋紅，眸光瀲灩，怯生生地看著他，媚眼如絲。

武青意恍神地望了她半晌，而後才動手先幫她脫去鞋襪。紅色的繡鞋之下，是一雙渾然天成的玉足，白皙軟嫩，腳趾小小圓圓的，十分可愛。

武青意伸手，帶著灼人的熱度輕撫她的腳背，黝黑粗壯的一隻手竟可以把她的腳包裹進手心。光是兩種膚色的反差，就足以教人臉紅心熱。

顧茵輕輕咬唇，忍住到了唇邊的嚶嚀聲。

轉頭武青意卻突然鬆開她，把她的繡鞋扔到窗子上，發出「咚」的一聲輕響。

窗邊一個虛虛的人影晃動了一下。

「娘！」武青意無奈地喊了一聲。

窗外果然傳來王氏的聲音。「哎哎，就走，這就走！」

又過了半晌，屋外才終於完全清靜下來。

武青意的神情鬆散下來，接著專心致志地看她，同時將帷帳都放下。

喜燭要燒上一整夜，而帷帳落下後，則阻擋了絕大部分的光線，讓這帳中彷彿自成另一方天地，而這一方昏暗的天地裡，只有他們二人。

顧茵已經緊張得閉上了眼，雖不至於身子發抖，但雙眼上濃翹的長睫卻如同振翅的黑蝶一般，撲簌簌地微微顫動著。

武青意手掌的溫度依舊炙熱逼人，他既急切又輕柔地解下她層層疊疊的嫁衣，如同在拆一個心心念念、不知道盼了多久的禮物。

「茵茵，別怕……」

武青意灼熱的呼吸落到她的耳畔，嗓音低啞，似呢喃又似安撫。

顧茵聞言抬眼，和眼眸亮得嚇人的他對視。是武青意啊，這般愛重她的人，她如何會害怕呢？「好，我不怕。」

話音剛落，他便偏過臉吻住了她，臉上的神情既欣喜又虔誠。

他小心翼翼護在身邊的那朵茵草花，此時終於任他攀折。

茵草嫩如絲，磐石無轉移。錦幄初溫，玉影橫陳，長夜漫漫，不過正要開始罷了……

從前顧茵和武青意幾次接觸，即便是飲了鹿血的情況下，他都表現得克己守禮，顧茵雖不至於真的以為他有什麼隱疾，但潛意識裡就已經覺得他並不重慾。

新婚之夜過後，才知道她根本想岔了。他不是不重慾，他是真的能忍！

淺嚐輒止的初次過後，顧茵身上有些疼，但也不算特別難受，躺過一陣後就撐起身子準備去洗漱。

武青意急促的呼吸緩了過來，見她起身，他也跟著坐了起來。看顧茵要下床，他便又把她抱起。

顧茵只來得及隨手抄起一件中衣披在身上，就已經被他抱去了淨房。

新房的院子在主院的另一邊，是之前一家子未使用過的。經過幾個月的修葺，又換上了嶄新的家具，這院子從裡到外煥然一新。而且動工之前，武青意還把圖紙給顧茵看了，讓她提出了許多自己的想法。像這淨房，顧茵就特地提了要求，希望它和主臥相通，這樣洗漱之後就不用再穿戴整齊，直接回臥房就成。沒承想，這樣的設計卻方便了此時武青意赤著身子抱她去洗漱。好在淨房裡只點了一盞的油燈，比兒臂粗的喜燭照著的內室昏暗不少，也總算沒有那麼臊人。

顧茵讓武青意把自己放下，然後就不再拿眼瞧他，自顧自把中衣整理好。此時她才發現剛才胡亂拿起的中衣並不是自己的，而是武青意的，鬆鬆垮垮地罩在身上，下襬蓋在了大腿上。不過那中衣本就是他洗漱過後新換上的，後頭沒穿一會兒就直接脫下了，倒並未沾染上汗味或其他奇怪的味道。

熱水是之前灶房燒好，兩人洞房之前就提了過來的。天氣炎熱，那幾桶熱水放到眼下已變成了溫水。

顧茵察覺他灼人的視線還停留在自己身上，耳際發熱，也不敢瞧他，只撥著溫水道：「也幸好過來得早，這水都還熱著，我直接洗就成。」她的意思很明顯，自己這就能洗了，並不用再另外準備什麼，武青意可以回屋去了！卻沒想到，武青意走到她身邊，欺身過來，高大的身影覆下一片濃重的黑影。

「夫人這是什麼意思？」他的眼神黯了黯，嗓音低啞。「怪為夫結束得太早了？」

顧茵忙用雙手抵在他的胸膛之上，垂下眼睛道：「我就是隨口一句，不是你想的那個意思！」

武青意卻不聽她的，又「自責」道：「那日求親之時，夫人曾說懷疑我是不是有隱疾，想來我今日的表現還未打消夫人的疑慮。」

「我真沒有……」顧茵慌張地垂下眼，不經意間卻又看到……頓時鬧得滿臉紅暈，不知道該看哪處才好。

最後這場洗漱自然不是顧茵一個人完成的，浴桶內水波翻騰，她像一條瀕死的魚，大口呼吸的同時攀附著身前的浮木，連自己什麼時候睡去的都不知道。

第四十八章

再睜眼，顧茵已經回到了床榻之上，外頭天光大亮。

宋石榴早領著丫鬟守在門前了，聽到響動就立刻捧著換洗的衣物和洗漱的東西進房了。

顧茵身上不著寸縷，但帷帳還放著，就也不擔心讓人看了笑話。她讓宋石榴將衣裙拿近，伸出胳膊去接。

宋石榴算是在她身邊長大的，看她一條胳膊自然不算什麼，只是這次她卻像發現了什麼不得了的大事，一把將顧茵的胳膊抓住了，心疼地道：「夫人胳膊上怎麼這麼多紅點？這蚊子也忒猖狂了！」

她手勁沒比王氏小多少，顧茵掙扎了一下，宋石榴鬆了手勁，她才把自己的胳膊抽回來。聽到外頭宋石榴已經在叮囑丫鬟夜間得多用香茅熏幾遍屋子驅蚊，顧茵只能快手快腳地把衣服穿好，遮蓋掉身上那些比手臂上還多的、惹人注意的紅點。

後頭穿好中衣，她才下床穿外裙、梳頭。

幸好武青意雖然鬧得厲害，但好在還算很有分寸——她脖頸處還是白白淨淨，沒有一點兒痕跡，不至於說這大熱天的她還得穿著高領衫子遮擋。

新媳婦婚後的第一套衣裙還是以正紅色為主，再梳一個顧茵平常梳的雙股飛仙髻，簪幾支小金釵，便算是收拾妥當了。

宋石榴見了，忍不住就在旁邊嘟囔道：「奇了怪了，這衣裙我看著也沒比夫人從前穿的好看，髮髻和首飾也跟從前差不多，但是夫人今日瞧著怎麼比之前還好看？」

顧茵好笑地轉頭，軟綿綿地瞪她一眼。

宋石榴也不知道怎麼了，反正就感覺自己的骨頭都酥了一酥。她糊裡糊塗地想著，大概是夫人比較適合正紅色吧！

正好武青意打完了拳，回到了屋裡。

顧茵再去瞪他，可比瞪宋石榴的時候沒好氣的多了——同樣是一整夜沒怎麼合眼，她起身後渾身都沒什麼力氣，這人倒好，竟還有力氣早起打拳，實在太不公平！

武青意唇邊的笑意又深了幾分，笑道：「進來時就聽石榴誇夫人，夫人今日確實比平時還好看呢！到底是哪裡不同了呢？」

宋石榴年紀小，不通人事，他會不知道她哪裡不同了嗎？偏說這促狹話！顧茵耳根子發燙，佯裝拿起梳妝檯上的脂粉盒子要扔他。

武青意連忙擺手告饒，表示自己不再胡唚了，又自己拿了衣物去淨房洗漱。

等他也更衣完，兩人便該去給王氏和武重敬茶了。

在屋裡時顧茵只覺得乏力，走出屋子她才發現自己雙腿打擺子，晃得厲害。

「夫人小心。」武青意貼心地伸手扶住了她。

顧茵羞惱地掐了他的掌心。

他微微蹙眉，只作不覺，還是素日裡端方持重的模樣，不過他一直微微翹起的唇角，還是出賣了他這日比平時都欣喜饜足的內心。

兩人慢騰騰地到了主院，王氏和武重都已經吃過朝食了，這自然是他們來晚了。

不過王氏和武重都不講究那些，看到顧茵進來時歪在武青意身側，王氏就心疼地道：「我的兒，這天這麼熱，在屋裡歇著多好，還來敬啥茶？」

顧茵進了屋就不讓武青意扶了，輕聲道：「本就該給您和爹敬茶的，娘不說我來得晚就好。」

王氏是沒喝過媳婦茶的，畢竟當年那種環境，且簡陋婚禮的隔天，武重和武青意父子二人就上戰場去了，家裡就剩婆媳倆，哪還有心思搞那些禮數？所以王氏聞言就笑得越發高興了，笑得眉眼彎彎地道：「妳這孩子，都累成這樣了還知道孝順我和妳爹。」

說完這話，顧茵的臉又紅起來了。

王氏又立刻描補道：「我是說昨兒個辦婚禮，妳戴著那麼重的珠冠，肯定累壞了！」

這種事越描越黑，不過好在屋裡也沒有其他外人，顧茵就低低地應了一聲。

說完話，丫鬟就進屋送來了茶水和錦緞蒲團。

顧茵跪下的時候，不出意外地又打了下擺子，還好武青意時刻注意著她，伸手扶住她的後腰，才讓她穩穩當當地跪了下去。

時下新媳婦敬茶的時候，公婆總會提點忠告兩句，讓新婚的小夫妻倆好好相處，但這一步驟在英國公府當然也是被省略的。王氏並不擔心他們相處不好，旁的先不說，光是大兒子不錯眼地看著她家大丫，眼神裡透出來的那股黏糊勁，都讓人起雞皮疙瘩。

喝完了媳婦茶，王氏拿出早就準備好的禮物送了出去，之後王氏也不留顧茵在屋裡用飯，讓她快歇著去。

顧茵赧然地小聲道：「其實也並不怎麼累的。」

王氏又壓著嗓子，憂心忡忡地提醒道：「他可是告了好幾日的假呢！」

這話昨天顧茵就聽過了，當時沒回過味來，此時又聽一遭，她頓時就明白了。但明白頂什麼用呢？總不能強行將告了假的新婚夫君趕出府去吧？顧茵苦笑著出了主院。

回到他們現在住著的院子，兩人隨便用了一點朝食後，武青意讓人都下去，摸著鼻子道：「妳別這麼看我，我只是想著平時陪妳的時間不多，又不是那等色中餓鬼，告假也不是為了那個……」說著他走到顧茵身邊，抬起她的腿放到炕上，蹲在地上，捏起兩個沙包大的拳頭輕輕為她捶腿。

顧茵也不是真的同他生氣，看他蹲在自己腳邊捶腿，乖覺得像條大狗狗似的，也就越發不去計較昨夜他的荒唐無度了。

他頓了頓，又裹挾著笑意，接著道：「不全是為了那個，主要還是想陪陪妳。」

聽得歪在炕上的顧茵忍不住輕啐了他一口。

後頭這腿捶著捶著，就變成了捏腿，捏著捏著呢，他又道：「這襯裙礙事，我給夫人好好按按，疏通筋絡，一會兒後就會好受不少。」他的神色太過正經嚴肅了，和醫館裡濟世為懷的大夫差不離。

顧茵還未反應過來，他的大掌已經伸到了她的襯裙裡頭，先從腳跟起，捏住她發疼的經絡，細細揉捏按壓，掌心的溫度熾熱又似帶著電流，酥酥麻麻的，一路向上……

混沌之中，顧茵餘光看著外頭大亮的天色，只能把嚶嚀聲死死堵在唇邊。

就這樣的人，她之前還以為他清心寡慾，實在是昏了頭！

新婚後，新嫁娘要三朝回門。

雖說是補辦婚禮，但闔家都鄭重其事，沒有半點兒輕慢，這該有的流程都是早就商量好的。

顧茵的娘家不用說，自然是隔壁烈王府了。

顧野特地拿了半日假，一大早就在家裡等著了。

不過家裡沒有長輩也不好看，顧野事先和周皇后商量了一下，周皇后就也跟著出宮了半日──反正現在陸照也在文華殿上課，她多出了很多自己的時間。

帝后關係越發和睦，她要出宮，也就是跟正元帝知會一聲的事。

要不是正元帝公務繁忙，顧野甚至想把他請出來撐場子呢！

這天早上，顧茵和武青意就相攜著去了隔壁。

其實顧茵是不喜歡在人前秀恩愛的個性，尤其是當著自家愛吃味的小崽子面前。但沒辦法，誰讓新婚這幾日她就沒睡過一個安生覺呢？整個人看著懶洋洋的沒精神便也罷了，腿也幾乎走不得太多路，稍微用力就打擺子打得厲害。這還多虧了武青意婚前腆著臉向老醫仙求的秘製傷藥呢，不然怕是連坐都成問題。所以她此時只能讓武青意扶著，半邊身子倚在他身上，就這樣過去了。

顧野之前為了在婚禮上幫忙，連著請了好幾日的假，婚禮的隔天他就住回擷芳殿補功課去了。今日再見，顧野就覺得他娘看著懨懨的，好像哪裡不舒服似的，自然關切地問起來。

顧茵哪裡好意思和他說那些？就說自己是成婚當天早上在外頭待久了，沾染了暑氣，這幾日有些苦夏而已。

顧野也沒懷疑，點點頭道：「這幾日確實熱得厲害，娘多保重身子。既不舒服，就在家多歇歇，別去酒樓那頭了。」

顧茵只能苦笑，她這「病」可不就是歇出來的？而且這幾日她也沒那個精力去食為天，全賴周掌櫃和葛珠兒他們看顧著。

這其中的道道，小孩子不懂，周皇后這過來人自然是知道的。她以娘家姊姊的身分接待了他們，顧茵給她行禮，她也把顧茵拉起來，笑道：「都說是三朝回門了，咱們自家人還講究那些禮數做什麼？」

顧茵就不再行禮，在周皇后身邊坐下。

周皇后不錯眼地看著她，把顧茵看得都不好意思了，這才開口道：「咱們都是婦道人家，如今更是姊妹了，沒什麼不好意思的。我給妳帶了件『禮物』，也正好和妳說說。」

武青意在旁邊和顧野說話，顧茵便附耳過去，聽周皇后壓低聲音說話。

周皇后輕聲道：「就在六月裡，陛下給幾個打光棍的將領賜了婚，當中就有鬧得厲害的，人家新媳婦三朝回門，在娘家直哭鼻子。後頭陛下把宮中御醫都派過去了，又讓錢三思代為傳了口諭，這才消停下來。妳家將軍雖不是那等沒分寸的人，但到底在這種事上頭是咱們女子遭罪些，所以我從宮裡給妳帶了這個來。」一邊說話，周皇后一邊紅著臉遞上一本小冊子，塞到顧茵手裡。

那本冊子可比王氏之前給的精良多了，只成人巴掌大小，封面是錦緞軟皮，沒有任何文字和圖畫，就像尋常人寫的手札一般。周皇后能給她這個，而不是給那些真金白銀的所謂賞賜，可謂是真把她當娘家妹妹疼了。顧茵心中感動，心領神會地收下，對周皇后道了謝。

幾人在烈王府用過了午飯後，顧野得把周皇后送回宮，他自己也要回文華殿上課了。

分別之後，顧茵和武青意回自己院子，顧茵突然道：「咱家荷花池裡的蓮蓬應該都長得不錯了，你去摘一點，回頭我來剝蓮子吃。」

她鮮少提要求，過去都是武青意變著法兒來討她歡喜，現在她一發話，武青意自然沒有不應的，當下就讓人準備小船去了。

等他走了，顧茵又把宋石榴她們也都支開。確定屋裡只剩她自己了，顧茵這才把那本小手札打開。

那手札上不只有姿勢各異的圖畫，更有很多文字注解，都是提點女子在這過程中該如何應對，使對方快一些繳械投降，從而保護自己的。和之前王氏給的那本一對比，前頭那本春宮圖不過是入門級，而周皇后給的這本絕對是限制級。也難怪已經有了兩個子嗣的周皇后，在給出這本小手札的時候，都有些面紅耳赤的不自在。

顧茵看著那段關於「錦鯉吸水」的注解，臉燙得都能煮雞蛋了。正當她看完這段，準備把手札藏起來的時候，背後忽然伸出一隻大掌，將那手札從她手裡抽走，武青意含笑的低沈嗓音在耳邊響起——

「夫人這是看什麼呢，這般入神？」

顧茵像被當場捉贓的小賊似的，心虛地道：「你什麼時候過來的？不是說去給我採蓮蓬嗎？」一邊問，她一邊伸手要把那小手札搶回來。

武青意卻已經站直了身子，將那本手札舉起。

他本就比顧茵高出一個多的頭，眼下又長臂伸直，顧茵連著跳了好幾下都沒能把那本手札搶回來。

武青意很快翻看了兩頁，待看清是什麼了，他就把東西還給了羞惱的顧茵。

「原說這大日頭的天，夫人讓我去摘蓮蓬，半點兒都不心疼我，合著是為了支開我，一個人偷偷看這些啊……」武青意現在可太知道如何拿捏顧茵了，並不調笑她，只是可憐兮兮地看著她。

顧茵轉頭看了一眼外頭豔陽高照的天氣，心裡確實是有些過意不去。「那不然還是等日頭快下山的時候再去吧。」反正她都被抓到了，也不用再特地把他支開了。

武青意又接著道：「我也不是嫌辛苦，只是剛剛看荷花池那邊風景不錯，想回來請夫人過去一道賞景。」

顧茵正是羞得不想和他獨處的時候，聞言自然道：「那好，我們一道過去。」說著話，她就把小手札往櫃子裡一塞，拉著武青意去了外頭。

荷花池邊上，烏蓬小船已經停在岸邊，丫鬟也在池邊的涼亭裡準備好了瓜果點心。

他確實沒說謊，就是回去邀請她一道來賞景的。

顧茵的水性不大好，所以就沒有下水去，只在涼亭裡一邊賞景、一邊吃些瓜果。

武青意一開始讓小廝幫著撐船，他去採蓮蓬。後頭發現府裡的蓮葉長得緊密，小船不方便通過，不然就得破壞這處好景致了，他就乾脆自己下水去採。反正池子的水並不深，只是池底有污泥，不能直接踩而已。

顧茵初時還有些擔心，後頭看他游刃有餘，而且小廝說岸邊守著的其他人水性都極好，她想著這夏日裡游游泳對身體也沒害處，而且白日裡讓他散散精力，晚上自己也能好受些，就沒說什麼了。

黃昏時分，暑熱褪去，王氏攙著武重的一條胳膊，出來散散步了。

兩人到了荷花池附近，遠遠地就看到武青意正好採了好些個蓮蓬游到岸邊，亭子裡的顧茵就擱下了手裡的冰碗，俯低身子去接。

顧茵接走蓮蓬放到一邊後，再拿帕子給武青意擦擦臉，餵他喝點水、吃塊西瓜，武青意便又樂呵呵地下水去了。

王氏和武重見了，自然都忍不住的笑，也不捨得打擾他們，攙扶著原路折回。

走了一段路後，武重突然若有所思地道：「老婆子，我怎覺得不大對勁呢？剛大丫對咱家青意，像不像妳從前帶著咱家大黃出去撒歡的樣子？」

大黃是武家在壩頭村養的一條大狗，看家護院，忠心護主，啥都挑不出錯處，就是精力旺盛得很。

農家人養狗都是散養，狗子大白天在外頭撒歡，晚上知道歸家就成。

但是後來舊朝的苛捐雜稅一年比一年多，百姓的日子一年比一年難過，那會兒王氏可不敢再讓大黃出去亂跑了，就怕指不定哪天讓人捉走吃了，只能把牠圈在家裡。

大黃的精力無從發洩，就在家拆屋子，啃柴火、啃掃帚那些都是家常便飯。

王氏就只能每天牽著牠出去溜達，還得拿根樹枝在手裡。她把樹枝往遠處一拋，大黃就會樂呵呵地去撿，撿回來了，王氏就摸摸牠的頭，誇牠一句，再把樹枝扔出去……周而復始，大黃樂此不疲。

王氏笑著啐他一口。「哪有這麼說自家兒子的？」啐完，王氏把大兒子和大黃一對比，那也是忍不住直笑，但還是說：「小夫妻的事你少管！」

武重笑呵呵地道：「我管啥？我就是覺得挺好的，許多年沒看到咱兒子這麼開心了！」

兩人邊走邊說，回到了主院。

到了用夕食的時候，下學的顧野、武安，還有顧茵和換好了乾衣裳的武青意都先後過來了。

顧茵下廚給夕食添了一道桂圓蓮子粥，還有一道冰糖蓮子作為飯後甜品。那蓮子是她和府裡的廚子一起處理的，中間的苦芯全都被摘了出去，只剩下滿口的軟糯甘甜。

且因為知道蓮子是武青意親手摘回來的，所以一家子都吃得格外珍惜。

飯後，王氏和武重歇下，兩個小的結伴去寫功課，顧茵和武青意也就回了屋。

用飯的時候，顧茵就注意到武青意時不時地碰他自己的脖子。回到了屋裡，兩人挨著坐到臨窗的炕上，顧茵就伸手去解他的衣襟。

武青意雙手自然地垂在身側，一副任她予取予求的模樣，輕聲笑道：「天色才將將暗，夫人怎就這般心急？」

顧茵啐他一口，鬆開他的衣領去看他的脖頸。果然，他黝黑的後脖頸上泛著異樣的紅。

「這是曬傷了，疼不疼？」

武青意不以為意地搖搖頭。「哪兒就疼了？就一點癢而已。」

「怪我，下午晌沒勸著你。」

武青意看著黑黑壯壯的，又武藝非凡，讓人下意識地以為他皮糙肉厚。現在顧茵才想起，他是疤痕體質，皮膚是會比一般人還嬌嫩些，她早就該想到的。

家裡的常用藥都準備得很充足，顧茵喚宋石榴取來治曬傷的藥膏，拈在指尖為他上藥。清清涼涼的藥膏，在柔軟溫熱的指腹下變得微熱，脖頸上惱人的痛癢感漸漸消失，武青意立刻發出一聲舒服的喟嘆。

顧茵為了讓藥膏快速滲透皮膚，所以是以打圈的方式上藥，結果上著上著，她就發現武青意脖頸上的肌膚越來越熱，呼吸也比之前粗重了好幾分。她正覺不妙，武青意已經捉住了她柔若無骨的手，放到鼻間深嗅一口。

草木清涼的味道撲鼻而來，他啞著嗓子，帶著一點哀求的意味道：「下午晌在荷花池裡見到了好些府裡養著的錦鯉，只是當時一心只想著為夫人採摘蓮蓬，沒顧得上仔細瞧。不若夫人告訴我，這『錦鯉吸水』是怎麼回事？」

七月中旬，武青意的婚假總算是結束了。

顧茵這邊呢，說是劫後餘生那確實有些誇大，但終歸是鬆了口氣。

有句玩笑話，叫只有累死的牛，沒有耕壞的田。實踐出真知，顧茵作為耕田本田，很有發言權。她過去一直認為自己的適應能力良好，體力因為從前辛苦的工作也算是很不錯，但這次新婚期間，她才知道自己想錯了。和武青意那蠻牛似的體力比起來，她實在堪稱嬌弱！

武青意恢復上值的這天，顧茵也去了食為天一趟。

食為天的運作早就上了軌道，周掌櫃和葛珠兒等人各司其職，互相監督，但顧茵作為東家，算是把他們這些人凝聚到一起的核心，還是有很多事需要她親自決斷。

只是之前她和武青意新婚燕爾，周掌櫃他們不好意思上門打擾罷了。

處理了一整日的事務，黃昏時分顧茵該歸家了。

走之前她檢查了一下店內新採購的東西，發現新買的那批銀耳很不錯，就讓人裝了一些，帶回了府裡。

銀耳配著蓮子可以做銀耳蓮子羹，潤肺養胃，美容養顏，女子吃著再好不過。

她把食材都收拾好了後裝在錦盒裡，等到顧野回來後，就和他說自己給周皇后準備了回禮，讓他第二日帶進宮去。

顧野就道：「正好母后這幾日沒什麼胃口，娘放心，我明日就把這些都帶進宮去，母后肯定喜歡。」說著，顧野頓了頓，又問：「母后之前到底給娘送啥了？是很好的東西嗎？」

當時周皇后就在他旁邊給顧茵塞的那本宮廷手札，但兩人是在大袖底下秘密交易，其他人自然沒見到。

顧野後頭問起周皇后送了什麼禮，本是隨口問的，周皇后卻很不自然地讓他不用管那些。兩個娘是因為他才情同姊妹的，如今卻有事瞞著不告訴他，顧野就把這件事記住了。

他在顧茵面前問起，顧茵也不好意思開口，只含糊道：「就是女子之間的小禮物，不方便對你們男子說的。」

對男女之別已有了初步認識的顧野這才恍然地點點頭，沒有再刨根究底，只道：「那母后送的禮物一定十分得用。」

顧茵的耳根子就更燙了。那禮物得用嗎？肯定是得用的。

那些光聽名字就讓人面紅耳赤的招式，後來在武青意的懇求下，兩人都一一試驗過。如那手札上所言，中間過程是比平時快不少，只是那也引起了他更大的熱忱……

總之是傷敵一千，自損八百，顧茵沒比之前輕鬆。

這時武青意回來了。他歇了快一旬的假，照理說應該積壓下不少的軍務，顧茵還當他會忙到宵禁前才回來呢，沒承想天剛黑，他就已經到家了。

現在顧茵晚上見了他，腿肚子都會沒出息地打抖！

「你倆這是又說什麼悄悄話呢？」武青意挨著顧茵坐下。

顧野剛要說話，顧茵連忙使了個眼色讓他打住。

開玩笑，這要再提一提，保不齊又讓這男人有什麼新的想頭，那晚上她是又甭想睡了！

「沒啥。」顧野會意，想著那禮物既是女子之間的秘密，肯定也不能和他叔說，就很自然地岔開道：「娘說今日酒樓裡的銀耳不錯，讓我帶一些給母后。」

武青意一邊聽、一邊點了點頭，大掌卻已經伸到了顧茵的大袖底下，捉住了她的手，輕攏慢捻。

顧茵忙瞪他一眼。

武青意恍若未覺，依舊和顧野說話。

用完夕食，顧茵直接跟著顧野和武安一起走，美其名曰陪兩個孩子寫功課。

兩個孩子如今的功課是一日比一日艱深了，顧茵最多也只能陪著練練字，她跟過來自然只是為了躲著武青意罷了。

沒想到武青意還沒來捉人呢，顧野卻是先開口了。

「娘別在旁邊看了，妳看著我，我不自覺地就想和妳說話，字都寫不好了。」

顧茵看著他方方正正的大字，說：「不會啊，你寫得很好。」

顧野朝武安使了個眼色。

武安就道：「小野寫字很有天賦的，先生都直誇他，今日確實寫得沒有平時好。」

自家崽子還會怕人看？顧茵是不信的。不過寫功課、練字這些也確實需要全神貫注，多了個人在旁邊看著容易使人分心。想著自己過來也有半個時辰了，武青意操勞了一整天，說不定已經歇下了，顧茵便叮囑他們早些睡覺，而後回了自己院子裡。

等顧茵走了，武安就問道：「你在宮裡時不是還唸叨著說最近回家少，十分想念嫂嫂嗎？難得嫂嫂得空過來陪你，怎還把她往外趕？」

「從我回來後，娘就寸步不離地守著我、和我說話，陪夠了，自然也該讓她好好歇著。」

武安看他說話要笑不笑的，可不相信他這套說辭。

兩人穿一條褲子長大的，顧野也知道他不信，只能壓低聲音道：「好啦好啦，別問了，你不想要妹妹嗎？」

永和宮的朝陽自從過了四歲生辰，身子就一天比一天好起來，現在已經能跑能跳了。她前頭因為身體的原因一直被拘在殿裡養病，能見的只有那幾個忠心可靠的御醫和宮人，現下正元帝就給了這唯一的女兒一點特權，允許她在天氣好的時候在宮裡隨便走。

朝陽這個年紀的孩子，自然也喜歡找同齡人，因此她有事沒事就愛往文華殿跑。因她還不怎麼會說話，比從前的陸照還不足，所以並不能聽懂，但她不吵不鬧的，文華殿的幾個先生也就不趕她。於是從前只活在陸煦炫耀的話語裡的朝陽，如今就時常真實地出現在顧野和武安等人面前。

這下子不用陸煦多說，顧野他們能看見朝陽牽著陸煦的衣襬，也能聽到她含糊軟糯地喊陸煦「哥哥」，然後小尾巴似地跟在陸煦的屁股後頭跑。

別說顧野和陸照了，武安都有些眼紅。
所以顧野一提，武安立刻不多說什麼了，只道：「那也不是我妹妹，是姪女。」
不過不管是妹妹還是姪女，總之兩人已經在等著了。
顧茵回到院子裡，屋裡只剩一盞油燈，而武青意已經上床歇息了。
一室靜謐，她輕手輕腳地去了淨房洗漱，剛上了床榻，就落入一個炙熱熟悉的懷抱。
「你還沒睡？」顧茵有些尷尬地笑了笑，在他懷裡找了個舒服的姿勢窩著。「白日裡不累嗎？」
「不累。」武青意拈起她的髮絲，在指尖打著圈兒把玩，解釋道：「白日裡也沒什麼事，咱們成婚前我跟陛下告假的時候，順帶舉薦了兩個副將。那兩人勇武忠心，曾也是陛下的左膀右臂，這段時間我在家，正好讓他們接手了軍中事務。」
他說的十分隨意，好像只是在說無關痛癢的日常小事，顧茵卻聽出了其他的意味。
新朝成立之初，武青意掌管著宮廷禁衛和京城守備，後頭他放下了其中一項，如今再舉薦兩個得聖心的副將上去，分擔軍中事務，那等於是又放掉了自己一大部分的權柄。
這樣不戀棧權位、急流勇退的魄力，顧茵也只在他身上見到過。
看顧茵沒說話，武青意便知道她猜到了自己的用意。
「這不正好嗎？從前軍中人手吃緊，我一句才能得一次休沐，如今兩位副將得用，我和妳一樣，日常過去瞧瞧就行，想歇隨時能歇，也能多陪陪妳。」說著話，他又親昵地探過臉，親了親顧茵的耳垂。

顧茵的耳朵最是敏感不過，從前讓他碰一碰都要不自在好久，眼下這般，她身子頓時軟了幾分，也就顧不上去想什麼軍中大事了。察覺到他的呼吸越來越紊亂，顧茵雙手抵在他的胸膛上，小聲求饒道：「我身上不大舒服呢！」

「可是又要上藥了？」說著話，他反手熟練地打開床上的暗格，取出一個小瓷瓶。

他不提這個還好，提了顧茵越發羞惱。怪就怪老醫仙自製的傷藥效果實在太好，每次上完藥，再睡上一覺，第二天除了腰膝痠軟外，就什麼事都沒有了。而且這還不算，武青意每次都不讓她自己上藥，說是顧茵看不著那處，掌握不好用量。他那粗糙的手指拈著清涼的藥，細細地繞圈打磨，可比顧茵給他上曬傷藥的時候細緻多了……最後都是顧茵耐不住地低聲哀求，才算結束。

「別，我是真有些受不住。」顧茵放軟嗓音求饒，就像最近武青意求她似的。

武青意果然沒再亂動，只是啞著嗓子道：「好，那妳先睡，我去沖涼水澡。唉，反正也習慣了，從前都不知道沖過多少回了……」那語氣失落又可憐，起身下床的時候還垂頭喪氣，一步三回頭，活像個被妻子嫌棄的糟糠夫。

顧茵輸就輸在心軟，而且和所愛之人親密接觸也委實不讓她反感，因此猶豫半晌，武青意都走到門口了，她才開口道：「不然就不沖了？不過事先說好，明日我還要正常上工，也不能陪你到天明。」

武青意就等著她發話呢！聞言應話的同時立刻轉身，熾熱的身軀眨眼間就已經覆了上去。

最後嘛，顧茵自然是沒陪他到天明的，不過就在她睡過去之前，聽見武青意說不礙事，反正他一個人也能行，顧茵咬了他的胳膊一口，之後才在晃動中昏睡過去。

就這樣夜夜嬉鬧，顧茵像個兢兢業業的現代打工人，日常加班，就盼著武青意的激情早些褪去，她好放放假。可能是她許願太過虔誠，八月桂花飄香的時候，她聞著素來喜歡的桂花香，狠狠地吐了一場。

期盼已久的「假期」，終於是來了！

平心而論，顧茵並不急著添個孩子，反正來日方長嘛，不用急在一時的。

但八月被診出有孕後，私下裡王氏立刻意有所指地叮囑她，前頭三個月至關重要，可千萬不能再折騰，這個折騰嘛，說的自然是房中之事。

老醫仙說她這身孕才一個月出頭，也就是說，她中間有兩個月不能那啥。

顧茵聽著王氏的話，一邊害羞、一邊吁了口氣。

後頭等到一家子下值、下學回來了，一起用夕食的時候，王氏宣佈了這個好消息。

武青意聽完這消息是懵的，只唇角揚了起來，卻沒有下一步的反應。

最高興的當屬兩個孩子了，顧野和武安齊齊「哇」地一聲歡呼了起來。

顧野最誇張，放了飯碗，從椅子上直接跳了下來，小跑著到了顧茵身邊，又不敢去碰她，只繞著她來回轉了好幾個圈。

「娘真好！妳怎麼能這麼好？我沒唸叨多久說想要妹妹呢，娘就懷上了！」他現在越來越少年老成了，人前持重端方得很，如今這般高興，難得地顯出了這個年紀該有的跳脫。

顧茵聽了這話，忍不住笑道：「是男是女還不一定呢，萬一是個弟弟呢？」

「弟弟也很好。娘放心，如果是弟弟，我也會一樣疼他的。」顧野說是這麼說，但一對黑曜石似的大眼睛亮晶晶的，顯然還是盼著妹妹更多一些。

「我覺得小野說的挺好，咱家就缺個女孩兒呢！」王氏在屋內環視一圈，看著幾個年齡各異的小子，又笑道：「當年我懷武安的時候，他一點都不鬧騰，我沒有半點不舒坦的，還真以為是個安靜的姑娘呢，沒想到生下來又是個小子！眼下可就指望妳了。」

武安被親娘說得臉上一紅。

武重也點頭道：「姑娘好，姑娘像大丫。」

一家子說說笑笑的，很快就吃完了一頓夕食。

飯後，王氏先讓顧茵回屋歇著去，再讓兩個孩子去寫功課，最後單獨把武青意留下，和他說起了體己話。

等武青意回到屋裡的時候，顧茵已經洗漱過了。她沒穿著最近常穿的交領中衣，而是在草綠色肚兜外頭套一件鵝黃色輕紗大袖，下頭則是一條同色的、鬆鬆垮垮的燈籠收腳褲，露出一截纖細白皙的腳踝。

她正歪在炕上看著話本子，聽到他回來，從書後探出一張笑臉，明知故問道：「娘和你說啥了？」

豔光照人的一張臉，配著那清涼嫵媚的穿著，本該是一處讓人看得挪不開眼的景致，武青意卻不敢多瞧，也不挨著她坐，只在條炕的另一角坐下，無奈道：「妳這不是明知故問？」

顧茵自然是知道的，不然也不會今天一被診出有孕，就從嚴防死守的保守穿著換成了這麼一身。她笑嘻嘻地舒展了一下身子，惡作劇地調笑道：「我知道啥？我就是看這天氣還是熱得過分，所以在屋裡穿得涼快些而已。」說著，顧茵還得意地晃了晃腳丫子。

武青意是個直腸子，但不是蠢，當下就把她的腳抓到手裡，好笑道：「那這大袖該是早就做了的，前頭天更熱，七月裡怎都沒見妳這麼穿，八月倒是翻出來穿了？」

顧茵任由他的大掌捏著自己的腳，也不掙扎，笑了笑，沒吱聲。

後頭武青意見她看話本子入迷，就先去洗漱，然後和顧茵坐到一處，讓她靠在他懷裡，他一手時不時地拿一點桌上的水果餵給她吃，另一手則給她打著扇子。

一直到看完了一整本，月至中天，夜色已深，顧茵打起呵欠了，兩人才上床安歇。

顧茵之前為了躲那事，恨不能和他隔著十萬八千里地躺著，每次都要他求了又求，她才心軟著同意他的親近，此時卻心安理地揭開他一條胳膊，然後窩進他懷裡，找了個舒服的姿勢躺著。

「茵茵……」他無奈地喊她，但哪裡捨得說她呢？最後也只得輕嘆一聲，伸手輕拍她的後背，哄她入睡。

顧茵迷瞪了一會兒，卻是越躺越精神。畢竟過去這一個多月，她可沒有這麼早睡過，時差都被武青意弄亂了。因此她就和武青意說起話來，問他。「娘和小野都說女兒好些，你呢？你想要兒子還是女兒多一些？」

提到這個，武青意輕拍她後背的手一滯，半晌後才道：「我還不知道，不瞞妳說，我到現在還覺得跟作夢似的，沒想過這麼快……」

顧茵輕啐他一聲。「為啥這麼快，你自己心裡沒數？」若不是過去一個月，他這蠻牛兢兢業業、不分晝夜的耕耘，這孩子能來得這麼快？

武青意悶笑起來，岔開話題道：「其實兒子或女兒都好，兒子跟著我練武，女兒就跟著妳學廚，咱倆的孩子，怎麼都是最好的。」

這話也是說到顧茵的心坎裡了，她沒有那麼強的重男輕女或者重女輕男的觀念，反正生兒生女都是自己的親骨肉，而且是完全的隨機事件，她想也沒用。

武青意又輕嘆一聲。「茵茵，生孩子如同走鬼門關，我心裡終究還是有些擔心。」

時下醫療條件有限，別說民間了，宮裡的孩子都有養不活的，遠的不說，就像永和宮的朝陽，像個瓷娃娃似的被悉心照顧了那麼多年，也差點養不活，而在生產中丟去性命的產婦更不知凡幾了。

顧茵的心態比他好，就同他道：「真沒到擔心的地步，咱家府裡有咱師父坐陣呢！師父今兒個給我把脈，說我脈象挺穩當的。而且我也知道一些養生知識，明天開始我就好好鍛鍊，增強體質，再好好吃飯，補充營養。雙管齊下，我對自己的身體還是有信心的。」

今天王氏和武青意說體己話的時候，除了關於房中事的那部分，還同他說孕中的女子多思多慮，愛胡思亂想，也容易情緒波動，讓他得多看顧一些，千萬不能讓顧茵有一丁點兒不高興，現在反倒是她來安慰他了，所以儘管武青意還是有些擔心，但也不再多說，笑道：「好，我家茵茵最有本事，妳都這般有信心了，我自然信妳。」

顧茵也確實如她所言，開始十分注重養生了。

首先是養成了早睡早起的好習慣，然後就是每天按時讓老醫仙診平安脈，再多吃菠菜、南瓜、櫻桃等富含葉酸的瓜果，飯後再在王氏的陪同下，在府裡找蔭涼處鍛鍊上半個時辰。

食為天那邊，她也鮮少過去了，麻煩了周掌櫃和葛珠兒等人遇事難以決斷的時候再過來府裡回話。這上頭她實在抱歉，幾次都說麻煩周掌櫃和葛珠兒多擔待一些。

周掌櫃和葛珠兒等人當然不會有怨言，周掌櫃更道「其實現在這樣才是時下最常見的，東家從前那樣事事親力親為的反而是少。東家就安心歇著吧，我每過半月就把帳目送過來給您過目」。

人人都讓顧茵歇著，顧茵歇啊歇的，到了快三個月，胎象越發穩健的時候，其他人都沒說什麼，她自己卻有些待不住了。

王氏看出來了，就想方設法給她找樂子，邀請許氏和葛珠兒她們輪流過來做客，和顧茵說話解悶。

許青川在高中後就入了翰林院，官階雖不高，但翰林院本就是鍍金的地方，那裡的官員不是按官階論的，本身就清貴得很。而且前頭許青川做的文章十分貼合正元帝的心意，正元帝肚裡墨水還是不多，日常批摺子都需要傳人侍講，三不五時就會點許青川進宮，月前才賞了許青川一套小宅子，雖只二進，不算特別大，但地段非常好，距離英國公府就一刻多鐘的腳程，明眼人都知道許青川升官也就是這兩年的事了。

許氏現在已經是清貴翰林家的老太太了，但聽說顧茵這邊需要人，她沒有二話，沒事就過來英國公府。

顧茵都不好意思了，對著許氏道：「嬸子沒必要天天來的，我就是和娘唸叨了一次覺得有些無聊，哪能讓您風雨無阻地過來陪我？」

許氏一邊指揮著王氏給她端茶，一邊笑道：「大丫就是客氣，咱們兩家還說這些？青川如今日日都不在家裡，我在京城也沒什麼朋友，不來妳家還能去哪裡？」

王氏親自把茶盞往她面前一放，還瞪了許氏一眼。「外頭這麼多下人在，喊一聲就能來人，妳就非得使喚我？」

許氏翹著腳笑了笑，把茶盞拿起喝了一大口，還誇張地砸了咂嘴，笑道：「就是妳親手端的茶才香呢！」

王氏恨恨地啐她一口，但啐完又忍不住笑。

別的不說，光看兩個長輩活寶似的鬥嘴，顧茵都不再覺得無聊。

後頭許氏喝完了茶，就道：「而且今日過來也不只是為了陪妳，我正遇到一樁事，想同妳們商量。」

顧茵和王氏問起來，才知道原來是有人上許家提親了！

沒錯，女方主動請了媒人，來給自家姑娘和許青川說親了。

這事在眼下這個時代可謂是極少見的，而且還跟商量好了似的，一下子就來了三五家。

能當得媒人的，那肯定都是伶牙俐齒，把女方好一通誇，誇得天花亂墜，天上有、人間無的。那些話騙騙小孩還行，想騙許氏這樣孤兒寡母討過生活的，自然是不可能。

許氏託人去問了問，那幾家的姑娘並沒有媒婆說的那麼好先不算，多半還是家裡不受寵的，只是那些人家為了給自家鋪路，推出來的棋子罷了。許氏對人家姑娘沒什麼意見，但卻不想和那樣居心不良的人家結親。但因為不能得罪人，所以許氏只推說自家兒子才剛高中，暫時沒那個想頭，然後直接躲到了英國公府來。

她也知道這麼迴避不是長久之計，所以就想著乾脆自己給許青川訂一門好親事，絕了那些人家的想頭！

她也問過了許青川，許青川只說「兒子的年紀確實到了，就如母親所言，反正母親素來是最了解我的」，許氏就嘟囔道「你雖是我生的，但我怎就了解你了？前頭還想著把你和大丫湊一對呢，你不是也沒和大丫看對眼嗎？還是你仔細和娘說說，想要個啥樣的媳婦」，許青川笑笑沒多說什麼，只是道「娘看中的，自然是好的。您讓我自己說，我也不知道」。

兒子到了這個年紀還是不開竅，許氏沒辦法，只能靠自己。他們家在京城的根基淺，認識的人就更少了，於是今日就求到王氏跟前，想讓她幫忙作媒。

這次輪到王氏指使許氏給自己端茶倒水了。

許氏沒好氣地服侍了王氏一通，然後連同眼下無所事事的顧茵在內，一行三人就開始忙起給許青川相看的事了。

許氏說他們家根基淺、沒人脈，其實英國公府這邊也就比他們稍強一些。

尤其英國公府正烈火烹油、花團錦簇，再去主動結交別人家，容易招惹閒言碎語。

不過王氏既答應了許氏，就還是認真地幫著打聽，隔了三五天，王氏就真的列出了一份名帖，都是京中最近在相看親事的高門貴女，她拿給許氏看了。

許氏看了咋舌道：「妳搜羅的這些姑娘家也太好了，家境顯赫，我怕我家匹配不上。」

王氏說她瞎操心。「妳家青川長得一表人才，又是新朝第一屆科舉的探花郎，如今在陛下身邊也很得用，誰還能看輕了你們？」

沒有外人在場，許氏囁嚅了半天才道：「我家青川自然是好的，但是我這當婆婆的……」

後頭的話許氏沒再說，顧茵和王氏聽了卻已經回過味來。

高門貴女是錦衣玉食地長大，其中很多人都性情高傲。婆媳相處，許氏當然不會做惡婆婆，但也怕未來兒媳婦眼高於頂，不把自己這當婆婆的放在眼裡，那樣往後家裡自然不會和睦太平。

王氏了然道：「那不急，我再打聽打聽，把性情不好的先篩走。若是真知書達禮的，即便出身高貴，也知道該敬著長輩。」

許氏搔了搔臉，說：「其實……其實也不用那麼麻煩，妳家身邊就有個挺好的。」

屋內沒有府裡的其他下人，只宋石榴一個，顧茵和王氏都把她當家裡人看的，所以說話做事都不避著她，許氏這話一說，顧茵和王氏的目光自然落到站在一旁的宋石榴身上。

宋石榴鬧了個大紅臉，忙擺手道：「太太、老太太看我做什麼？我還小呢！」

宋石榴十四、五了，抽條了一些，但還是一團孩子氣。

許氏一拍大腿。「想啥呢？不是石榴，是酒樓裡的葛家娘子！」

顧茵和王氏這才收回目光，不過這也是夠讓人吃驚的。

王氏道：「我記得珠兒比咱青川大了幾歲吧？」

許氏說這有啥？

至於葛珠兒前頭嫁過人這事，許氏和王氏倒是都沒說什麼，畢竟時下民風開放，女子和離之後就是自由身，並不算什麼事。

當然，和離過的女子和閨中待嫁的初婚女子比，還是後者更好說親。

只是葛珠兒太出挑優秀了，許氏去過幾次食為天，看她一派溫溫柔柔的，做事卻十分麻利、毫不含糊的模樣就十分喜歡，更不在乎她從前嫁過人了。且兩家都是寒山鎮人士，自然能吃到一起、說到一起，也不擔心婆媳關係相處不好。許氏和葛家二老也認識，知道他們都是守禮本分的老實人。

「妳倒是個眼睛毒的，才去過酒樓幾次，就把我家大丫的左膀右臂給相中了！」王氏不忘揶揄許氏兩句，然後兩人就齊齊看向顧茵。

婚姻大事，許氏單方面看中自然沒用，得有人出面問問對方的意思。

人選不用想，當然是和葛珠兒情同姊妹的顧茵最方便和她說話。且這樣只是她們姊妹之間私下裡說，就算不成，也不會壞了葛珠兒的清譽和許、葛兩家的情誼。

顧茵領了這個差事，也正好這天就是酒樓那邊送帳本過來的日子。

送帳本一般是周掌櫃和葛珠兒過來，但葛珠兒生產過，和現在正在養胎的顧茵更說得上話，所以她來得更加頻繁。

下午晌，顧茵和葛珠兒碰了頭。

時下已經十月中旬，已過立冬，天氣一日比一日的冷起來。

顧茵眼下比平時畏寒一些，已經換上了家常小襖。

葛珠兒則因為要在酒樓裡打點、做工，穿得還是比較輕便的夾衣。她穿一件豆綠色柿蒂紋杭綢褙子，裹著白底綠萼梅披風而來。白淨娟秀的面容凍得有些發白，但眉間的愁苦之色早就一掃而空，整個人看著容光煥發，越發年輕，不過二十出頭的模樣。

顧茵忙起身相迎，又張羅人給她添熱茶、遞手爐。

葛珠兒不同她客氣，將她按回炕上，自己解了披風，接了丫鬟的熱茶喝下，然後才拿起手爐在她身邊坐下，和她說話。

顧茵摸了摸她的手，確定她身上是暖的，這才鬆了口氣，道：「其實帳本我不看也成，這天一日比一日冷了，讓妳冒著冷風過來實在不好。」

她說了好幾次了，葛珠兒也一如往常地回道：「妳是東家，帳目本就該給妳過目的，妳出的工錢裡本就包括這些。而且路也不遠，我坐著酒樓裡的馬車過來的，也不怎麼冷。」

說話的工夫，丫鬟送來了一些乾果點心，還有時下很難得的溫室蔬菜。

顧茵最近不知道怎麼就喜歡上吃黃瓜，醋溜黃瓜、黃瓜炒蛋那些菜頓頓吃，連日常的零嘴都成了黃瓜。

新鮮水靈的黃瓜綠嫩嫩、脆生生的，顧茵掰了一半給葛珠兒，兩人分著吃。

葛珠兒端詳了她一陣，笑道：「妳比我上回來的時候又圓潤了一些。」

提到這個，顧茵無奈地笑道：「前頭剛懷上的時候，晨間還犯噁心，後頭犯噁心的次數就越來越少了，胃口一天比一天好，人也跟著胖了不少。」

葛珠兒再伸手摸摸她有了微小起伏的肚子，笑道：「不是胖，就是圓潤了點。從前妳有些單薄，如今瞧著倒是正好。看妳一切都好，我心裡才安心呢！」說完她又伸手碰了碰顧茵的下巴，像逗弄小貓、小狗似的撓了撓。

顧茵乖乖任她碰，親熱地說過一陣子話後，顧茵就準備進入正題了。「咱們姊妹不說兩家話，我不和妳兜圈子。姊姊有沒有想過再嫁？」

葛珠兒的臉頰一下子變得緋紅，垂下眼睛輕聲道：「妳都知道了？」

這話倒是把顧茵說懵了，她心想，難道是許氏心急，在自己出面詢問之前就已經試探著問過了？這麼想著，顧茵便點頭道：「兩邊都不是外人，所以我想當這個中間人，問問姊姊的意思。姊姊儘管說，若願意，這自然是兩全其美的一樁好事，若不願意也不要緊，橫豎就咱們自家人知道，不會傳出去，礙了雙方的名聲。」

葛珠兒的臉頰一片酡紅，咬著嘴唇，猶豫半晌才道：「他人很好，為我做了那麼多，我心裡都是知道的，只是……」

說著她輕嘆一聲。「只是我不是朝三暮四、反覆無常的人。年頭上我才和離，如今還不到一年呢，實在是有些太快了，且再等等吧。」

顧茵理解地點點頭。「一切當然以姊姊的意願為先，我會去和許嬸子說明白的。」

聽到這裡，葛珠兒面上的羞赧之色褪去，疑惑道：「什麼許嬸子？」

顧茵回味著她方才的話，也覺出不對勁來了，畢竟現在是許氏單方面心儀葛珠兒這個未來兒媳婦，許青川是克己守禮之人，照理說現在八字還沒一撇的情況下不會主動去接觸葛珠兒，那又哪裡來的葛珠兒說的「他人很好，為我做了那麼多」呢？她把思緒捋了一捋後，說：「好像咱們聊岔了。我這邊是許嬸子想為青川哥相看親事，然後許嬸子偶然見過妳幾次，覺得妳很不錯，就讓我詢問姊姊的意思。但是我聽著姊姊方才的話，好像是身邊已有了愛慕者？」

「是真的聊岔了。」葛珠兒好笑地搖搖頭。「許夫人抬愛我了，我是和離之身，如何配得上翰林大人？且雖說文武不同袍，但許翰林和馮源同朝為官，總有碰面的時候，屆時難免尷尬了些。」

「姊姊不必自輕，妳和青川哥都是堂堂正正、光明磊落的人，就算真到了妳說的那樣的場景，尷尬的也不是你們，而是不辨好壞的馮家人。」顧茵說著，拍了拍葛珠兒的手背，又接著道：「不過我還是那句，一切以姊姊的意願為先。姊姊既已有了意中人，我會幫著傳話回絕的。」

「什麼意中人啊？我都說再等等了！」葛珠兒嬌嗔地瞪她一眼，然後就起身道：「帳簿也送來了，我也瞧過妳了，酒樓裡還有事，我就先回了。」葛珠兒說著就起了身，讓顧茵不必相送，然後就逃也似的走了。

葛珠兒快步走到英國公府大門口的時候，就看到門口蹲著一人，正捧著一個粗瓷大碗喝著熱茶，旁邊的門房認得他，正和他說話。

「徐廚子還是跟我去耳房坐坐吧，今天這風忒大，仔細吹病了。」

徐廚子咕咚咚地灌下熱茶後，將大碗歸還，不以為意地笑道：「沒事，我皮糙肉厚的，不冷！」說著卻狠狠打了個寒顫。

這哪兒像不冷的模樣呢？門房一陣無奈。

葛珠兒就在這時過來了。

徐廚子一下子從地上站起了身，快步迎過去，走到她跟前了，又站住了腳，撓了撓頭，低聲道：「妳和師父說完話了？」

葛珠兒點點頭。

徐廚子又道：「那趕緊上車，別在外頭吹了風。」

葛珠兒一面和他往馬車去，一面道：「我每回來你都接送我，真不去見見你師父嗎？」

徐廚子搖頭。「我聽人說女子懷著身孕的時候，好看的東西看得多了，生下的娃娃就會好看，所以好多人家在那時候都會在屋裡貼一些年畫娃娃討吉利。我長這樣，師父見多了，萬一生的娃也肥頭大耳怎辦？寧可信其有，不可信其無，我還是少在她眼前晃悠比較好。」

葛珠兒莞爾。「怎麼這樣說自己？」

說著話，兩人一個坐入車廂，一個坐在車轅上趕車。

徐廚子沒和她接著說話，怕風大把她吹壞了，仔細掖好了簾子，又提醒她坐穩，這才抖動韁繩，駕著馬車離開了。

第四十九章

顧茵幫著葛珠兒回絕許氏，許氏雖有些失落，但這種事總歸是你情我願，而且是私下裡問的，和前頭她跟王氏想撮合許青川與顧茵一樣，只為數不多的幾個自己人知道而已，所以就算不成，也就可以直接翻篇了。

王氏讓許氏別擔心。「良緣不怕遲，青川是男子，二十來歲正當好年紀，再晚兩年也使得。」

許氏前頭確實不怎麼著急的，但顧茵的肚子一日比一日明顯了，眼瞅著王氏就要抱上孫子、孫女了，她眼饞得不行啊！她興致不高，沒在英國公府多待，傍晚就回去了。

顧茵和王氏自覺沒幫上忙，婆媳倆開始商量起了別的辦法。

高門大戶選媳婦一般都是在府裡辦宴，邀請有適齡姑娘的人家過來。那些人家聞弦歌而知雅意，有心結親的，就會帶著自家姑娘來赴宴。英國公府的門第是搆得著這樣的宴會，但許青川不算英國公府的人，這辦法行不通，所以折衷一下，顧茵提議在酒樓辦個做詩、做文章的雅會。許氏不講究門庭的，因此只要是和許青川志趣相投、出身清白的姑娘即可。

這種雅會京城不少茶樓、酒樓都會舉辦，只是一般都只有男子參加。

食為天都有專門招待女客的雅舍了，辦一場不拘性別的雅會也合情合理，並不會引人注意。

想好之後，顧茵先知會了許氏。

許氏當然不會不同意，只慚愧道：「本只是我家的事，讓妳和妳娘費心不算，如今還這般大費周章。」

顧茵忙說不會。「我在家中養著，酒樓那邊也許久沒舉辦新活動了，正好熱鬧熱鬧。」

商量好了後，顧茵讓人把周掌櫃和葛珠兒、徐廚子等人都請過來，安排起了雅會事宜。

這種雅會之前食為天沒辦過，但其他地方常有，有例可循，所以周掌櫃當即打下包票，說一定辦得熱熱鬧鬧的。

他說話，顧茵自然是相信的，就讓他們放手去辦。

後頭顧茵說自己看過最近的帳本，發現進項比之前又多了一些，就說給大家再漲一波工錢。

葛珠兒和周掌櫃當即推辭，意思都是他們的工錢按季度增長就已經很不錯，比同行都高出一、二成了。

「那就謝謝師父了！」和他們二人同時開口的，還有個實誠過了頭的徐廚子。

總共三個人，兩個都推辭，就他直接接受了，徐廚子頓時臊紅了臉，搔搔頭不知道要說啥了。

顧茵噗哧一聲笑出來，擺手道：「我是東家，聽我的！年前再漲一次，今年我就不提漲工錢的事了。」

周掌櫃和葛珠兒一邊笑，一邊道了謝。

顧茵就讓他們先回去，單獨留下徐廚子說話。

徐廚子進來後就一直縮在周掌櫃後頭，顧茵到了這會兒才看清他的正臉。不過他還不讓顧茵多瞧，側著身子跟她說話，顧茵問起來，他就那套說辭，說怕影響她肚子裡的孩子。

顧茵聽了又忍不住發笑，後頭把他上下一打量，正色道：「我怎麼覺得你好像瘦了？」

「不是好像！」徐廚子笑起來，伸出胖乎乎的手掌比劃道：「瘦了五斤了！」

顧茵捧場地「哇」了一聲。「我們小徐真不錯！瘦點兒好，當然師父不是嫌棄你，也不同意你說自己肥頭大耳難看，但是太胖了確實對身子不大好。」

徐廚子點點頭，那胖乎乎的手掌又握成了拳頭，保證道：「師父放心，等您生產前，我一定能再瘦個十斤！」

顧茵鼓勵地拍了拍他的肩膀。「好志氣，那師父就等著看了。不過怎麼突然想著要減重了？不是真信了那種說法，怕我看多了你，也生出個胖娃娃吧？」

徐廚子扭捏了一下，沒直接回答，而是搓著雙手含糊道：「唔……就是有些原因，想瘦一點來著。」

顧茵摸著下巴，看著他變紅的臉，驀地回想起那次和葛珠兒的聊天。

那次葛珠兒先問她「妳都知道了」，後頭她說「兩邊都不是外人」，葛珠兒也沒聽出不對勁，也就是說，葛珠兒的追求者就是自家人。

食為天那邊能稱得上自家人，又和葛珠兒時常接觸的成年男子，就周掌櫃和徐廚子兩個。周掌櫃年紀不輕了，且早年元配去世後，就沒再動過結親的心思。

那就不用想了，只剩下眼前這個徒弟了！

雖說徐廚子是自家徒弟，但論人品、本事和樣貌，確實是他高攀了葛珠兒，也難怪他自發自覺地開始減重了。

兩人現下都對這件事三緘其口，不欲聲張，因此顧茵雖猜到了也不點破，只道：「那你減重也要注意身體。而且有些事情呢，急是急不來的，精誠所至，金石為開，師父就等著你的『好消息』了。」

「好嘞！」

她也不知道徐廚子聽沒聽出她話裡一語雙關的意思，只看他一邊點頭、一邊樂呵呵地笑著。

食為天的雅會在十一月中旬舉辦，這時天已經完全冷了下來，顧茵也差不多四個月身孕了，不好親自到場，只能拜託了葛珠兒代自己出面主持。

這場雅會吸引了不少文人雅士前來，但數量並不算太多，畢竟有些眼高於頂的書生聽說這雅會女子也可參加，便有些看不上。

這種看不起女子的男人，顧茵開店到現在也見得多了，正好把他們摒除在外頭，免得惹人生厭，場面上鬧得不好看。

雅會當天會現場出題，寫詩、寫詞、寫文章都成，不拘泥於形式。最後採取當場不記名投票的方式來論輸贏，前頭三甲都能拿到彩頭。

彩頭設置了三樣，一是食為天的貴賓券，裡頭有百兩存銀，而且若是對五樓一位難求的話劇有興趣，憑這貴賓券還能享受到提前訂位的待遇。另外兩樣則是一方墨硯、一支狼毫筆，價值也都在百兩之上。

到了雅會這日，食為天二樓被提前留了出來，舉辦起了這次活動。

許青川早早地就到場了，先點了一壺清茶慢慢地喝著。

後頭二樓漸漸人多了起來，其他人都是攜親伴友地過來，坐滿了一張方桌，只他這裡還有空位。

「勞駕，併個桌可否？」一個身批大氅，內著天青色圓領綢襖的少年走到了他跟前。

許青川抬眼，入眼的是一副白皙姣好、英氣與秀美並存、雌雄莫辨的面容。「您請便。」一客氣地讓出了半張桌子。

少年大大方方地拱手道謝，行動間身上帶出一股清淡的馨香。

許青川並不愚笨，仔細一辨認，便知道身邊這個不是什麼少年郎，而是個妙齡少女。

少女坐下後環視了酒樓內一周，有些懊惱地低聲嘟囔了一句。「早知道我就不必這般打扮了！」她原本以為雅會這種場合該都是男子的，所以才做了這副打扮，沒想到食為天這邊的雅會是不拘泥性別的，好些女子都呼朋引伴過來，喬裝打扮就顯得沒必要了。

許青川聞言，不由得好笑地彎了彎唇。

少女沒懊惱多久，因為很快地她點的吃食就上來了。

都是顧茵前頭研究出來，特供給三樓雅舍的甜品點心。

這次雅會男客、女客皆有，所以一樣能點單。

許青川看著身邊清瘦的少女一口氣吃了五、六樣小甜品，最終才摸著肚子嘆了口氣，戀戀不捨地放下了手裡的沙琪瑪。

許青川是克己守禮的性子，但看她這精彩紛呈的臉色，還是忍不住勾了勾唇。

少女察覺到他無惡意的笑，並不赧然，大大方方地回以一個笑容，解釋道：「我在雲陽長大的，不是京城人士，這些吃食我都沒吃過，所以貪嘴了一些，讓兄臺看笑話了。」

許青川微微搖頭。「姑……公子不必這麼說，雅舍的點心別處吃不到，我之前也十分喜歡，公子已經十分克制了。」

少女笑得眉眼彎彎。「那公子也是愛吃之人，咱們算是同好！」

兩人聊著便互通了姓氏，許青川也知道了眼前的少女姓謝。不過到底已看出對方是女兒身，許青川並沒有多番打聽，而是那謝姑娘說一句，他回一句。

賓客齊聚一堂後，葛珠兒出面主持雅會，在一眾紙條裡隨手抽出了一個「冬雪」的題目，留給一眾文人兩刻鐘的時間準備。

這寫景的詩容易寫，但要寫得好卻也難。

兩刻鐘的時間說長不長、說短不短，做文章有些來不及，寫詩、作詞則充裕不少。

謝姑娘和許青川都當堂寫了一首詩。

謝姑娘的詩辭藻更華麗，許青川的詩文更務實質樸，兩人不約而同都採用了托物言志的手法，一個借雪來思念親人，另一個則表達了對寒冬時節、百姓生活的擔憂。

後頭經過票選，許青川以極小的差距拔得了頭籌。

謝姑娘輸得心服口服，許青川含蓄地說承讓。

到了三甲分配彩頭的時候，自然也由許青川先選。

三樣彩頭價值相當，許青川本來也就是隨意取用一個。但少女似乎早就有目標了，在一旁屏氣凝神，眼巴巴地看著他選，當許青川的手放到食為天貴賓券上的時候，她一雙桃花眼登時耷拉了下去，整個人都顯得懨懨的。許青川手下一頓，拿起了旁邊的硯臺，她頓時又來了精神，一雙眼睛裡滿是笑意。這反應實在太過生動，令他發笑不已，許青川不禁想起還在寒山鎮上的時候，餵養過的一隻小橘貓，既貪吃、又嬌憨。

雅會的流程雖簡單，但中間每個人的詩寫完後都要當眾誦讀傳閱，讓眾人一起投票，所以頗費時間。等到結束時分，外頭已經日暮黃昏。

許青川和謝姑娘有了萍水相逢的情誼，兩人便一道離開。

謝姑娘反覆研讀了許青川新做的那首詩，最後搖頭道：「確實是許兄技高一籌，詩文樸實無華，沒有一個字是多餘的。我那首詩與你的一比，太過矯飾了一些。」

許青川聞言自然道不是。「妳那首詩情真意切，對親人的思念之情溢於言表。我不是自謙，今日得勝當真只是僥倖。」

謝姑娘聽著忍不住笑起來。「我們倆都覺得對方的詩更好，不若平時得空再一起推敲切磋？」

許青川有些猶豫。

謝姑娘便又道：「我看許兄和食為天的掌櫃夥計都相熟，往後我寫好了詩文就送到此處，許兄幫著指點一番可好？」

食為天的人自然是再牢靠不過，不會走漏風聲，影響了對方的名譽。

許青川捫心想了想，今日食為天辦這雅會，說的就是不拘性別，只論才情。他既然來參與了，怎麼又能因為性別而放棄一個志同道合、可以切磋文技的同好呢？所以他點頭表示同意。

兩人便約好每過一旬就送自己新寫的詩文來。

許青川和謝姑娘一直保持著書信來往，成了筆友。

一開始兩人不算熟稔，便就只討論詩文。但再厲害的文人也不可能每隔十天半個月就能寫出新東西，於是書信上便多了其他的。許青川在翰林院裡任值，得了空就在修纂一些典籍，他書信上便多了一些最近的讀書心得。那位謝姑娘並不覺得沈悶，每次聽他說完哪些書好，都會使人尋找一番，若尋到了，下次的回信中便也會附上她自己的體悟。不過她那邊好像條件十分有限，許青川推薦的書，她十本能得一本就算不錯了。

偶爾謝姑娘也會聊一些她的心得，或者她最近新嚐到了什麼好吃的，推薦給許青川去嚐試一番。不過謝姑娘的行動軌跡似乎有些單一，她推薦的吃食一般都是食為天的。

許家和顧茵、王氏走得那麼近，許氏母子自然也是食為天的常客，所以那邊的吃食在謝姑娘推薦之前，許青川早就都吃過了。當然他不會直接那麼說，通常也會再去信點評一番。

書信有來有往，兩人漸漸熟稔，意外地志趣相投，頗能聊得來。

但兩人也都克己守禮，只聊詩文、書籍與美食，更不曾使人去打探對方的身分，所謂君子之交淡如水，說的便是這般。

新年伊始，顧茵和王氏從許氏那裡聽到了好消息。

許氏悄悄對著顧茵和王氏道：「那毛小子以為我不知道呢！我看他每過一句就往你們酒樓跑，還當酒樓裡推出了什麼新東西，把他給迷住了呢！後頭有一天我正好路過，去問了一嘴新出了啥好東西？聽周掌櫃說了才知道這小子交了個筆友！」

許青川和謝姑娘第一次見面的時候，就看出來對方是女扮男裝，周掌櫃那些人精子就更別說了，一打眼，都不用仔細瞧就能分辨出來。若旁人來問，周掌櫃肯定不會說，但許氏自然不同，而且周掌櫃最近看著許青川和謝姑娘書信來往頻繁，從第一個月的一旬一封，到了後頭五日一封，怕是好事將近，所以便都如實相告了。

許氏為人開明，且對許青川有信心，想著和他說得上話的姑娘該是知書達禮、光明磊落之輩，同樣很有默契地沒再讓人打聽那個姓謝的姑娘。

到了過年前，許青川休沐在家了，突然有些不對勁，有時候許氏去書房瞧他，就看他拿著書定定的出神，見她進去才翻過一頁，於是母子倆促膝長談了一次。

許青川並不瞞著，就說一開始真的是君子之交那麼相處，後頭也不知道怎麼了，可能是過去近兩個月通信習慣了，而年頭上家家戶戶要忙，謝姑娘沒抽出空來寫回信是再正常不過的事，但知道歸知道，他這幾日總時不時出神，看到好看的書想告訴她，吃到好吃的東西也想告訴她。最後許青川頓了半晌，放下手中的書，又道「我和謝姑娘坦坦蕩蕩，來往書信就算展現在人前，也沒有半點讓人心虛的東西。娘若不放心，可以檢查我們的書信」。自己生出來養這麼大的兒子，許氏能不了解？再放心不過的。她擺手說不用看他們的信件，但心裡已經察覺到了一些。家裡沒有親朋好友可以分享這個好消息，許氏按捺不住，就只能私下裡和王氏、顧茵婆媳倆說。

說完來龍去脈，許氏掰著手指頭算了算。「他們是十一月相識，現在才兩個月，且沒談過什麼風花雪月，我尋思著再過幾個月，兩個孩子感情穩定了，之後就催著青川和人家姑娘挑明，到時候咱家就能辦喜事了！」

謝這個姓氏在京城高門大戶中不多見，顧茵有印象的，就是有過幾面之緣的雲陽侯府一家。不過雲陽侯府是幾代以前就鐘鳴鼎食的世家，聽說闔府上下沒有一個白丁，而他們家的女孩更是循規蹈矩，自小熟讀女四書的。

和許青川成為筆友的謝姑娘，在這民風還算開放的時代，並不算是特立獨行，但若放到雲陽侯府那樣的人家去，就有些格格不入了。

而且許氏應也是想著對方是個小家碧玉，所以能識文斷字的同時，又不拘泥於教條陳規，若貿然抬出雲陽侯府謝家來，許氏指不定如何心慌，所以顧茵也沒提這個，只道：「那後頭嬸子要是需要人幫忙操持，可千萬別同我們客氣。」

許氏笑著連連點頭。

一直到正月底，許青川才又收到了謝姑娘的來信。

信中謝姑娘先對她過去這段時間的失聯致了歉，又解釋說是家中遇到了一些變故，她無奈只得躲出去一陣，現在風頭過了，又回到了京城。且還提到家中變故尚未結束，可能過段時間她又不能回信的話，那就是又躲出去了。

許青川看她不想深聊，去信上也沒探究是何變故讓她這般東躲西藏的，只說讓她照顧好自己，若遇到什麼困難，也能找他。

兩人就還像從前那般，只聊詩文和美食。

三月時，春光燦爛，許青川和文琅等同在翰林院供職的青年才俊受邀赴宴。辦宴的那方是雲陽侯府，這侯府裡如今有幾位風華正茂、待字閨中的姑娘，眾人心知肚明，這是雲陽侯在相看未來的女婿。

他們二人本是不願意過來的，但無奈現在翰林院的掌院曾是老雲陽侯的門生，上峰出面幫著下帖子，他們自然就得給面子。橫豎就只來吃宴，少出風頭便是。

兩人十分有默契地穿著日常的書生袍就去了，並不像其他人那般特地捯飭過。不過兩人俱是一表人才，又面容清俊，即便日常打扮，也沒有太過遜色。

而且在宴上，雲陽侯還主動點了縮在角落的兩人說話。

尤其是文琅，文家第三代裡最出色的好苗子，雖然前頭被退過親，但已經是前朝舊事了。那時候老太爺被廢帝放了白身，文家不想牽連對方，主動讓對方提出了退親——但雲陽侯不在意那些，很屬意文琅。

文琅沒辦法，到後頭只能假意醉酒，歪在許青川身上，讓許青川扶他去外頭散散。

許青川從善如流，扶著他出了待客的廳堂。

雲陽侯府下人眾多，文琅做戲做全套，出來後依舊做醉酒狀，許青川便和人打聽了茅房的位置，扶著他過去。

兩人裝模作樣到了茅房，那附近自然是沒什麼人了，文琅也就不裝了，步履穩健地進去如廁。

許青川沒怎麼飲酒，便走遠一些，在附近等著他。

剛走到一個僻靜之處，許青川就看到一個做丫鬟打扮的身影鬼鬼祟祟地摸到牆邊。

眼看著那鬼祟的人影就要手腳並用地踩著假山石開始爬牆，許青川只能輕咳一聲。

那人影頓時僵住，垂頭耷腦地從假山石上下了來，而後一轉身，卻是笑了起來。「許兄?!你怎麼在此處？」

許青川這才仔細端詳眼前的「丫鬟」，她穿著桃粉色比甲，梳著雙丫髻，和雲陽侯府其他丫鬟都是差不離的打扮，但一雙桃花眼眸光瀲灩，笑靨如花，光彩動人。

許青川認出她來，又垂下眼，彎唇道：「謝賢弟怎麼在此處？」

謝姑娘不以為意地擺擺手。「還說什麼謝賢弟，許兄該早就知道我是女子了吧？」

許青川微微頷首。

兩人雖然在書信來往上越發熟稔，談天說地，暢所欲言，但真見面時，許青川卻仍然很是拘束，並不多言。

謝姑娘倒是比他豁達大方。「相請不如偶遇，還請許兄幫我把把風，我翻個牆就走。」

許青川忍不住又彎了彎唇，正要讓她自便，不遠處卻突然傳來了腳步聲和說話聲。

謝姑娘面色一凜，快步躲到假山後頭，還對許青川招了招手。

許青川下意識地跟著過去，等反應過來自己是堂堂正正來做客，並不需要躲躲藏藏的時候，已經在假山後頭站定，再出去就晚了。

外頭來了兩位少女和幾個丫鬟，聲音都嬌嬌怯怯的。

「這天光實在是好，咱們合該多出來在府裡散散才是。」

另一道嬌柔的嗓音道：「姊姊說得在理。」

兩人這話乍聽沒什麼不對勁，但從沒聽說哪家小姐會到茅房附近散散的，所以不用想也知道，這兩人醉翁之意不在酒，是衝著裝醉的文琅而來。

果然，她們一行人在假山前頭沒站多久，文琅過來尋許青川了。

兩位侯府姑娘和他「偶遇」，自然也得寒暄幾句。

許青川和謝姑娘都清楚明白外頭說話之人的用意，不由得對視一眼。

兩人依舊保持著一定的距離，謝姑娘一臉狡黠笑意，許青川還是含蓄地彎了彎唇。

文琅心裡當然也是清楚的，因此沒聊幾句，就說自己飲酒多了難受，想找個僻靜之所吹風醒酒。

兩位侯府的姑娘自然不能攔著，年長一些的那個狀若無意地提起道：「文公子小心慢行，只是略注意一些，這附近不遠處便是我長姊的住處，她那人慣是有些不著調的……若有個衝撞，還請文公子擔待一些。」
另一個忙道：「姊姊怎可如此說長姊？長姊她只是被養在鄉下，散漫慣了，性情有些頑劣而已，本性還是很不錯的。」
「是我失言了。」前頭說話的那位姑娘歉然道：「不過只文公子一人聽到，文公子乃謙謙君子，想來不會傳出去吧？」
其實傻子也明白，她們這樣的人家，哪裡就會這麼不小心的自曝其短呢？不過是故意說給文琅聽罷了。
文琅只作不覺，表示自己並沒聽到什麼，拱手行禮後便離開了。
兩位侯府姑娘沒在這偏僻之地多待，後腳也結伴離開。
等外頭徹底安靜下來，許青川和謝姑娘才從假山後頭出了來。
謝姑娘雙頰微紅，摸著自己的臉笑了笑，道：「讓許兄看笑話了，以許兄的才智，應也猜到她們方才說的是我吧？」
許青川微微頷首，但很快又道：「不必在乎她們怎麼說，我覺得妳……認識妳的人都會覺得妳很好，不是她們說的什麼頑劣之輩。」
謝姑娘灑脫地擺擺手。「嗨，我真要管旁人說的話，這日子早就不能過了。」不過到底是有些不自在的，謝姑娘沒說再讓許青川幫忙把風的事，強笑著道：「其實我出府也沒別的事，主要就是要給你回信，順帶去食為天吃頓飯而已。既遇上許兄了，我也就沒必要再跑一趟了。」說完，她遞出信封，然後揮手同他道別。

許青川目送她遠去，只是看她初時走路還腳步輕快，走到自己快看不見的地方時，腳步卻又變得十分緩慢，那纖瘦的背影看著更是有幾分落寞。

堂堂雲陽侯府的長女，怎麼會是這般境況呢？

許青川回去後仍掛心此事，猶豫再三，他還是託人打聽了一番。

打聽過後，他才知道原來這謝大姑娘是庶出，是當年還是世子的雲陽侯和府中的通房所生。庶出跑到嫡出前頭，對高門大戶來說並不光彩，尤其雲陽侯府這種注重聲譽的文人世家，那更是想要遮掩的存在，所以謝大姑娘打小就被寄養在雲陽老家，直到到了適婚年齡，才被接回京中。

她像一株野草似的自己長大，很不習慣京城侯府裡的條條框框，因此雲陽侯夫婦覺得她不服管教，想著盡快把她嫁出去。既然要盡快，雲陽侯夫婦幫著挑的人選自然不會是頂好的。謝大姑娘被逼無奈，收拾了包袱準備跑回老家，結果半道上讓人攔了回來。

許青川的朋友不多，謝大姑娘這筆友算一個，還有一個便是文琅，這消息就是文琅幫著打聽的。

說完之後，文琅搖頭嘆息道：「也難怪那兩位嫡出姑娘當著我這外男的面，就敢那麼編排她。因為那大姑娘是無依無靠的，且不是養在侯府裡，就算名聲差一些，只要不是傷風敗俗那種壞名聲，對她們那些嫡出女來說也無大礙。」

許青川也不由得跟著一嘆。

她那般有才氣，看起來那麼快樂、那麼自在，如何能猜到平素裡過得竟那麼艱難呢？

兩人靜坐半晌，文琅為許青川添了一些茶水，又道：「咱倆雖然相識不久，但是一個地方出來的，彎彎繞繞還沾親帶故，我不把你當外人。你若對謝大姑娘有意，就儘管去提親吧，清貴翰林配侯府庶女，也算是門當戶對。不然……唉，你是不知道，那雲陽侯夫婦給她說的是什麼人家。」

許青川再仔細一問，原來雲陽侯之前接觸了好些沒功名的書生，來往最頻繁的，是一個年過三十的鰥夫舉人，且還帶著一堆孩子呢！也難怪逼得謝大姑娘年頭上跑路。

文琅好心相勸，許青川聽進了他的話，回家後再打開謝大姑娘的信。

信上一如既往，以輕鬆詼諧的語氣講述她最近吃到的東西、看過的書。

看著這樣的信，誰能想到她過得並不好呢？

往常許青川回信都寫得極快，這回他幾次提筆，卻不知道該從何說起。

猶豫再三，輾轉了半宿，他依舊毫無睡意，遂起身拿出過去小半年來兩人所寫信件，再次翻閱。之後，他再提筆寫信，便詢問了謝大姑娘的名諱。

納采、問名、納吉、納徵、請期、親迎，是婚姻六禮。

他知道，謝大姑娘該是明白他的意思的。

四月時，許氏母子請了媒人，上了雲陽侯府求親。

許青川本人沒比文琅遜色多少，兩人現下都是簡在帝心，日常出入宮廷，就是家世上差了些。

當時春日宴上一眾年輕才俊中，雲陽侯第二屬意的就是他，因此許家託了媒人過來，雲陽侯自然高興，心中甚至在盤算著把小女兒嫁到許家，大女兒還是再給文家留一留。

若真能把文琅和許青川兩個才俊都招為東床快婿，那他是作夢都要笑醒了。

不過讓雲陽侯意外的是，許家來說的竟是他的庶長女謝芙蕊。

這庶長女雖也是雲陽侯的親生骨肉，但因為父女倆多年來沒怎麼相處過，其實也沒什麼父女情誼可講，只是因為兩個嫡女都大了，該說親了，需要按著齒序把謝芙蕊先嫁出去，雲陽侯夫婦才把她接了回來。

謝芙蕊的性子要強，之前雲陽侯夫婦給她相看了好些人選，當然不能和文琅、許青川這般已經出人頭地、本身又很出色的相比，但那也是有前途的，她愣是一個都沒看上。

年頭上她還趁著家裡事務多，瞅準了空子，挎著包袱就往老家跑，都已經走到半道上了，才讓人攔了回來。這還得虧是猜到她剛來京城，人生地不熟的，除了老家根本沒地方去才追到的，她要是往其他地方跑，雲陽侯夫婦都不知道要去哪裡抓人了！

後頭謝芙蕊被抓了回來，直接攤牌了，她說不想胡亂嫁人，更道「若父親母親逼急了，我就削了頭髮當姑子去」。雲陽侯府這樣的書香門第，若出了個當姑子的女孩，那其他女兒還做不做人了？

雲陽侯夫婦就是時下最正統的那種大家長，對謝芙蕊談不上疼愛，心卻也沒那麼狠，狠心的大家長要是遇到這麼個刺頭庶女，那狠辣的手段可多了去。

正頭疼之際，許家上門說親了。

所以雲陽侯雖然意外，但沒回絕，和侯夫人商量了一番。

侯夫人對謝芙蕊就更談不上感情了，只在心裡罕見地想到一句粗俗的話——覺得她走了狗屎運！侯夫人也沒攔著，畢竟許青川娶侯府嫡女那是高攀，娶庶女則算得上是門當戶對。

後頭夫婦倆還和兩個嫡女知會了一聲，她們也沒意見。

姊妹倆沒見過許青川，只見過文琅，又有些心高氣傲，不像雲陽侯那般不注重家世，心裡都對一表人才又家世顯赫的文琅更屬意。

謝芙蕊是謝家最後一個得到確切消息的，不過其實也不算最後，畢竟之前通信的時候，許青川問了她的名諱，她回信相告，心裡便已經有數了。

雲陽侯夫婦怕謝芙蕊又要鬧騰，都準備好說辭要去勸告了。

但謝芙蕊自然不會攪黃了這樣的好親事，答應得十分爽快。

後頭便是走流程訂親了，而且因為雲陽侯夫婦急著把她嫁出去，所以四月中旬就給兩人訂了親，婚期也訂得近，就在半年後，還知會了許家說不用大操大辦。

但她們夫婦把謝芙蕊當草，許氏可把這未來兒媳婦當寶！說親時許氏和謝芙蕊這對準婆媳就見過了，謝芙蕊不僅模樣出眾，腹有詩書氣自華，且沒有一點侯府小姐的架子，性情機靈又討喜，這可太對許氏的胃口了。

因此許氏就卯著勁兒要把未來兒媳婦風風光光地娶進門。

許氏沒這方面的經驗，尤其京城嫁娶的習俗規矩和寒山鎮也不相同，但這不打緊，她身邊有個現成有經驗的，也就是前一年剛給顧茵和武青意補辦了婚禮的王氏。

顧茵和王氏聽到許家的好消息，自然都為他們感到高興。在這個流行盲婚啞嫁的時代裡，民間還好一些，重視規矩體統的高門大戶裡，未婚男女可能見上一、兩面就得依循長輩的意思成婚了，所以找到能說得上話、志趣相投的靈魂伴侶就顯得越發難能可貴了！

顧茵早就說了讓許氏需要她們的時候儘管開口，所以許氏後頭上門求助，婆媳倆就每天都樂呵呵地一起在忙這件事。

這天下午晌，眾人又坐在一起商量半年後婚禮的細節，宋石榴幫著添茶續水，突然就驚道：「太太，您怎麼尿褲子了？」

顧茵啐她一口，再低頭一瞧，確實看到了裙子上的一片水漬，她好笑道：「我這是羊水破了。」

這話一出，剛剛還笑著說話的王氏和許氏登時就變了臉色，霍地站起身！

顧茵孕中的心態就比一般人好，到了此時，她依舊不怎麼慌張，反而有種準備了三年，終於要面對高考，臨門一腳、奮力一戰後就能放鬆下來的心態。

「娘和嬸子別急，產房是早就準備好的，穩婆也都在府裡由師父訓練過了。娘先帶人換上消毒過的衣裙，再把頭髮都包起來。還有之前皇后娘娘給的那一小盒百年人蔘片，石榴去拿過來，我稍後要含在嘴裡。」

她這話等於給眾人吃了一顆定心丸，王氏這才回過神來，吩咐道：「石榴帶人更衣，把大丫抱進產房，再親自去拿那蔘片。金釵妳一道過去盯著，我去喊穩婆和老醫仙。」

看自家婆婆能理事了，顧茵就不再多言，只提醒道：「還有青意和小野、武安那邊，使人去個信兒。」這三人也是十分緊張她這肚子的。

武青意從她月分大了後，就三不五時地請假在家，對外說是從前身上落了病痛，如今舊傷復發，所以需要休養，其實只是為了照顧她。

他仔細到什麼程度呢？顧茵月分大了後，如廁的次數變得很頻繁，他卻堅持要睡在床的外側，這樣顧茵每次起夜，他自然都知道，能把她抱著去淨房出恭。還有夜間顧茵的腿容易抽筋，他本就會一些推拿的本事，便時不時起來幫她按摩腿。他這樣一晚上起來三五次，好幾個月都沒睡上一個安穩覺，白日又還得上值，不像顧茵能瘋狂補覺，因此比之前瘦了一大圈。但他沒有半點不耐煩，還笑著說這樣才公平，不然只顧茵一人受苦算什麼事呢？

顧野和武安也是這般，只不過他們還是學生，不好那麼輕易地拿假，但歸家後便會早早地擁在顧茵身邊。

兩個小傢伙看到顧茵時不時給孩子讀書，或者邀請袁曉媛她們過來彈琴、彈琵琶，問了才知道這叫胎教，於是兩人便商量著把這個差事攬了下來，每天輪流給顧茵讀上半個時辰的書，既有啟蒙的正統蒙學，也有一些雅俗共賞的話本子，讀到口乾舌燥也半點不說辛苦。

顧野還抽空學了一門樂器，從烈王府的庫房裡找到了一支玉笛。

因為學得認真，他人也聰明，半年過來已經吹得有模有樣了。

顧茵肚裡的小崽子還真挺喜歡聽他吹笛子的，只要他吹，胎動就越發明顯。

所以顧茵說要立刻給他們傳信，不然回頭他們晚上回來才知道，肯定要自責沒早些回府。

王氏連連點頭道：「對對，他們每次出門都反覆交代過的，我這就讓人去傳信！」

顧茵很快就進了產房，躺平之後沒多大會兒，宮縮、陣痛便開始襲來。

王氏和許氏安排好一切後，沒多久也帶著穩婆進了來。

老醫仙則守在門外，以備不時之需。

顧茵紅潤的臉色變白了一些，但肚子還不算特別痛，所以還有力氣吃了一盞冰糖燕窩。

王氏和許氏、宋石榴都緊張得出了一層薄汗。

武青意在城外大營上值，顧野和武安在宮裡，都在等閒不能輕易靠近的地方。

顧茵進產房的消息終於在半個時辰後傳了過去，三人便齊齊往家趕，又在半個時辰後回到了英國公府。

三人正好在門口碰了頭，見面卻是忍不住先笑起來。

武青意這日剛結束點兵就收到了來信，所以衣服也沒來得及換，是穿著一身幾十斤重、銀光閃閃的盔甲回來的。

顧野和武安到底年紀小，沒經歷過這種事，只知道婦人生產是鬼門關前走一遭，因此聽到消息的時候腦子完全都是懵的。武安抓著筆就回來了，墨汁早在他的袖子上暈出一團黑漬；顧野稍好一些，只把最近時常吹奏的玉笛緊緊攥在手裡。

他們互相笑了笑，也沒說話，就往產房跑。到了產房外頭，恰好聽到顧茵大聲的「哎喲」了一聲，三人便再也笑不出來。

丫鬟立刻進去通傳說他們三人回來了。

王氏便隔著窗戶同他們道：「你們沒換乾淨衣裳，產房裡人手也夠，你們進來也是添亂，就在外面候著吧。不過不用太擔心，大丫羊水破了才一個時辰，現在就快生了，已經算快了。」

不過這話還是沒能安住三人的心，尤其看見丫鬟已經開始往外送血水盆了！

顧野慘白著一張小臉，問道：「奶，娘怎麼不出聲了？還流這麼多的血……」

王氏就解釋道：「生孩子是很耗費體力的活計，你娘不能喊，嘴裡已經咬上木椽子了。那血水是穩婆按照你娘說的，每過一陣子就要洗手洗下來的。好孩子別擔心，穩婆都說了這胎很安穩。」

王氏說是這麼說，但到底還是放心不下，安撫過他們後又立刻守了回去，沒工夫再時時回報裡頭的動向。

下人很快送來桌椅，讓武青意他們坐下等候。

不過三人和老醫仙俱都是沒這個心思歇息的，一個兩個都在來回踱步。

後頭連等在主院的武重都拄著枴杖過來了，他公爹的身分當然不方便接近產房，就在更遠的地方焦急等待。

又是一個時辰過去，武青意在長時間的不發一言之後，終於開口說了回府後的第一句話——詢問丫鬟有沒有準備他身量的、消毒過的衣裳。

這就是說，他準備要進產房了。

丫鬟聽著他打顫的聲音，為難地道：「準備是準備了，但太太交代過，若她生產不順利才能把衣裳交給將軍和兩位少爺。眼下……」

武青意和顧野、武安素來是最聽顧茵話的，此時卻不等丫鬟說更多，三人一道去更衣了。

飛快地換上一身衣裳、扎好頭巾，三人又洗了手跟臉後，總算能進去了，一道響亮的啼哭聲此時卻在產房內響了起來！

穩婆一連串的道喜聲接連響起。

沒多會兒，王氏喜笑顏開地抱著個襁褓出來了。「快來看看，咱大丫真給咱家生了個閨女！」

她出來得急，門是後頭丫鬟立刻關上的，但顧茵略顯虛弱的聲音還是從屋裡傳了出來——

「快快，把我嘴裡的苦參片給我拿走！再給我弄點吃的來，我想喝豬蹄湯！」

剛還緊繃得像一張隨時會拉斷的弓的武青意等人，不約而同地笑了起來。

知道顧茵一切都好，還有力氣要湯水喝，武青意等人這才去看襁褓裡的孩子。

剛剛呱呱墜地時響亮地來了那麼一嗓子，後頭讓人抱起擦洗時，她就不哭了。

新生孩兒總是沒那麼好看的，皮膚有些紅，也有些皺。

而且她是九個月就生下來的，雖不算早產，但個頭也不算特別大，十足十像隻小貓崽。

她迷瞪了一下眼睛，就不肯再睜開了，閉著眼睛哼哼唧唧的，又嬌又可愛。

武重聽說這邊已經生完，也趕了過來。

一家子看著她都挪不開眼，但誰都不敢去碰她，只敢用眼睛瞧。

沒多會兒，產房裡頭收拾好了，武青意和老醫仙先進了去。

老醫仙把過脈、施過針，確定顧茵已經無礙了，這才輪到武青意坐到床前和她說話。

顧茵已經吃起豬蹄湯了，那湯熬得發白，浮油全部被撇掉，看著十分的清爽。

武青意和丫鬟要了梳子，把顧茵額上浸透了冷汗的髮絲都給梳好，又拿了帕子給她擦了擦額角，再接替了宋石榴的位置，拿著湯勺和小碗餵她喝湯。

他一直沒說什麼，但後頭顧茵去碰他手的時候，還是察覺到了一手心的冷汗。

「真沒事，很順當，前後就兩、三個時辰，算很快了。」顧茵寬慰地捏捏他的手指。

她面色雖還透著白，但一雙眼睛亮如往昔，透著勃勃的生氣，武青意這才長長地呼出一口氣，用力地回握她虛軟的手，輕聲道：「妳沒事便好。」

歇過一陣後，顧茵趁著還有精神，讓顧野和武安也進了來。

產房裡雖然收拾過，又熏了香，但不能開窗透風，所以氣味並不算好聞。

但兩個孩子一點都沒嫌棄，一個比一個進來得快。

「嫂嫂沒事，我就安心了。」武安道。

顧野先伸手摸了摸顧茵的手掌和額頭，確保是溫熱正常的，這才開口道：「娘真是有求必應！我就說是妹妹呢，妳還說這種事沒個準信，妹妹這不就來了？」

顧茵一陣發笑。

後腳王氏抱著襁褓過來了。小丫頭哼哼唧唧的，剛已讓奶娘餵過，卻還沒消停下來，王氏把她放到顧茵身邊，她哼唧的聲音雖小了一些，但還是蹙著小眉頭，不大高興的樣子。

王氏說這已經很文靜了，還說當年她生下武青意的時候，武青意可是足足哭號了快一個時辰，把自己哭得沒力氣了才睡過去。

「妹妹好乖啊！又乖又好看，怎麼會有這麼乖的小孩呢？」顧野說著，將一直捏在手裡的玉笛遞到唇邊，吹奏了起來。

小丫頭像能聽懂音律似的，立刻安靜了下來，砸吧著嘴進入了夢鄉。

妹妹剛生下來就和自己這麼親近，可把顧野高興壞了。

後頭就到了該給孩子起名字了，大名是武青意和顧茵早就商量好的，叫玉瑤，也就是美玉的意思。小名暫時還沒起，顧茵把這個權利交給家裡的其他人。

王氏出主意道：「咱大丫一手好廚藝，這孩子的小名不妨往吃食上靠靠。」

顧茵一聽自然應好，在現代的時候，就很流行用吃食來給小孩起小名，像是小草莓、小布丁、小豆包之類的名字，十分可愛。

王氏備受鼓舞，接著道：「大丫剛生完就想喝豬蹄湯，不如就叫小——」

這誰家的女娃娃能叫小豬蹄啊？顧野連忙伸手把他奶的嘴捂住，這才算是止住了她的話頭。「叫小玉笛如何？」顧野試探著問。

孩子還在娘胎裡的時候就經常聽顧野吹笛子，出生後也很喜歡。她不常哭，但常小貓似的哼哼唧唧，可是只要顧野吹響玉笛，或者把玉笛塞到她的小手裡，她就會乖巧不少。

比起小豬蹄，小玉笛得到了家裡除了王氏以外的所有人的支持。

小玉笛出生後的第三天，英國公府為她舉辦了熱鬧但不鋪張的洗三禮。宮中也來了人，周皇后代表皇家到場，陸煦也跟過來看他大哥家的妹妹。

不過讓陸煦失望的是，他大哥嘴裡又乖、又漂亮，好得天上有、地上無的妹妹，長得臉紅紅的、小小的，嘴裡還哼哼唧唧的，像小貓多過像小娃娃，根本沒有他妹妹朝陽可愛嘛！但陸煦現在已經唸了快兩年的書，明白很多道理了，所以他沒說小玉笛不好，因為說了他大哥肯定要生氣。

然而陸煦年紀小又胸無城府的，有啥心思都直接寫在臉上了，看到小玉笛後陸煦那失望的神情可騙不了顧野。擱別人，敢對他寶貝妹妹流露出這樣的神色，顧野早就不高興了。但陸煦嘛，同吃、同住、同學了這麼久，又是同父異母的兄弟，顧野已經把他劃入自家人了。

顧野沒同陸煦置氣，只和他解釋道：「我奶說，小孩子剛生下來都是不怎麼好看的，但是後面長開了就好了。你看我家小玉笛，眉眼像極了我娘，整體輪廓像我叔，將來肯定好看得不得了！」

陸煦還是很相信他大哥說的話，但是眼前的小孩又實在是不好看，而且他也確實看不出什麼像不像的，就將信將疑地道：「原來是這樣啊……」

顧野知道他還是不怎相信，索性也不再多說。

後頭日子如水般緩緩流淌，很快地，小玉笛一周歲了。

周歲宴上，陸煦這才又見到了小玉笛。

她胖乎乎的，穿一身大紅色的小襦裙，黑黑短短的頭髮在頭頂紮成兩個小辮兒，皮膚又白又嫩，像在牛乳裡泡著長大的一般，而她的長相誠如之前顧野說的，眉眼像極了顧茵，細細彎彎的小眉毛，黑葡萄似的大眼睛，整體輪廓則隨了她爹，線條分明。

此時她還沒有巴掌大的小臉上滿是認真，粗粗短短的白嫩小手正在費勁地解一個九連環，總之就是比年畫上的福娃娃還討喜好看！

儘管陸煦還是認為自家親妹妹朝陽是天下第一好看的，但看到這麼個玉雪可愛的小玉笛，他還是看直了眼，不敢相信這就是之前那個像小仔貓的小孩。

陸煦訥訥地道：「這是小玉笛？別是換了個人吧？」

顧野很滿意他這副吃驚的模樣，笑著說去你的，又道：「都說了前頭小孩剛生下來的時候都是不大好看的，長長就好了。」

陸煦又問：「那現在小玉笛才一歲，後頭還能再長，往後得長成啥樣啊？」

顧野握著拳頭抵到唇前，掩飾住笑意，又挑眉道：「也就再比現在好看個一百倍吧！」

陸煦人都傻了，比現在再好看一百倍，那得好看成什麼樣啊？天上的仙女？他都想像不出來了！

他倆說了一陣子話，而小玉笛的另一邊，顧茵和周皇后也在說著話。

在有小玉笛之前，顧茵和周皇后就相處得很不錯了，有了她之後，兩人能聊的內容就更多了，就是育兒經都能聊上一天不停歇的。

不過周皇后到底不能時常出宮，所以兩人多是書信往來。

顧茵在生育完之後還和之前一樣，每日分出半日的時間去食為天上工。

小玉笛雖然在家裡，但有王氏和一眾丫鬟、奶娘一起帶著，所以不用她操心半點。

小丫頭對家裡人都有自己的事忙這件事接受良好，畢竟白日裡雖然只有爺奶陪著她，但天黑之後，家裡其他人都會趕緊回來，爭先恐後地逗她、抱她，所以她一點都不覺得寂寞。

眼下周皇后看著粉團子似的小玉笛，可真是眼熱壞了，惋惜道：「前頭從沒羨慕過別人家的，覺得有了阿烈和阿照，已經是上天對我的厚待了。」看著一旁的大兒子，才九歲的年紀，儼然是個小大人了，辦事越來越穩重，裡裡外外都能照應到。還有今日隨她一道出宮的陸照，雖然還不如同齡的陸煦那麼活絡，但她這兩年放開了手後，陸照茁壯成長，已經不再是那個一味只知道膩在親娘身邊的小娃娃了。她還有什麼不滿足的？「但今日見了這孩子，才知道兒女雙全才能湊一個『好』字呢！」周皇后愛憐地幫著小玉笛挽起額前的碎髮。

小玉笛自小長在熱鬧的大家庭裡，一點都不怕人，被周皇后這麼一碰，她沒有瑟縮，反倒大大方方地露出了一個甜甜的笑容，奶聲奶氣地說：「謝謝姨姨！」

王氏也在一旁，聽了就笑道：「這還不簡單？您若不嫌棄，就認咱家小玉笛當個乾閨女啊！」

周皇后一聽果然十分心動，臉上都帶出笑了，但轉頭看到顧野和陸照兩兄弟，她臉上的笑意越發濃烈，卻沒接王氏的話頭，而是端起溫水餵給小玉笛喝。

周皇后身分貴重，成了她的乾閨女，自家閨女可就是公主了，那是得給食邑和封地的，做臣子的哪有主動提這個的？顧茵忙給王氏使個眼色。

王氏自覺說錯了話，也就沒再接著說下去。

後頭小玉笛玩夠了九連環——主要是玩這麼久了，她還是解不開，就氣鼓鼓地把九連環放下了。放下後，她對著顧野伸長了胳膊，軟軟糯糯地喊道：「哥哥，抱！」

顧野連忙應一聲，然後也不去管陸煦了，快步過去熟練地把她抱了起來。

這妹妹是他盼來的，顧野對她的疼愛絕不比顧茵和武青意這對親爹娘少。

小玉笛更小一些的時候，顧野還攬過幫她換尿布的活計，一點都不嫌棄骯髒，只擔心下人伺候不好，把她的小屁股悶紅了。後頭宮裡只要得到了什麼好東西，也是一股腦兒地往她的小私庫裡塞，以至於小玉笛還不到一歲，顧茵都得另外指派個人給她管理庫房了。

從前顧野是在宮裡、宮外兩頭跑，若正元帝指派了差事給他做，他宿在擷芳殿十天半個月不著家，那也是有的。但是小玉笛開始認人記事後，顧野就不敢這樣了。

因為有一次他不過十日沒回府，小玉笛看見他的時候就有些不同了，不是生分，就是一下子沒認出他，不像他平時回來的時候，她一定第一個喊他、讓他抱，還要親親他的臉頰。

是他陪著她玩了好一會兒，還吹笛子給她聽，小玉笛這才把他認出來了，認出他後便擠到他懷裡，吸著鼻子說「哥哥，壞」。

一歲左右的孩子，能說幾個簡單的字眼，清楚表達自己的想法，已經算很聰慧了，所以她只說了那麼幾個字，但她的意思也很明顯了，就是埋怨她哥哥不著家呢！

她打小就不愛哭，學走路的時候磕磕絆絆的，就算摔疼了，也會自己拍拍衣服站起來，真是鮮少哭的。顧野被她這麼一哭，心都揪起來了，忙把她抱緊了，自責道「好，哥哥壞，哥哥好多天沒回來看玉笛」，光說不算，顧野還抓著她胖乎乎的手打自己，哄道「哥哥幫玉笛打自己好不好」，可剛打沒兩下，小玉笛就努力抽回自己的胖手，不肯打了，很認真地說「哥哥疼」，然後兩隻小手扳正顧野的臉，給他呼呼。

從那之後，顧野就是再忙，都會保持兩日回府一次。

眼下顧野又樂陶陶地把小玉笛抱出去玩了，陸煦和陸照沒怎麼來過英國公府，就也跟著過去。

外間武重和武青意父子在招待賓客，王氏也起身去招待其他來赴宴的女眷，屋裡就只剩下顧茵和周皇后。

周皇后揮手讓隨行的宮人都退開，顧茵見她有話要說，便也讓下人都下去了。

待到屋裡只剩下彼此了，周皇后才開口道：「阿烈這就九歲了，陛下的意思是，至多等到他十歲生辰，有些事情便該定下了。」至於是什麼事情，不言而喻，自然就是立太子的事了。

顧野剛被認回去沒多久，就督導著兩個弟弟讀書，兄友弟恭，宮內、宮外都津津樂道；又協理過新朝第一次科舉，獲得了一眾文臣的青睞；還藉著自己生辰辦過慈善宴，那一大筆銀錢後頭都用在修橋鋪路和救濟窮人上，帳目都是公開的。

這兩年來，他越發大了、沈穩了，辦的差事就更多了，三言兩語都說不完。反正不論是朝堂上還是民間，顧野的聲望一直是三個皇子裡最高的。

太子之位早就是他的囊中物，顧茵自然不意外，意外的是周皇后接下來的話——

「不過阿烈自己好像不大樂意。前頭陛下和他透露過這個意思，他說自己年紀還小，陛下年富力強，還不到時候。」

自家這崽子早就立下大志要做太子的，如今太子之位遞到眼前，他反而開始推辭了？他又不是那種愛拿喬、對著親爹還使以退為進招數的性子，如何能讓人不意外呢？

顧茵遂點了頭，道：「那我私下裡問問他。」

和聰明人說話就是省心。周皇后笑著拍了拍她的手背。

和顧茵說完體己話沒多久，周皇后就帶著陸煦和陸照先回宮去了。

顧茵也出去外頭，跟著王氏招待女客。

第五十章

下午晌，午宴將要結束、晚宴還沒開始的空檔，顧野抱著剛切完蛋糕的小玉笛回來了。

那蛋糕自然是顧茵準備的，用的是老式白脫奶油蛋糕的做法。

顧茵先做蛋糕坯，把麵糊放入烤盤，送入麵包窯烘烤，然後打出奶油，最後把奶油在蛋糕坯上抹平，並用自製的裱花袋極為簡單地裝飾了一番，再讓人用果醬在蛋糕中間畫了一支小笛子，寫上一句生辰快樂。

這樣做出來的奶油蛋糕，口味是偏鹹發硬的，冷藏過後，會有一種如白巧克力般絲滑柔順的口感。

顧茵上輩子是吃慣了新式甜點的人，但對老式白脫奶油仍情有獨鍾。

時下的人更別說了，都是第一次吃到，說是驚為天人都不為過。

小玉笛剛滿周歲，周歲之前的小孩脾胃弱，很多東西都不能吃，現在她大了一些，今天又是她生辰，所以家裡人都沒拘著她。

顧野這兩年學武的進度也沒落下，雖只九歲，力氣卻不小，一手抱著她，一手拿著個小盤子，小盤子裡裝的自然是剛切出來的蛋糕。

那蛋糕雖是個很大的雙層，但到場賓客多，又都看著新鮮，一起分著吃，每個人分到的都不會很多。

小玉笛在外頭時已嚐過一口，此時她雙手環著她哥的脖子，眼睛卻一刻不離那塊蛋糕。等顧野把她放到臨窗的炕上，她自己就規規矩矩地坐到了炕桌邊上。下人跟著上前，送上了小玉笛常用的小餐具，還給她繫上了口水兜。

小玉笛穩穩當當地拿起木頭小勺，挖了一層奶油，卻沒急著自己吃，而是先伸長胳膊，要遞給她娘。見顧茵搖頭說不用，她又接著餵給坐在身邊的她哥，等到顧野也讓她自己吃了，她這才開動起來，兩三下就把自己吃成了小花貓，小炕桌上也是一片狼藉。

小孩子剛開始自己吃飯就是這樣的，顧茵和顧野都見怪不怪了，都等她吃完了再收拾。

一小塊蛋糕很快進了小玉笛的肚子，她饜足地打了個飽嗝，摸著微微鼓起的小肚子說：「好吃！」

顧野把她從炕桌前抱到身邊，拿著帕子給她擦了嘴和手，又把她的口水兜解下，理了理她的衣襟，然後才道：「妳喜歡的話，哥哥讓人常給妳做。」

小玉笛正要笑著答應，轉頭蹙著眉頭想了想，又搖頭道：「累！」然後模仿著，抖動著自己的小胖手，動作滑稽又可愛。

她這話倒是沒說錯，這時代畢竟沒有攪拌機，這蛋糕不論是蛋糕坯，還是白脫奶油的部分，都需要人力來操作，而且還要保持一定的速度，最好是本來就會一些廚藝的，單純力氣大也不頂用。

顧茵一人是做不來的，做這費力氣的打發工作的人，主要還是徐廚子這熟手。

他這兩年一直在努力減重，本來當廚子每日的運動量就是足夠的，他還戒掉了葷腥和油膩，夕食按著顧茵特供給雅舍的雞胸肉、鴨胸肉沙拉吃，三五天才獎勵自己吃一頓大葷或者甜品。很長一段時間，徐廚子都對酒樓裡的各色美食眼冒綠光。

不過堅持到現在，徐廚子還是沒有變成他想要的那種纖瘦身形，而是從大胖子變成了壯漢。後廚的男子幾乎都是這樣膀大腰圓的身形，周掌櫃和酒樓裡其他兩位大廚也是如此。

徐廚子為此還消沈了好幾天，後頭顧茵就勸他說「這天下又不只文質彬彬那一種款式的男子，當個壯漢有啥不好？看著就很有安全感啊！而且壯漢怎麼了？我家將軍也很壯啊」，結果徐廚子委委屈屈地道「可是將軍長得好，即便是臉上有紅疤，那也是儀表堂堂、威風凜凜啊」，顧茵趕緊說他「你也不醜啊，真不醜」。

徐廚子從前是真的胖，肉都把眼睛擠沒了，瘦了一大圈後，他周正的五官才顯現出來，不說俊朗，但肯定是和醜不掛邊的。再加上葛珠兒正好聽了一耳朵，也在旁邊說現在的他比從前好看了許多，他才又高興了起來。

這次給小崽子做蛋糕，顧茵本來只準備做個小的，自家人分著吃，甜甜嘴就成。但變成壯漢的徐廚子當仁不讓，攬下了所有力氣活兒，幫著做了個大雙層出來，說這樣才配得上小玉笛熱鬧的周歲宴！

但那活計確實是累人得很，他現在的身子都有些受不住，做完手都在發抖。

小玉笛現在雖然年紀小，但顧茵是想讓她知道勞作的辛苦，從而珍惜當下擁有的一切的，所以做蛋糕的時候，讓人把她抱過來看了一陣。

她果然把徐廚子的辛苦看在了眼裡，儘管十分喜歡那蛋糕，但還是沒鬧著要再吃。

顧野問了他娘，知道了原來其中還有這樣一件事，就道：「今日這蛋糕確實反應不錯，娘不妨試著在食為天推出，一定能大獲好評。」

食為天也就是顧茵懷著身孕的那幾個月沒推出過新東西，後頭還是每個月都會推陳出新。這白脫奶油蛋糕嘛，顧茵一直是知道怎麼做的，但覺得太累人了，所以並沒有大規模銷售。她凝眉想了想，道：「這東西原料本就貴，又這般費工夫，如果真要售賣，那一小塊的價格可能就得二兩銀子起步了。」

二兩銀子的定價，即便是在現在食為天出售的吃食裡，也不算便宜。更別說巴掌大的一塊，也只夠小孩子甜甜嘴的。

顧野點頭，很有條理地幫著分析。「今日來的賓客非富即貴，趕明兒咱家酒樓一開售，有他們帶頭，百姓們肯定會來嚐嚐鮮。娘不妨先做少一些，每天賣上個幾十份，若反應好則擴大生產，若賣得不好，則說是咱家玉笛生辰前後的限定款，也不會墮了食為天的名頭。」

他頭束金冠，穿一件寶藍底菖蒲紋杭綢直裰，面容和從前又有些不同，已經越來越像正元帝，說起話來更是不徐不疾，一派少年謙謙君子的氣度。這樣大的變化，誰能想到幾年前他還是個不會說話的野孩子呢？顧茵心頭一軟，儘管知道他這是「圍魏救趙」——今天這樣的場合，他還想著酒樓生意的事情是虛，想滿足他妹妹的口腹之慾才是真。卻依然點頭答應道：「那就照你說的辦。」

顧野笑起來。

小玉笛懵懵懂懂的，只是看著他們倆都笑，就也跟著咧了咧嘴。

很快地，晚宴就開始了，小丫頭又被抱了出去。她像模像樣地待了一整天的客，逢人不管認不認識，都會送上一個甜甜的笑。

武青意的很多舊部都是粗人，嗓門大得很，她也不怯場，還大膽地伸手去搆別人的絡腮鬍，也不是扯，就是輕輕碰一碰，然後眼睛亮亮地「哇」一聲，像發現了什麼了不得的東西。今日來赴宴的賓客，就沒有不誇獎她的。

晚宴開始沒多久，她夜奶都沒喝，直接在她爹懷裡睡著了，顧野就把她抱回了後院。

顧茵讓奶娘先把小丫頭抱下去。

顧野放心不下，放輕了手腳將小玉笛遞給奶娘，又叮囑奶娘道：「妹妹下午吃了一小塊蛋糕，夜奶沒喝，晚間妳需多留意一些，萬一她要是腸胃不舒服或者肚子餓了醒過來，隨時喊人。」

奶娘連聲應是，而後才把小玉笛抱了下去。

看到自家大崽子還在目送小崽子，恨不能陪她睡上一整宿，確定她不會不舒服的模樣，顧茵無奈道：「你別這般，咱玉笛的身體隨了她爹，好得很，長到現在都沒有過頭疼腦熱的，而且府裡還有你師公一直在研究各種藥膳給她補身子呢！你這般事事鄭重，小心往後把她養嬌了。」

顧野還是那句話。「妹妹是我盼來的，我對她好是應該的。小姑娘嬌一些也無礙，我總是能護著她的。」

兄妹倆感情好自然是好事，而且顧野雖對妹妹好，在教育方針上卻不會橫插一腳，所以顧茵也不多說什麼。揮退了更換茶水的下人後，她開口道：「娘娘走之前，和我提起一樁事。」

顧野拿起桌上的茶盞，道：「那我應是知道了。母后是提起立儲的事了吧？」

顧茵點頭。「她說你推拒了。你是怎麼想的？」

顧野笑著眨眨眼。「娘是想聽虛一點的，還是實在一點的？」

顧茵笑著抬手。「人都說你越來越穩重老成，那是沒看到你私下裡這麼貧嘴的一面！」

顧野誇張地作勢躲開，而後才正色道：「好啦，不和娘逗趣了。我那個志向娘是知道的，但那是不怎麼明白事理的時候想的。有句話，叫『無知者無畏』，我那會兒大概就是初生牛犢不怕虎，連太子之位是個什麼概念都不明白，只覺得當太子、當皇帝威風。如今大了，懂得多了，明白太子之位意味著什麼，便知道得慎重對待了。」他頓了頓，抿了口熱茶，才接著道：「這是其一。其二，皇家最忌什麼？自然是大權旁落。縱觀歷朝歷代，多少少年太子上位之前還是父慈子孝，長成之前卻讓親爹給收拾了？父子鬩牆只是一遭，於朝廷來說也不是好事。新朝根基還淺，所以我想等一等，等到父皇再多掌幾年大權，確保太子不會對他的皇權有影響，而後再順順當當地把太子之位給我。」

「原是如此。」顧茵道。「我明白你的意思了。」

「還有個其三呢。」顧野說著，也有些不好意思，伸手想搔頭，又把手放下。「當了太子，得住在東宮，便不是隨時能出宮的烈王了。娘和叔、爺奶還能時不時進宮和我見面，但妹妹怎麼辦呢？她前頭十天半個月不見我，再見面都得費好一會兒功夫才能認出我，她又這麼小，出去吹了風有個頭疼腦熱的可怎麼辦？小孩子成長時期就這一遭，就算後頭我能和她時常見面了，幼時缺失的東西也補不回去了。」

這話聽得顧茵直接扶額——怎麼會有九歲的崽崽比她這當娘的還懂這些育兒經啊?!

「當然，還是以父皇的意思為重。明年三月我過十歲生辰，那會子妹妹也快兩歲了，應該是可以外出了。」顧野最後如是道。

如顧野所說，來年他十歲生辰過了之後，正元帝和群臣不約而同地提起了立儲的事，他就不再推辭了。

冊立太子是國之大事，儀式繁多，顧野要先齋戒沐浴三日，而後遣官祭告天地和宗廟，再受用策寶，入太廟祭告，最後到御前謝恩，入主中宮。

而且冊立太子之後必有天下大赦，昭告太子乃天下之本的道理。

正元帝著手讓人去辦，大典暫定在六月後。

四月時小玉笛過二周歲生辰，因為周歲已經熱鬧的辦過，這次顧茵沒想給她大辦，說一家子吃頓團圓飯就是了。

其他人聽她這樣說了，都有些失落。

顧野開口道：「府裡的事自然是娘說了算，就是可惜了徐廚子苦練一年。」

去年小玉笛的生日宴上，徐廚子大展身手做了個雙層蛋糕，後頭那蛋糕在食為天開售，一開始是那些嚐過的達官貴人不惜銀錢購買，接著其他百姓跟風，後來喜歡上這口的人越來越多了，凡是京城富戶家的小孩過生辰，都會上食為天預訂。

這是個辛苦活計，顧茵派給了徐廚子，也把蛋糕的利潤按提成分給他。

徐廚子和周掌櫃他們相比，手藝不算過硬，如今好不容易靠著自己這方面的本事得到了一份獨屬於他的差事，那自然是十分盡心的。像顧茵不會弄的那個裱花，他用米糊代替去練，還真練出一手不亞於後世蛋糕師的手藝，把奶油蛋糕裝飾得看起來都好吃了三分。

這次小玉笛再過生辰，徐廚子早就卯足勁地要給她做個更大、更好看的蛋糕出來。

顧茵笑看他一眼。「徐廚子苦練做蛋糕的本事又不只是為了咱家玉笛的生辰，也是為了店裡的生意，怎麼都不會可惜的。」

顧野不接她的話茬，只問他妹妹。「我們玉笛怎說呢？」

他還是很想再為妹妹過一個熱鬧的生辰的，畢竟往後他的身分就不同了，出宮不方便不說，更要在文武百官和天下百姓的監督下謹言慎行。

顧茵一想也是，自家閨女才是過生辰的主角，而且她越來越大了，該讓她自己發表意見的。所以顧茵也轉臉過去看她，等著聽閨女怎麼說。

小玉笛二周歲了，已經能聽懂很多話了，知道她娘和她哥眼下有了分歧。兩個都是她最喜歡的人，小丫頭緊抱雙臂，蹙著眉頭，鼓起肉乎乎的臉頰，一副冥思苦想的模樣。

恰逢武青意下值回來，看到她這愁壞了的滑稽模樣，忍不住笑出了聲。

「爹爹！」小玉笛像看到了救星似的，連忙伸長胳膊迎接他。

武青意走到閨女玩耍的炕邊上，為難道：「爹爹還沒換衣服呢，玉笛不是嫌爹爹臭嗎？」

小丫頭對氣味很敏感，而武青意在軍營上值，身上不只有自己的汗味，難免會沾染上別人的氣味，所以每次她都要武青意先更衣洗漱，然後才肯讓他抱。

但今日小玉笛一點都沒表示出嫌棄，攬著他的脖子就說：「不臭，是爹爹的味道！」討好賣乖的小模樣，十足的像一隻撒嬌的小貓咪。

顧茵和顧野剛剛就是故意逗她的，看她真的發愁上了，也沒指著她回答，眼下看她為了躲著回答，都使上這樣賣乖的招數了，自然也不會逼著她。

不過顧茵算是看出來了，自己在閨女心裡的地位，可沒比她哥高。要不是大崽也是自己養大的，指不定自己都要吃味上了。

後頭小玉笛的生辰自然按著顧茵的意思小辦了一場，這次雖然沒有前頭熱鬧，但小丫頭接受良好，因為武安也是四月生辰，她想著她小叔叔過生辰也沒有搞什麼大場面嘛，所以心裡頭也不會不平衡。

五月時，京城發生了一件新鮮事，來了個異國使團。

使團從海外的月明國而來，那裡和中原的通信緩慢，新朝成立都到了這會兒了，他們半年前才知道了消息。

月明國曾想過和舊朝發展貿易往來，但舊朝廢帝妄自尊大，獅子大開口，妄想在貿易中占據九成利潤，把月明國給嚇退了。如今他們再次派遣使團而來，為的自然還是考察新朝廷的國力，以及繼續商討通商的事。

正元帝是有心發展對外貿易的，從他當初那麼輕易就把顧氏船行給了英國公府的舉措就可窺一斑。他讓人先在驛站安頓好使團，再讓顧野負責接待，然後定了半個月後再和談的期限。這中間留出來的半個月時間，一方面是給長途跋涉而來的使團休整，另一方面，也是放手讓他們考察；同時也算是顧野繼任太子前，給他的一個小小考驗。

這差事並不麻煩，若說得通俗一點，就是帶著外邦使團吃吃喝喝，見識一下大熙朝百姓安居樂業的盛況。

麻煩的是，這使團裡頭還有個小公主，比顧野大沒幾歲，是如今月明國國主的女兒。這小公主生母早亡，自小被國王寵得無法無天，使團出使海外這樣的大事，她都敢先斬後奏，喬裝打扮地偷偷跟過來。

這樣金貴的小公主，輕不得、重不得，而且也不方便和一群男人出出進進的，因此顧野就求到了顧茵頭上。

顧茵想著，不就是招待個小客人而已？就給答應了下來。

小公主第二天就來了英國公府，和顧茵見了面。十一、二歲的年紀，金髮碧眼，皮膚白皙，好看得像一個精美的洋娃娃。

過來的時候她不怎麼高興，一方面是這邊語言不通，而會中原語言的使臣卻不想帶著她這個燙手山芋；另一方面，則是她就是想出來玩的，但現在一出現在路上，中原人就各種打量圍觀她，讓她今天到現在都沒吃上一頓安生飯。

見到了顧茵，小公主紅著眼睛，嘰哩呱啦的一頓抱怨，把王氏和小玉笛聽得一頭霧水。

幸好，顧茵還沒把上輩子老師教的東西全忘了，這小公主說的恰好就是和英語、拉丁語類似的印歐語系語言，顧茵連矇帶猜，還真的猜出來一個大概，立刻一邊給她擦眼淚，一邊讓人先弄食物給她吃。

小公主對中原的食物抱有極大的熱情，對著一桌子菜餚東嚐嚐、西嚐嚐的，很快的心情就好了不少。等到四譯館的官員過來的時候，她已經完全被哄好了。

再後頭，便有四譯館的官員從中翻譯，兩人的溝通就完全沒障礙了。

顧茵哄孩子也算是很有心得了，加上小公主對她觀感也不錯，覺得她沒學過自己國家的語言也能猜到自己的想法，很是聰明，所以兩人相處得還挺不錯的。

顧茵和她熟悉了一些之後就帶著她出過幾次門，也不用跑遠，自家酒樓裡吃喝玩樂的項目應有盡有。

五樓的話劇和西方的舞臺劇是有些相似的，而且也不像戲劇那樣，外行人完全看不懂，小公主就特別喜歡這個，拉著四譯館的官員一看就是一整天。

她也不怎麼鬧騰，顧茵盡可繼續忙自己的事，時不時去看她一眼就好。

另一邊廂，顧野也在熱情地招待使團裡的男使者。

吃飯、喝酒那不必提，京城有名些的館子他都帶他們見識過了。

還有些不可為外人道的酒色場所，他年紀小不方便相陪，就由馮鈺代勞。

馮鈺十三歲了，雖在顧茵看來還是個半大孩子，但在這個十四、五就說親的時代，他其實已經算是大人了，且去年已經被正元帝親封為魯國公世子。他儼然已是顧野的左膀右臂，凡顧野不方便辦的事，不需要多說，他就知道該怎麼做了。

馮鈺送使者去秦樓楚館，陪著喝幾輪酒，天色不早後他就直接回家，翌日再過來接送，周到卻又不會毫無底線地和他們一同享樂。

大熙朝盡心招待在前，正元帝也比前朝廢帝的為人公道多了，後頭的和談自然進行得十分順利。

五月底，使團就該歸國了，小公主卻戀戀不捨，主要還是捨不得顧茵。她這段時間完全被中原的美食征服了，而且在她懷念家鄉奶製品和肉食為主的吃食時，只要透過四譯館的官員一說，顧茵就像有魔法似的，什麼都能給她做出來。

至於她喜歡看的那個話劇，她後頭也知道是顧茵想的了。

但是再不捨，也抵不過小公主對故鄉的思念，她到底是要歸家的。

不過好在兩國貿易已經初步談成，往後的來往會越來越多，她還是有機會再來中原的。

他們出發那日，顧野親自相送。

顧茵本也是要過去的，但小公主不讓她去，說見了她肯定要大哭一場，所以顧茵沒有親自到場，讓顧野帶了一大包中原的特產，吃的、喝的、玩的、用的，還有好幾個小公主喜歡的話劇原著話本子，都請四譯館的官員翻譯成了月明國的文字，方便她後頭隨時翻看。

小公主收到禮物後扁著嘴，差點又哭了。

顧野對哄妹妹以外的女孩子沒興趣，禮物帶到，他又和其他使者寒暄了一陣，便就此告辭。

待回到馬車上，小路子提醒道：「夫人準備的禮物裡，有些吃食得盡快食用，有那個什麼『保存期限』。」

這本是無關輕重的小事，不過因為好多吃食都是顧茵親自做的，顧野並不想她的辛苦白費，就讓人調轉了馬車的行駛方向。

傳話這種事肯定不用顧野親自去，和他同行的四譯館官員很有眼力見兒地自己下了馬車。

顧野便坐在馬車裡，等那官員傳完口信再一道回宮覆命。

百無聊賴之際，顧野撩開車簾，不經意間卻看到了一個纖細的身影跌跌撞撞地往使團的船隻方向趕去，那身影似乎有些眼熟，但他一時間又想不起來對方是誰。

他眉頭蹙起，看了馬車旁邊的侍衛一眼，不過眨眼工夫，那女子就已經被捉到了跟前。

顧野沒下馬車，只是讓小路子打了簾子，方便他仔細端詳那女子。女子二十來歲，正是好年紀，穿著打扮還算不錯，卻是形容枯槁、雙眼無神，一副大限將至的模樣。

他大馬金刀坐著，一條胳膊撐在小几上，凝眉看了半晌，依舊沒想起這人是誰。

如果說兩、三年前他通身的氣度靠的還是刻意保持自己的儀態，那麼現在的他身居高位久矣，已經不需要特意去注意那些了，一言一行都是渾然天成的高貴。

顧野面上不顯，心裡卻在想：難道是我弄錯了，鬧了個烏龍？

他正要讓人把眼前的女子帶下去，對方卻渾身抖如篩糠，撲通一聲，重重地朝他跪下了。也多虧這一跪，顧野倒是想起這人是誰了！可不就是曾救了他阿爺一命，初次見他時就莫名其妙給他下跪的沈寒春嗎？這人和自家倒算是有些關係，他曾經還擔負起每日探病的工作呢，也難怪看她那般眼熟。顧野雖覺得她這舉止一如既往的奇怪，但既是故人，且後頭在老醫仙的解釋下，顧野知道自己在不知情的情況下還影響過她，就沒準備為難她。

他張了張嘴正要說話，使團裡一個通曉中原語言的使者快步過來了。

使者看了一眼跪在地上的沈寒春，而後稟報道：「烈王殿下，這人之前就在我們驛站附近徘徊，妄圖接近我們公主殿下，還曾說過她能告訴我們許多關於武將軍的事。」

這話一說，跪在地上的沈寒春更是面色煞白、慘無血色，好像隨時會背過氣去一般。

沈寒春早在之前就讓兩個太醫下了沒多少活頭的評斷，兩位太醫脫開手後，王氏分出了一些產業給她，還麻煩老醫仙跑了一趟。老醫仙給她透了一些關於她命格的話，也算是英國公府對她的最後一點心意，此後兩方徹底扯平。

沈寒春這才知道，原來她不是得了什麼怪病，而是因為自己命格奇詭。她是重生之人，比一般人更信這些，後頭就一直在尋找解除困局的法子。巧合之下，她聽庵堂的師太提了一句，說多做好事多積福，自然就能否極泰來。她後頭病急亂投醫，把王氏給的那些產業都拿去做好事了，結果還真保全了性命。最近這段時間，她已經很少再咳血了。

性命無虞後，她的心思便又活絡了起來。依舊把英國公府視為眼中釘的她，不敢再貿然做什麼，畢竟英國公府和顧野的干係太深了，她還是懼怕自己好不容易保住的小命又被命格影響。然後，她就聽說了使團來訪的消息。

上輩子的她，自然是和這外邦使團沒什麼干係的，但她卻記得一件事——這月明國的公主長大後差點嫁給武青意！

據說是月明使團第一次到訪的時候，這位公主也在同行之列。

上輩子的這會兒，皇長子還未被尋回，正元帝就指了武青意和其他文官一道接待來使。年幼的小公主對英武不凡的武青意留下了很深刻的印象，成年後她再次來到中原，兩國準備聯姻結親，正元帝年紀不輕了，就準備把她指給那會兒還未娶妻的武青意。因為幼時的好印象，公主就答應了下來。

不過武青意卻是不願意的，說自己雖比正元帝年輕，但和公主相比，兩人年紀相差了不少，不願意耽誤了人家。

外邦的風氣和中原不同，那公主似乎覺得婚事沒成也不是多大的事，她也沒發怒，反而還和武青意結拜成了異姓兄妹。

上輩子武青意就已經成了沈寒春的執念，所以儘管她沒見過這位小公主，還是把對方當成了假想情敵，打聽得非常清楚。

民間對於立太子的呼聲越來越高了，沈寒春也不確定等到顧野的身分又上一重之後，她還能不能保住這條得來不易的性命，所以她不管上輩子對小公主的記恨，想著憑藉自己「未卜先知」的本事去接近使團，讓他們把自己帶離中原。

至於去了月明國之後嘛，差一些的結果就是她換個地方謀生；好一些的結果則是憑藉著對大熙朝「未來的預測」，成為王室謀臣，最好還能挑起兩國爭鬥！

可惜的是，她計劃得不錯，施行起來卻十分困難。

首先是她和海外使團語言不通，一開始接近時雞同鴨講，對方根本不知道她的來意，把她當成尋釁的刁民打發走了。

後來她就專門接近這個會中原語言的使者，說明自己是來找公主的，使者還當她是小公主這段時間跟在顧茵身邊時結識的人，所以把她帶進了驛站。

小公主自然是不認得她的，但沈寒春自有辦法。現在的小公主應該已經見過武青意，對他有了初步的好感，同時對顧茵有了敵意，而敵人的敵人自然就是朋友。沈寒春早就想好了一套說辭，就說自己和武青意有交情——這也不算說謊，可以任人去查的，自己之前確實在英國公府住過一段時間，能告訴小公主很多她想知道的事情。

但小公主聽完同行使者的翻譯後，先是迷茫地看了她一陣——自然是迷茫的，沈寒春三句不離武青意，小公主想了好一會兒，才想起對方是顧茵的丈夫。反應過來之後，小公主就不大高興了。雖然她才十一歲，但也知道很多道理了，她堂堂一國公主，關心人家丈夫的事情做什麼？而且那也不是別人，是她這次到中原之後，熱情招待她的朋友！

她一不高興，公主脾氣就上來，當場讓人把沈寒春叉出去了，還叮囑同行的護衛不許她再靠近。

沈寒春想破了腦袋，也沒想到會是這樣的結果。

但其實這輩子發生的意外也夠多了，這種結果雖然意外，她也很快就接受了。

接受之後，她便回去寫了一封書信，裡頭都是未來大熙朝將要發生的大事——比如將來會發生的宮中時疫。別的不說，光這一件事，若月明來使有那麼一絲吞併中原的野心，就該知道她的重要了！

但同樣地，這封書信她也是賭上了身家性命的，但凡有個差錯，她就要揹負通敵賣國的大罪。所以沈寒春寫好之後猶豫再三，一直到聽說月明使團今日就要回去了，她這才揣著書信跟了過來，只沒想到，這次剛到碼頭，就讓顧野身邊的侍衛給帶走了。

如今使臣的話一出，加上對顧野的畏懼，沈寒春自然是越發嚇得不輕。

她一個從英國公府出去的醫女，平白無故、幾次三番地接近外邦使團，此刻又是這般作態，自然引人起疑。

顧野讓四譯館的官員幫著翻譯，說自己會處理這件事，那幫著小公主來傳話的使臣也就很快登船離去了。

顧野把沈寒春帶走後，因她和英國公府有些瓜葛，所以他暫時按下這件事沒有上報，先讓人把沈寒春送到烈王府嚴加看管，後頭等他從宮裡出來，文華殿也已經下了學，馮鈺便和他一起結伴出宮。

說到審問人這件事，自小長在軍營的馮鈺比顧野更輕車熟路。

馮鈺並不使人直接去問，而是先讓烈王府裡的老嬤嬤幫著沈寒春更衣，其實也就是搜身。

沈寒春其實早就想毀了那封貼身的書信，但烈王府的人不錯眼地看管著，她也只能安慰自己，那信她藏得十分貼身，之後再慢慢地想辦法就是。不料後頭老嬤嬤過來了，一面讓人脫她的衣裳，一面讓人拆她的髮髻，沈寒春立即負隅頑抗，想把書信塞進嘴裡吃了。

無奈老嬤嬤是宮中出來的，就沒有她沒見識過的手段，早就防著呢。

最後沈寒春身上的書信自然被送到了顧野面前。

看完上頭的內容，便是如今已經沈穩許多的顧野和馮鈺都不禁變了臉色。

馮鈺更是驚得脫口而出。「這世間難道真有人能未卜先知？」

英國公府的老醫仙那般有本事，都只能透過卦象來知道個未來的大概吉凶，而沈寒春這信上寫的未來之事卻是那般具體，就好像她親身經歷過一般，真實得讓人心驚。

加上老醫仙曾說過沈寒春的命格奇詭，向死而生，兩人自然往怪力亂神的方面去想了，但一時間也沒個頭緒。

此時時辰已經不早，馮鈺使人回魯國公府知會一聲，說自己在烈王府住下，而後就和顧野一道去了隔壁的英國公府用夕食。

這日也稀奇，素來愛笑愛玩的小玉笛格外的文靜，正坐在臨窗的炕上捧著本書看。

剛滿兩歲的奶娃娃，說話還時不時咬字不清呢，更別說認字了，如今那麼認真地看書，能不讓人稀奇？而且小玉笛也很喜歡馮鈺的，她更小一些的時候記不住馮鈺的名字，就喊他

「漂亮哥哥」，今天馮鈺難得過來，小丫頭看到他先是面上一喜，高高興興地喊了人之後，卻還是沒放下手裡的書。

顧野神色溫柔地摸了摸她柔軟的髮頂，然後奇怪地問道：「咱家玉笛這是看什麼呢？」

顧茵剛讓丫鬟擺完飯，聽到這句話就笑道：「她哪兒就會看書了？是最近蔣先生要寫新戲，我幫著出了個故事大綱，她聽到一耳朵後，非要知道後頭的內容。蔣先生也是有耐心，知道她這小東西想看，劇本還沒寫完呢，就先畫了個圖本給她看。」

市面上話本的故事大同小異，食為天的話劇排到現在，很少再有特別吸引人的故事了。這次再準備新話劇，顧茵和蔣先生在市面上搜羅了一圈都不怎麼滿意，乾脆就自己動筆。但受時代所限，蔣先生雖是寫話本的老手，卻也沒有特別新穎的想法，顧茵就幫著出主意了。她在現代看的網文小說不算多，最知道的也就是經久不衰的重生和穿越兩個題材。這次她就是編撰了一個下堂婦重生後，利用自己上輩子知道的事，報復渣男前夫的故事。

顧野坐在小玉笛身邊，時不時地逗妹妹說上幾句話，也陪著她一起看那個圖本。

蔣先生的圖畫配上文字，這個故事很快就在顧野的腦海裡成型了。他靈光一閃，以十分隨意的口吻問他娘。「娘這故事真是有趣，難道這世間真有這種重生之人？」

顧茵自己就是穿越過來的，自然回答道：「世間之大，無奇不有，該是有的。」

有了頭緒之後，顧野依舊沒顯出什麼，如往常一樣和一家子用了夕食。

夕食後，顧野和馮鈺回了烈王府。

很快地，沈寒春就被帶到了顧野面前。

顧野把從她身上搜出的書信放在手邊，然後定定地瞧了她一會兒，半晌後才帶著篤定的語氣開口道：「向死而生的命格，未卜先知的本事，妳是重生之人。」

沈寒春本就對他畏懼到了骨子裡，認為他無所不能的，根本沒想到這只是顧野腦中靈光一閃的試探。最後一根稻草落下，她如同一張繃斷了弓弦的弓，面無人色地跌坐在地，宛如一條脫水的魚，無力地大口呼吸著。

顧野從她的反應就知道自己猜得沒錯，和馮鈺對視一眼後，覺得這事有些難辦了。

留著沈寒春，那靠著她的「未卜先知」，於顧野來說肯定是一大助力。

但這種反常的人卻是時下最忌諱的，顧野和正元帝父子的感情再親厚，都難以保證若是正元帝知道後，會不會動怒。而且和妖異之人掛鉤的太子，難保不引起文人的口誅筆伐。

顧野想到的，馮鈺自然也想到了，所以兩人都是沈吟不語。

沈寒春看著顧野的反應——他蹙著眉頭，抿著薄唇，一手撐著下巴，一手在桌上輕輕敲動，他從前準備殺人的時候便是這般！她已經嗅到了死亡的氣息！

出於對生的渴望，沈寒春按捺住恐懼，從地上掙扎起來，膝行上前道：「殿下，我能幫殿下的忙，我知道很多事情！求殿下饒我性命！」

顧野依舊沈吟不語。

馮鈺便出聲試探道：「妳若是真有那個本事，自己怎麼會落到這個下場？」

「我……」沈寒春發白的嘴唇囁囁著，半晌後才道：「這輩子有許多事和我前頭經歷的都不同了。但殿下信我，還是有很多事情沒變的，像您會成為太子，成為未來的帝王！」

馮鈺輕笑。「殿下是三位皇子中聲望最高、最出色的，六月就是封太子的大典，滿天下的百姓誰不知道這些呢？」馮鈺說完又看向顧野。「殿下，我覺得此女就是得了癲狂臆想之症而已，您也不必為她的事煩憂，直接把她送去瘋人寺就是。」

瘋人寺，顧名思義，就是時下關押有犯罪傾向而又無人照顧的瘋子的地方。那樣的地方，和人間煉獄差不多。

沈寒春的面色又難看了幾分，忙道：「不是的，我不是瘋子！我真的知道很多事！」生死一線之際，沈寒春的思維活躍起來，脫口就道：「殿下和家人走散之後，曾在碼頭討生活，吃百家飯，與野犬爭食，還差點被捲入廢帝屠鎮的風波中。至於馮世子，您親娘和您祖母不睦，不是表面上那種簡單的婆媳不睦，而是您祖母視她為眼中釘、肉中刺，您祖母還有一手下毒的本事……」

她說的很多事都是眼下秘而不宣的事，像顧野之前流落在外，正元帝只昭告了群臣他流落過碼頭，然後被武家收養，並不曾說得那麼具體。而魯國公府的事，外人也只知道秦氏和葛珠兒婆媳不睦，並不知道秦氏恨極了葛珠兒，還有下毒的本事。

兩人不動聲色地再對視一眼，心裡最後一絲疑慮也已經打消。

但顧野仍然表現得將信將疑。「那妳再具體說說，我被收養後頭的事情。」

沈寒春不禁語塞，她所知的上輩子情況和眼下根本不同啊！照著上輩子的發展，現在的顧野還沒回到京城呢！

等待了半晌後，顧野無奈地搖頭起身。「阿鈺說的不錯，果然是個瘋的。來人——」

「不是，殿下別送我去瘋人寺！不是我亂編，而是上輩子的發展和現在真的不同！」沈寒春見了聞聲而動、已經站到了門邊上的侍衛，慌忙道：「上輩子殿下十二歲左右才回京，而馮世子的親娘也已經去世了！」

顧野復又坐下，揮退了上前的侍衛，讓她接著說。

沈寒春不敢隱瞞，把她上輩子知道的事情全都一股腦兒地說出來。

聽她說了快半個時辰後，顧野道：「妳說的話十分奇怪，既妳是重生之人，兩輩子發生的事怎會有如此不同？」

沈寒春的額頭滿是冷汗，她發現自己每多說一些上輩子的事情，身上就無力難受一些，就好像冥冥之中有什麼東西在對她施加威壓一般。她整個人渾渾噩噩，已經無法分辨，只機械地回答道：「這些我也不明白，一直不明白，為什麼會不同了呢……就好像上輩子將軍的髮妻和母親、幼弟早就在洪水中喪生了一般，馮世子的母親現在也該早已死於您家老夫人之手……我不明白、不明白……」

顧野曾經和他娘說過，說若不是有她，自己肯定不會是現在這樣好的境況。而王氏也時不時心懷感恩地唸叨，說當年若不是因為顧茵發現了半夜翻牆的歹人，可能一家子都不在了。又想到他娘無師自通的手藝、層出不窮的新點子，和前頭那麼篤定地說世間之大，無奇不有……他連貫著思索了許久許久，總算是想通了。

現在這個收養他、養育他、教導他的娘親，應也不是上輩子那個顧大丫了。

一切的一切，都源於多了個不同的她。

顧野唇邊先是泛起一點溫柔的笑意，而後眼中寒光一現，看著沈寒春瞇了瞇眼，讓人先把她帶了下去。

馮鈺的思維比顧野慢一些，等到沈寒春被帶走之後，他仍然有些想不通，詢問顧野。

「殿下是如何想的？」

顧野問了許久的話，已經有些口乾，便先不緊不慢地喝了盞茶，而後才道：「她不是自己也說了嗎，雖活過兩輩子，但這輩子的事情已和上輩子不同，那她知道的那些事還頂什麼用呢？而且她知道的東西也大多都寫在這書信上了。」

馮鈺若有所思地點點頭。

顧野便接著道：「且這種人為時下所不容，就像她胡唚的，說什麼你母親早該去世了……」

葛珠兒是馮鈺最親近的人，也是他的軟肋，他雖然好性兒，卻也覺得那話十分刺耳。

「殿下決斷的對，這人不該留，不如今晚就……」

顧野擺擺手。「這個我自有決斷。」

剛說到這裡，外頭的侍衛齊齊喚了聲「夫人」。

顧茵笑盈盈地端著兩個燉盅過來了。她來烈王府自然是不用通傳的，但走到門口，她也沒逕自進去，而是略站了一站，確定顧野和馮鈺都知道她過來了，才探進一張笑臉道：「你倆走得真快，還有糖水沒吃呢，我就給端過來了。沒有打擾你們吧？」

兩個孩子都逐漸長成，身上的差事都是國家大事，顧茵不放心別人過來，萬一聽到什麼，總是不好，便親自過來了。

顧野和馮鈺不約而同地神情一鬆，自然都道不會，起身把她迎了進來。

顧茵把糖水放到兩人手邊，說：「這一盅是金銀花茶，小野最近招待外邦使臣，看著有些上火，就喝這個。還有阿鈺，用夕食的時候聽你咳了幾聲，給你準備的是雪梨水。聽你母親提過你不喜歡太甜的吃食，所以我只擱了一點蜂蜜，沒擱冰糖。」

顧野和馮鈺一起道了謝，然後捧著燉盅喝完了她為自己量身製作的湯水。

看他們飛快喝完，顧茵把燉盅收回托盤上就準備走了，剛走到門口，顧野突然喚了她。

「娘！」

「嗯？」顧茵站住腳回頭，等著聽他下頭的話。

顧野卻停頓了半晌，然後道：「唔，沒事，就是想喊喊妳。」

顧茵好笑地看他一眼，以為他是在馮鈺面前不好意思撒嬌，就道：「時辰也不早了，商量完正事就回來睡。這邊的枕頭你不是說不喜歡嗎？你奶給你新灌了個蕎麥的，來試試合不合用。」

顧野的神色越發柔軟，應了一聲「好」。

翌日進宮，顧野又去養心殿蹭飯。

席間，顧野隨意地提起道：「我昨兒個知道件新鮮事，就是有些怪力亂神的，不知道父皇想不想聽？」

正元帝笑著看他一眼，習慣性地想去摸他的腦袋，又想到他現在已經大了，且馬上要繼任太子，便又把手收回來，道：「你這兔崽子都這麼說了，朕自然得聽聽的。」

「兒子給使團送行的時候，遇到個形容鬼祟的女子，便讓人把她帶到跟前問了問，這女子竟說她是活過了兩輩子的，知道許多未卜先知的事，兒子好奇就仔細問了，她還真知道許多不為外人道的事，但仔細一問，她又說這輩子遇到的許多事都和前頭不同，說上輩子的我這個年紀還不該回到咱家呢……」顧野娓娓道來。「兒子不敢擅專，所以稟告給父皇。」

這話聽得正元帝蹙眉，仔細思索了許久後，他開口道：「朕是不信這種事的，且她這說辭前後矛盾得很，什麼重生之人，還能活兩輩子的事情又不同了？」正元帝眼下正是壯年，且是白手起家，打來的天下，他信奉的是人定勝天，而不是什麼命數。前朝廢帝倒是信奉那些，聽說後頭連連吃敗仗的時候，還想過請高人做法。但信奉的結果是什麼呢？是這天下易主了。正元帝半分都不信，且對方知道不少皇家和高門大戶的私事，還想過接近外邦使團，怎麼想都是個妖邪和隱患，因此正色道：「想來她是看你年紀小，想著糊弄你的，這樣的人留不得。」

顧野點點頭。「兒子也是這麼想的。」

正元帝又想伸手摸顧野的腦袋了。自家兒子若是個心思不單純的，肯定會留著這樣的人在身邊藏著，以備不時之需，而不是像現在這般光明磊落、大大方方地直接告訴他。

轉頭正元帝就派人去了烈王府，下的命令不是提審，而是就地格殺。

不過那些暗衛去了關押沈寒春的房間後，卻發現她早就已經沒了氣息，而且形容十分奇怪——身上沒有任何傷口，同行的仵作檢驗過也說她沒有中毒。但她面容完全枯槁，就好像已經死去了許久一般。再對上她前頭扯的那些怪力亂神的事，讓人越發覺得晦氣。

不過反正結果是他們的主子想要的，暗衛沒再探究，把她用草蓆一捲，直接送去掩埋。

這年六月，顧野繼任太子，入主中宮。

正元帝對他的疼愛有目共睹，不只為他辦了鄭重熱鬧的典禮，大赦了天下，還為他賜了一個字號，喚作承鈞。

時下的習俗，男子年滿二十行冠禮的時候才會有長輩取字。

這字號賜下，一方面包含了正元帝對他的期望，更有另一層意思——這字號將來用作年號也很不錯，比單一個「烈」字的涵義更深遠。
大典之前，顧野從烈王府遷出，顧茵等人自然相送。
顧野十分鄭重地給顧茵和王氏等長輩磕了頭。
從此世間便多了一個承鈞太子，再沒有沈寒春預言的、暴戾無情的烈太子。
大崽入主東宮，家裡少了個人，顧茵雖然時不時能進宮去，心裡還是有些空空落落的。
小玉笛比她還難以接受不能時常見到哥哥的現實，每到夕食的點，小丫頭就伸著脖子往門口瞧。後來失望的次數多了，她好不容易接受了這個事實，卻仍然堅持要在哥哥的座位上保留他的碗筷。
所幸她越來越大，也遺傳到了親爹身體的好素質，後頭顧茵進宮的時候都會把她捎帶上。
捎帶的次數多了，小玉笛很快就熟悉了宮裡的環境。
周皇后之前只見過她幾次都眼熱得不行，如今接觸多了，就越發喜歡她了。
後頭王太后和正元帝也都和她熟悉起來，若知道顧茵進宮，都會讓人來把小玉笛抱過去見一見。
顧野當太子的第二年，第一次被正元帝委以重任，去兩淮徹查一起貪腐案。
那案子牽連甚廣，顧野和馮鈺一去就是半年。

小玉笛真是跟天塌了沒兩樣，又覺得自己把哥哥弄丟了。

她越發大了，不像幼時不懂的時候想哭就哭，就只在晚上偷偷哭，一對黑葡萄似的大眼睛哭成了大核桃。她還自發要求開蒙，想給遠在千里之外的哥哥寫信。

時下男孩一般就是三、四歲開蒙，女孩子則不是這般，即便是高門大戶都不會這樣嚴格要求女孩兒。

顧茵面前，那自然是不分男孩、女孩，讀書明理，既然是閨女要求的，她當然滿足。只是沒有成見、願意教導女孩，且有學問的先生不好找，她和周皇后相處得越發好了，進宮的時候就請教了周皇后。

周皇后一想，就出主意道：「不若讓玉笛直接進文華殿唸書吧？宮中孩子不多，文大人他們也確實教得好。而且最近玉笛都不進宮了，本宮和太后都想她得緊，往後日日在眼前才好呢！」她想到了法子後，當天就和正元帝說了。

正元帝對玉笛那是愛屋及烏，雖說於禮不合，但對外就說她只是去玩的，反正宮裡的朝陽公主也時常在文華殿陪著親哥哥上課，便點頭應允了。

去宮裡上學，那是天不亮就得出發，快天黑才能回來，顧野小時候還覺得辛苦呢，曾經耍賴不想起床。但小玉笛從沒說過半個苦字，每天回家都樂陶陶地說自己今天又新學了哪幾個字，然後吃完飯就馬不停蹄地回屋練字，再把自己寫的最滿意的寄出去給她哥。

她這麼適應良好，不適應的反而是親娘顧茵了。

自從穿越過來，重活一世，她就一直是忙碌的，早先忙著為生計奔波，後頭是在京城開酒樓，再後來便是督導顧野上進，補辦婚禮，不久又迎來了小玉笛……

如今兩個崽子都有自己的事忙，酒樓的生意也蒸蒸日上，周掌櫃和葛珠兒等人從前就十分得用，分工明確，顧茵懷孕的時候休息了大半年，他們就完全鍛鍊出來了，大小事情的決策上絕對不輸顧茵。連最後開設的五樓話劇院，如今也在幕後的蔣先生和幕前的楚曼容、小鳳哥的共同努力下，完全上了軌道地運作起來。

家裡的事情則更不需要她操心了，王氏一手抓，根本不捨得她辛苦半分。

顧茵一下子空閒了下來，倒是有些手足無措。

她是一家的中心，情緒一不對勁，武青意和王氏、武安甚至小玉笛都很快察覺到了。

王氏猜著她就是閒得不習慣，就給武青意出主意，讓他努努力，再給家裡添個崽子。

武青意和顧茵成婚數年，眼下也能稱得上一句老夫老妻了。他對顧茵的愛意只增不減，卻並沒有答應下來。當年他就是不懂事，胡鬧過頭，才讓顧茵婚後不久立刻懷上了身孕。那段時間他幾乎全程陪同，看她孕吐，看她下肢浮腫，看她整夜整夜地睡不上安生覺，最後生產時，大家雖都說那已經十分順利，可他聽過顧茵壓抑到極致的悶哼聲，看著一盆盆血水端出，還見過她生產後虛脫到說話都吃力的模樣。比起再有一個孩子，他不想再讓顧茵受那樣的苦，所以這些年他都十分小心，甚至還腆著臉去向別人請教了避孕的方法，購置了許多魚鏢。

見他搖頭拒絕，王氏身為女子，也知道懷孕生產的苦楚，所以提了一嘴便沒再多說。

後頭還是武青意想到了法子，他詢問顧茵想不想再回寒山鎮看看？

寒山鎮還開著食為天的總店，一直是顧茵的一個念想，故地重遊，散散心也是好的。

而且自從顧野繼位太子後，武青意便以舊傷復發為由，徹底放權，只在軍中領一個閒職，所以若是顧茵願意，他是可以陪她出京的。

顧茵果然意動，但也猶豫道：「小野還未回京呢，咱家玉笛也才這麼小，我們甩手出去，總感覺不大好。」

武青意握著她柔軟的手掌捏了捏，慢慢地道：「小野回了京城，那也還有下次的差事。他如今是太子，往後是帝王，細想每一步都需要人看顧。咱家玉笛眼下剛開蒙，往後十歲還要相看親事，然後準備她出嫁的事宜，等她出嫁後，還要邁過生孩子這個坎兒……茵茵，生兒一百歲，長憂九十九，但我只想妳餘生都為自己而活。」

顧茵心中柔軟，靠進他懷裡溫存了一陣，才出聲道：「那我明兒個問問大家的意思？」

顧茵想出城散心的想法一提出，家裡人當然沒有不同意的，都說她早該歇歇了。

小玉笛當然是捨不得爹娘的。

不過很快地千里之外的顧野得到了消息，飛鴿傳書過來，說他差事已經辦完，一個月內就能回京，到時候他會和正元帝請示，休沐一段時間，帶著玉笛跟過去。寒山鎮算是他的故鄉，他也十分想念那裡。

他這麼一說，小玉笛就掰著肉肉的手指算了算。「哥哥一個月內就會回來，然後帶我去找爹娘，那其實就是爹娘先去安頓，然後咱們又能在一起啦！」

想明白之後，小玉笛就催著他們出發了，而且她還不說先跟過去，打定主意要在家裡等著哥哥回來呢！

這年秋天，小小的寒山鎮上多了件新鮮事——食為天那去了京城開大酒樓的東家，又帶著男人回來了！

那東家不只回來了，還帶來了很多寒山鎮百姓十分稀罕的吃食——馬鈴薯和番茄！

這兩樣東西都是和番椒差不多時候傳入中原的，但是因為一直沒有大規模的種植，所以價格並不便宜。如今什麼炸薯條、馬鈴薯餅、馬鈴薯泥，還有什麼番茄炒蛋、糖醋里脊、番茄拌麵……各種聞所未聞的吃法都上了食為天的新菜單，而且價格還不貴，鎮上普通百姓咬咬牙都能負擔得起。

百姓仔細一打聽，這才知道原來是食為天的東家有了自己的船行，能拿到各種種子，而且還招攬了一位極為厲害的先生，經過幾年培育，如今這些外來品都在本土種植了。

京城那邊早就人人吃得起，只是他們這邊閉塞一些，所以到現在才更新了菜單。

忙。

生意一好，食為天總店裡的人手都不大夠用，所幸顧茵和武青意閒來無事，都過來幫忙。

兩人都是麻利的人，一個能頂兩、三個用。

還別說，這份忙碌安穩和每天實打實的一文錢、一文錢的進帳，加上客人們真誠的讚賞笑臉，讓顧茵重拾了生活的熱情，再不見在京中時懨懨的神態了。

這天顧茵剛忙完午市，送走了一批客人，卻聽外頭忽然喧鬧起來。

她在圍裙上擦了手，和武青意一道出去瞧熱鬧。

只看一輛高大的馬車停在了街口，一個儀表堂堂、芝蘭玉樹的少年郎先從馬車上下了來，而後又從馬車裡抱下一個身穿火紅色襦裙的小丫頭。

兩人的穿著打扮並不算特別富貴，但光是那容貌，就足夠讓人驚豔。

顧茵和武青意見了，不約而同地笑起來。

「娘！」

小玉笛炮彈似地衝了過來。

顧野快步趕上，牽住她一隻手，防止她摔倒，也跟著喊：「娘。」

顧茵「哎」了一聲，快步迎過去，將兩個崽子抱了個結實。

武青意吃味地摸了摸鼻子，最後還是無奈一笑，圈住了顧茵和兩個孩子。

「我好想娘啊，一個月裡天天想！」小玉笛忙不迭地訴說著自己的思念，然後轉頭看到她爹，又討好地笑了笑。「我也好想爹！」

武青意好笑地看著閨女。「有多想？」

小玉笛認真地思索了一下。「比想娘和想哥哥的時候少了一點點。」她掐著小拇指上的指尖。「真就只少了一點點啦！」

把一家子都逗得笑了起來。

馬車上最後還下來了揹著大包小包的宋石榴，她一下來就喊：「東家有喜！今天食為天的菜品打折啦！」

看熱鬧的百姓一聽這話，立刻又往食為天店裡進去。

「石榴！」顧茵無奈。不過算了，宋石榴說的也沒錯。金玉滿堂，兒女雙全，一家子小別再聚，怎麼就不是大喜事呢？

顧茵認命地搖了搖頭，拉上顧野和閨女，再喊上武青意和宋石榴，一家子且有得忙呢！

——全書完

2021年8月出版

小女官大主意

文創風 982～984

她得先讓她爹弄清楚，他只有一個女兒，
她若出事，他肯定也沒得好過！

情真摯，意純真，字裡行間通透達理／林漠

渴望有兒子繼承家業的父親，後院中是百花齊放，千嬌百媚，
而於宋甜這個失去生母的獨生女來說，父親養在後院的那些花有毒。
大家閨秀，當從父母之命、媒妁之言，在家從父，既嫁從夫。
她依此準則而活，卻一生受到擺弄，如臨深淵，
只有那與她僅數面之緣的年少親王──豫王趙臻，給了她幾絲光芒。
將鋒利的匕首送入心臟的那一刻，他姍姍來遲的呼喚縈繞耳邊，
接著就如一場幻夢，她的一縷幽魂隨著他，見證了他短暫的一生。
同樣年少失怙，同樣不得父緣，同樣悲涼而亡……
有幸重生，她不再同上輩子般寡言無聞，任人宰割。
她報考豫王府女官，為自己獲得家中話語權，
也為報答前世趙臻為她收殮屍身、香花供養之恩情。
「我可以保證，一生一世忠誠於王爺，不再嫁人，不生外心。」
面選時她吐露肺腑之言，她知道，王府的考官會一字不漏傳達給他！

望今朝碎碎唸唸之人，亦相伴歲歲年年／
寒山乍暖

2021年10月出版

萬能小媳婦

人家對她好一分，她必是要還回十分才覺心安，
偏偏他這人啊，嘴上從不會說些甜言蜜語，
不過她曉得，他是將她放在心尖尖上珍藏著的，
於是乎，她欲走不能，莫名丟了心；
於是乎，她甘願和他結髮一生、相伴一世……

文創風 996 1

因為長得漂亮，命格又與沈羲和相合，所以顧小被沈母買回家當他的童養媳，
可被壞心奶奶賣掉的她一心只想回顧家找娘親，於是她大著膽子去尋賣身契，
不料陰差陽錯之下被眼裡揉不得沙子的沈母抓了個現行，認定她在偷錢，
沈家是容不下偷雞摸狗之人，更何況「偷」的還是沈羲和的趕考銀子！
毫無懸念的，她被趕走，結果在回顧家的路上摔下崖，結束坎坷的一生，
然後……顧筱就發現自己一睜開眼竟穿書過來，成了顧小那個小可憐了！
最要命的是，她就在案發現場、手裡正抓著那只該死的錢袋！
估計沈母現正站在門口準備進來抓她呢，這是天要亡她吧？

文創風 997 2

按原書設定，自小聰慧的男主沈羲和年紀輕輕就考中秀才，且一路考一路中，
三元及第、加官進爵後還娶了善良的女主，顧筱當初看書看得是無比開心，
然而，當她成了男主功成名就前那個短命的童養媳，故事可就不那麼美妙了，
因為沈羲和從未喜歡過那個性子怯懦、舉止粗鄙又大字不識一個的童養媳啊！
若她硬留在沈家就是擺明了招他嫌的，可她就算有心想走也走不了呀，
畢竟她初來乍到，還人生地不熟，空有美貌卻沒錢沒勢地在外走跳鐵定完蛋，
更何況，她的賣身契還捏在沈母手中呢，沒拿回來前她也沒那個臉偷跑，
所以她決定了，得先想法子賺錢攢夠銀子，把賣身契贖回來再揮揮衣袖走人！

文創風 998 3

由於家裡出了個很會讀書的沈羲和，一家子傾全力供他讀書科考，
所以沈家十幾口人，平時日子過得緊巴巴的，那是真窮，
家中大權握在沈母手中，就連柴米油鹽能用多少都是她說了算，
因此身為女子的顧筱要在家裡頭吃口肉實在是奢想，
不過她算是漸漸抓到了跟沈母相處的訣竅——順著毛摸！
凡事只要打著「為了相公好」的名義，沈母就沒有不點頭的，
憑藉這點，她私下做手工藝攢錢的事沈母都沒多說什麼，
因為在沈母心中，她就是個為了相公掏心掏肺的傻丫頭呀！

文創風 999 4 完

羊毛氈、貝殼風鈴等，顧筱努力做出各種精緻的手工藝品來吸引顧客，
名聲出來後，越是獨一無二、出自她手的作品，就越是有人搶破頭要收購，
不過她也沒忘了帶領沈家人開食肆、買土地，過上滋潤的日子，
她出得廳堂、入得廚房，賺得盆滿缽盈，讚她一句萬能小媳婦她都不害臊，
雖然沈羲和早把賣身契還她，可奇怪的是，重獲自由身的她竟捨不得離開了，
再加上她那名義上的相公早已滿心滿眼都是她，對她呵護備至、疼寵有加，
所以她認真想了想，要不……就留下來嫁給他，不走了吧？
賺錢養家這種小事交給她，他便負責光宗耀祖，這筆買賣似乎還挺划算的啊！

文創風 1024

媳婦好粥到 5 完

國家圖書館出版品預行編目資料

媳婦好粥到 / 踏枝著. --
初版. -- 臺北市 : 狗屋出版社有限公司, 2021.12
冊 ; 公分. --（文創風 ; 1020-1024）
ISBN 978-986-509-282-5（第5冊 : 平裝）. --

857.7 110018443

著作者	踏枝
編輯	黃淑珍
校對	吳帛奕
發行所	狗屋出版社有限公司
地址	台北市104中山區龍江路71巷15號1樓
電話	02-2776-5889～0
發行字號	局版台業字845號
法律顧問	蕭雄淋律師
總經銷	知遠文化事業有限公司
電話	02-2664-8800
初版	2022年1月
國際書碼	ISBN-13　978-986-509-282-5

本著作物由北京晉江原創網絡科技有限公司授權出版

定價280元

狗屋劃撥帳號：19001626

網址：love.doghouse.com.tw　E-mail：love@doghouse.com.tw